ERNETTI
ET L'ÉNIGME DE JÉRUSALEM

Roland Portiche

ERNETTI ET L'ÉNIGME DE JÉRUSALEM

ROMAN

Albin Michel/Versilio

Pour Sarah, encore et toujours

AVERTISSEMENT

Encore discutée, parfois moquée, souvent méconnue, l'existence du chronoviseur du père Ernetti continue d'enflammer les esprits. Elle a pourtant un fondement historique. En 1964, dans l'enceinte fermée du Saint-Siège, ce prêtre aurait mis au point une machine prodigieuse, capable de voir dans le passé. Sur l'ordre du pape, il aurait visité la période évangélique pour découvrir le vrai visage du Christ. Mais ce qu'il a vu était si déroutant que le Saint-Père ordonna de démonter la machine et de la dissimuler au plus profond des caves du Vatican. Jusqu'au jour où...

1

La chose est peu connue, car le secret fut bien gardé. Le jeudi 27 novembre de l'an 1980, une scène particulièrement insolite se déroula dans le cadre majestueux de la basilique Saint-Pierre-aux-Liens de Rome (San Pietro in Vincoli), où se trouve la statue de Moïse par Michel-Ange. Fallait-il y voir un symbole ?

En pleine nuit, Sa Sainteté le pape Jean-Paul II avait convoqué quatre cent cinquante-quatre représentants des principales religions monothéistes de la planète, tous arrivés dans l'urgence et le plus grand secret.

Vers deux heures du matin, en dépit de la fatigue, chacun occupa le siège qu'on lui avait réservé dans la grande nef de la basilique. Ils étaient installés les uns à côté des autres, comme à la messe.

Les murmures cessèrent quand le pape fit son entrée. Voûté, le visage grave, il s'avança vers le micro et regarda la salle :

– Mes frères, je vous ai rassemblés car nous allons affronter une crise majeure pour notre foi. Que nous soyons juifs, catholiques, protestants, musulmans ou chrétiens orthodoxes, nous sommes tous menacés car Il est en danger.

Le souverain pontife laissa passer quelques secondes, afin de donner plus de solennité à son propos.

C'est alors que Sa Béatitude Dimitrios Ier, patriarche œcuménique de Constantinople, posa la question que chacun avait en tête :

– Mais *qui e*st en danger, Saint-Père ?

Le pape hésita.

Certains allaient crier au blasphème, mais il devait tout dire.

LA DÉCOUVERTE

Deux mois plus tôt…

2

Un petit paquet soigneusement emballé avait été déposé par coursier au département d'archéologie du musée d'Israël de Jérusalem. Dès son arrivée à l'accueil, Natacha Yadin-Drori téléphona à Dana Agron, son assistante.

– Ils l'ont livré ?

– Ce matin, on t'attendait pour l'ouvrir.

– Tu viens ? Je suis impatiente de voir ça.

Le musée d'Israël était construit sur une colline de Jérusalem à proximité de la Knesset, de la Cour suprême et de l'Université hébraïque. C'était certainement le musée le plus prestigieux du Moyen-Orient et l'un des plus riches du monde sur le plan archéologique. Il rassemblait toutes les découvertes faites en Terre sainte depuis que les premiers *sapiens* étaient sortis d'Afrique pour gagner le continent eurasiatique cent mille ans plus tôt.

Après sa nomination au poste de conservatrice adjointe, Natacha avait mis en place un département très ambitieux qui couvrait six siècles d'histoire juive, jusqu'à l'époque romaine. Mais jamais elle ne révéla ce que le chronoviseur, la machine à explorer le passé du père Ernetti, lui avait dévoilé seize ans plus tôt de l'histoire réelle de Jésus de Nazareth. Elle avait même souhaité l'oublier.

Elle retrouva Dana à l'étage des réserves. Un petit paquet attendait, posé sur une table de travail. À l'intérieur, soigneusement protégé par du coton, il y avait un talon humain.

– C'est incroyable, dit-elle, on voit encore le clou.

Si le vestige n'avait été aussi morbide, elle l'aurait trouvé merveilleux. Il s'agissait de l'os du talon d'un crucifié du premier siècle, encore percé d'un gros clou dont la pointe avait été tordue.

– C'est vraiment le premier témoignage archéologique d'une crucifixion.

Natacha avait déjà vu ce talon au musée Rockefeller de Jérusalem-Est. Aujourd'hui, elle avait enfin l'occasion de l'exposer dans le cadre d'une synthèse muséologique sur le supplice de la croix.

– Tu as de la documentation ?

Dana montra une liasse de feuillets dactylographiés.

– Un cahier entier d'une cinquantaine de pages, très détaillées.

– On a son identité ?

– Oui, c'était un contemporain de Jésus. On ignore pourquoi il a été exécuté, peut-être un crime de droit commun. L'archéologue américain qui a étudié le talon pense que chaque jambe était chevillée au poteau de la croix par un clou de ce genre. Selon lui, les mains n'étaient pas clouées, mais attachées.

– Assez différent, donc, des représentations classiques.

– Oui. Il en conclut que le condamné mourait d'asphyxie et non d'hémorragie.

Elle mima la position.

– Ses deux bras étirés l'empêchaient de respirer normalement. Il était réduit à une respiration superficielle, qui devenait mortelle au bout d'un ou deux jours. Tout était étudié pour le faire souffrir beaucoup et longtemps. Horrible, laissa échapper l'assistante.

– Romain, ma chère, répondit Natacha avec un geste fataliste. Dana, il faudrait accompagner le vestige d'un croquis, pour que le public comprenne mieux.

– Je vais m'en occuper. On l'expose au premier étage ?

– Comme prévu, avec plusieurs panneaux d'explications et des photos de l'ossuaire où les archéologues l'ont trouvé. Rédige un premier jet, je le corrigerai.

– Entendu. Il y a aussi ce type…

– Quel type ?

Dès qu'elle montait une exposition, Natacha était assaillie par des importuns qui lui faisaient perdre son temps. Dana lui tendit une feuille sur laquelle était noté un numéro de téléphone.

– Il t'a appelée au moins six fois ce matin.

Natacha eut un geste d'agacement.

– Il t'a dit ce qu'il veut ?

– Non, il ne veut parler qu'à toi.

Elle prit le papier en soupirant.

– Donne, je vais m'en débarrasser !

Une fois dans son bureau, Natacha ferma la porte et composa le numéro.

– Allô ? Natacha Yadin-Drori à l'appareil.

– Enfin ! Vous n'êtes pas facile à joindre, j'ai ameuté tout le musée.

La voix était agréable, celle d'un enjôleur qui ne manquait pas d'aplomb.

– Je l'ai entendu dire, mais je ne passe pas mon temps à mon bureau. Que voulez-vous ?

– Vous rencontrer.

– Je suis très occupée en ce moment.

– Ce que j'ai à vous dire, madame, vaut bien un petit dérangement.

– Parlons-en au téléphone, c'est plus simple.

– Impossible, madame. Vous comprendrez vite pourquoi.

Le secret, la vieille musique de tous les mythomanes. Il insista :

– Pourriez-vous me consacrer deux heures d'entretien ?

– Deux heures ? Mais c'est énorme !

Si elle refusait, il rappellerait pendant des semaines. Mieux valait en finir. Elle consulta son agenda.

– Je n'aurai qu'une heure vendredi, à dix heures du matin.

Il était un peu déçu, mais accepta.

– Je vous préviens, ajouta Natacha, ce sera cinq minutes si ce que vous avez à me proposer ne m'intéresse pas.

– Pari tenu, répondit-il du tac au tac.

– On verra. Donnez-moi au moins votre nom.

Il hésita.

– Disons que je suis le petit-neveu d'Indiana Jones.

Natacha leva les yeux au ciel et raccrocha. Ce sera *très certainement* cinq minutes, pensa-t-elle.

3

Peu après le début de son pontificat, en octobre 1978, le pape Jean-Paul II avait confirmé le père Pellegrino Ernetti dans ses fonctions d'exorciste officiel du diocèse de Venise. Un poste honorifique surtout, l'essentiel du travail était assuré par les prêtres locaux. Mais on avait suggéré au Saint-Père que l'Église devait beaucoup à ce prêtre aujourd'hui quadragénaire, par ailleurs musicologue distingué et diplômé en physique moderne.

La plupart des cas sur lesquels le père Ernetti travaillait relevaient de la simple psychiatrie, certainement pas d'une possession. Jamais, pourtant, ses « patients » ne seraient allés se confier à un médecin, ils ne croyaient qu'aux vertus curatives de la foi. Il faut dire que son statut de prêtre-exorciste, en autorisant toutes les confidences, lui permettait de résoudre simplement les problèmes psychologiques les plus délicats.

Sur la route qui le ramenait à Venise, Pellegrino écouta la radio. Comme il lisait peu la presse quotidienne, ces trajets lui permettaient de conserver un contact minimum avec l'actualité. Elle n'était guère rassurante. L'URSS s'impliquait davantage en Afghanistan, un attentat à la gare de Bologne, des avions détournés au Moyen-Orient. Le nouveau pape, lui, sillonnait la planète en défendant les valeurs de l'Église. Quand on sait ce dont les hommes sont capables, songea le père Ernetti, on peut craindre pour le Saint-Père aussi.

Il gara sa petite auto sur l'île du Tronchetto, située à l'extrémité occidentale de la lagune, puis monta dans le *vaporetto* – le ferry avait gardé ce nom romantique, en dépit de son moteur diesel – qui lui fit parcourir sept stations du Grand Canal avant de le laisser à l'arrêt San Giorgio, sur l'île du même nom, à proximité du monastère où il vivait. Il fut accueilli par le moine installé à l'accueil.

– Bonjour, père Ernetti, j'ai un message pour vous. Il est arrivé ce matin.

– Merci, Fulvio.

C'était une enveloppe frappée au sceau du Vatican. Le nouveau président de l'Académie pontificale des sciences, le cardinal Piglietti, souhaitait s'entretenir avec lui. Il lui proposait un rendez-vous pour le surlendemain et lui communiquait un numéro de téléphone qu'il pouvait appeler en cas d'empêchement. Mais le père Ernetti avait trop besoin de se changer les idées pour refuser ce petit voyage à Rome.

*

Il se présenta à l'entrée du palais du Vatican. Elle était contrôlée par deux gardes suisses, vêtus de leur célèbre pourpoint à bandes jaunes et bleues. Après avoir traversé les jardins tropicaux, il entra dans la Villa Pia, qui abritait l'Académie pontificale des sciences. Quatre-vingts académiciens y siégeaient régulièrement pour éclairer le Saint-Père sur les grandes questions – éthiques, voire métaphysiques – soulevées par les progrès de la biologie ou de l'astrophysique.

Dès qu'il se fit annoncer, Pellegrino fut conduit vers le bureau du cardinal Piglietti, au premier étage. Cet homme grand et mince à l'allure sèche avait, disait-on, une solide formation de physicien. Assis derrière une grande table sculptée, il feuilletait les pages d'un gros dossier à sangle. Il ne prit même pas la peine de regarder son visiteur.

– Asseyez-vous, murmura-t-il tout en examinant plusieurs notes dactylographiées.

Pellegrino prit place devant le cardinal, qui baissa ses lunettes et le fixa de ses yeux bleu-gris.

– J'ai quelques questions à vous poser, père Ernetti.

– Je vous écoute, Monseigneur.

En bon chrétien, Pellegrino était généreux de nature. Mais cet homme ne lui plaisait pas. Le cardinal le considérait en silence, comme un escrimeur méditant le premier coup à porter avec son fleuret.

– Quand j'ai occupé le fauteuil de mon prédécesseur, j'ai ouvert ses dossiers. À ma grande surprise, je n'ai trouvé aucune trace écrite du « chronoviseur » que vous auriez construit au Vatican sous le pontificat de Paul VI.

Il fit glisser le dossier vers le père Ernetti. Il contenait, en effet, peu de pages.

– Vous voyez ? Rien. Sur l'ensemble de cette période, quelques détails sans importance, mais rien sur le chronoviseur. Comment l'expliquez-vous ?

Pellegrino soupira intérieurement. Seize ans plus tard, il espérait ne plus avoir à parler de cette machine qui lui avait tant coûté. Et voici que ce cardinal aux manières d'inquisiteur ramenait l'affaire à la surface. Il se réfugia derrière la meilleure des excuses.

– C'était la volonté du pape, Monseigneur. Après les premières expériences, il m'a demandé de démonter la machine, ce que j'ai fait. Les caisses qui la contiennent ont été entreposées dans une pièce fermée des archives secrètes du Vatican. Peut-être le Saint-Père a-t-il ordonné de les détruire ?

– Non, j'ai posé la question au responsable des archives, les caisses sont intactes.

Le chronoviseur existait encore. Le père Ernetti ne savait pas s'il devait le regretter ou s'en réjouir.

– Vous étiez, père Ernetti, la pierre angulaire de ce projet. Que pouvez-vous m'en dire ?

– Je suis lié par un serment de confidentialité envers le pape Paul VI, Monseigneur.

Le cardinal eut un geste d'agacement.

– Certes, mais Sa Sainteté Paul VI n'est plus de ce monde.

– Monseigneur, un serment reste un serment !

Son interlocuteur accusa le coup.

– Vous ne me direz donc rien ? Rien du tout ?

Pellegrino trouva une parade.

– Posez-moi des questions, Monseigneur, je vous répondrai comme je le peux.

– Très bien, soupira le cardinal. Il s'agissait donc d'une machine à explorer le temps ?

– Pas au sens où on l'entend dans les romans d'anticipation. Elle ne transportait personne dans le temps, elle permettait seulement de voir dans le passé, et uniquement dans le passé.

– C'est ce que j'avais compris. Il suffisait, m'a-t-on dit, de programmer une date, puis des coordonnées géographiques pour découvrir des scènes du passé lointain, et même très lointain, sur un moniteur ?

– En noir et blanc et sans le son, hélas, le chronoviseur n'est pas un poste de télévision.

– Que pouvez-vous me dire du fonctionnement de la machine ?

– Je l'ai construite à partir des instructions trouvées dans les travaux du physicien sicilien Ettore Majorana. Elle captait une classe particulière de neutrinos, capables de traverser la barrière temporelle. Tous les détails, avec les plans, ont été conservés aux…

– Très bien, l'interrompit le cardinal.

Il se leva et fit quelques pas dans la pièce. L'aspect technique de la machine n'était pas sa préoccupation principale. Il cherchait ses mots pour poser la question suivante.

– Vous avez exploré la période évangélique ?

– Oui, Monseigneur. Mais je ne souhaite pas revenir sur cette affaire.

– Votre serment ?

– Mon serment, oui. Sur ce chapitre, il est très contraignant.

Le cardinal comprit, résigné, qu'il n'obtiendrait rien de plus.

– Nous en resterons là pour cette première entrevue, père Ernetti.

Pellegrino fut parcouru d'un frisson.

– Il y en aura d'autres, Monseigneur ?

– Je mène une enquête pour le pape. Je ne puis me satisfaire du peu que vous m'avez dit. La prochaine étape consistera à nous rendre ensemble aux archives secrètes pour examiner votre invention de plus près.

– Très bien, Monseigneur.

Le cardinal le raccompagna vers la sortie.

– Une dernière question, père Ernetti…

– Oui ?

– Les quelques éléments que j'ai pu réunir établissent que vous avez effectué ces plongées dans le temps avec une jeune archéologue israélienne.

– C'est exact. Natacha Yadin-Drori est à présent conservatrice adjointe au musée d'Israël de Jérusalem.

– Quelle était son utilité ?

– Elle connaissait mieux que moi la géographie des lieux en Terre sainte et elle comprenait la langue qu'on parlait à l'époque, l'araméen, expliqua Pellegrino.

– À quoi bon, si votre machine ne captait pas les sons ?

– C'est vrai, mais j'ai appris les techniques de la lecture labiale.

– Vous êtes resté en contact avec elle ?

– Assez peu. Elle aussi, à ce que je crois, souhaite à présent se tenir éloignée de cette aventure, confia-t-il.

Le cardinal fut franchement étonné.

– Ah bon ? Votre chronoviseur était aussi dangereux que vous le dites ?

– Oh non, Monseigneur ! Il était innocent comme peut l'être un nouveau-né. Mais entre de mauvaises mains, oui, il pourrait créer des ravages.

4

Comme chaque soir, Natacha quitta le musée, la tête encombrée de mille détails administratifs à régler. Elle regagna en autobus son appartement dans le quartier des universités. C'était un trois-pièces moderne, confortable mais sans apprêt. Elle avait accroché aux murs quelques belles reproductions de mosaïques anciennes, réalisées avec talent par les ateliers du musée.

Le téléphone sonna. C'était Ariel Bronstein, un ami archéologue. Depuis que Natacha avait divorcé, il essayait – ce n'était pas le seul – de se rapprocher d'elle. Pour l'instant sans résultat, mais il ne se décourageait pas. Il faut dire que sa collègue aux yeux vert doré et à la silhouette sportive était terriblement attirante. Elle lui raconta en riant l'appel téléphonique du « petit-neveu d'Indiana Jones ».

– Ne perds pas ton temps avec ces rêveurs, lui conseilla Ari. J'en vois chaque jour qui m'indiquent où creuser pour trouver les tablettes des dix commandements ou le tombeau de Moïse !

– Ne t'en fais pas, je l'expédierai.

– Es-tu bien installée, à présent ?

Elle venait de déménager. Après sa séparation avec son mari, Dov, ils avaient vendu leur petite maison. Natacha en avait profité pour se rapprocher du musée en achetant cet appartement dans un immeuble à peine terminé. La solitude ne lui pesait pas, elle se sentait plus libre de vivre comme elle l'entendait.

– Je voulais te proposer de dîner, lui dit Ari. J'ai entendu parler d'un bon libanais à Tel-Aviv.

Elle déclina. Trop occupée en ce moment, pas la tête à ça. Elle ne détestait pas qu'Ari la courtise, mais n'éprouvait pas pour le moment l'envie d'aller plus loin. Elle redoutait aussi que la vie de couple, telle que l'imaginait sans doute Ariel, ne soit vite assommante.

Après avoir raccroché, elle s'installa à son bureau et commença à ouvrir son courrier. Face à elle, dans un cadre, il y avait la photo d'un prêtre souriant au visage d'enfant. C'était le père Pellegrino Ernetti, l'inventeur du chronoviseur.

*

Le vendredi, elle arriva en retard au musée. Venue à pied, elle fut bloquée par des policiers qui avaient établi un cordon de sécurité autour d'un sac abandonné sur le trottoir, une situation fréquente à Jérusalem. Les artificiers de l'armée arrivèrent quelques minutes après. Comme ils ne voulaient prendre aucun risque, ils firent sauter l'objet suspect, faisant voler les livres et les notes de cours de l'étudiant étourdi qui avait laissé tomber son cartable de son scooter.

À peine arrivée, on lui indiqua un homme de trente, trente-cinq ans, qui l'observait de loin en souriant. Elle alla vers lui.

– Indiana Jones ? demanda-t-elle en tendant la main.

– Son petit-neveu, corrigea-t-il d'un air malicieux.

– Pardonnez-moi pour ce retard, j'ai été ralentie par une alerte à la bombe.

– J'ai vu passer les voitures de police. Nous avons les mêmes soucis à Londres en ce moment, avec les attentats de l'IRA.

Il était donc britannique. Il en avait incontestablement la distinction.

– Puisque c'est moi la fautive, je vous invite à boire quelque chose à la cafétéria. À cette heure, elle est tranquille.

Même s'il ne ressemblait pas à Harrison Ford, son visiteur avait un charme certain. Grand, la silhouette musclée, le visage carré, le regard et la voix d'un homme habitué à plaire. Natacha savait détecter au premier coup d'œil ces séducteurs qui jouaient de leurs attraits comme d'un argument. En général, elle ne les supportait pas. Mais ce jeune homme semblait plus malin que les autres. Le responsable du bar vint leur demander ce qu'ils voulaient.

– Un Perrier pour moi, dit Natacha. Et vous ?

– Un cappuccino, c'est possible ?

– Pas de problème. J'avoue que je n'ai pas bien compris votre plaisanterie au téléphone, à propos d'Indiana Jones, reprit Natacha.

– Ce n'était pas une plaisanterie, répliqua son interlocuteur. En réalité, je m'appelle Gregory Brownlow Parker-Mitchell. Mon grand-oncle a inspiré le personnage d'Indiana Jones dans les films de Spielberg. Il était très connu des archéologues, il s'appelait Montagu Brownlow Parker.

Natacha écarquilla les yeux.

– Celui qui… ?

– Lui-même, dit Gregory en souriant.

Ce nom était célèbre dans le milieu, en effet… et moyennement apprécié.

– Que savez-vous de lui ? demanda-t-il.

– Ce que savent tous les archéologues. Une nuit de 1910…

– 1911. Le 18 avril 1911.

– … il a essayé de s'introduire clandestinement sous l'esplanade des Mosquées[1], à la recherche des vestiges du Temple de

1. L'esplanade des Mosquées (en arabe, le *Haram al Sharif*) est la colline sur laquelle sont construites deux mosquées : la mosquée d'Omar et la mosquée Al-Aqsa. C'est l'ancien mont du Temple des Juifs, où s'élevait jadis le Grand Temple d'Hérode, détruit en l'an 70 par les Romains.

Salomon. Mais les sentinelles ont découvert son intrusion et il a fui pour sauver sa vie.

– Cela, madame Yadin-Drori, c'est la version officielle.

Il tira de sa poche un petit carnet relié avec une couverture cartonnée, qu'il feuilleta. Il était couvert d'une fine écriture serrée.

– Ce carnet, madame, a été écrit par mon grand-oncle. Il y raconte ses aventures. Vous allez voir qu'elles valent largement celles d'Indiana Jones.

Natacha, anxieuse, considéra l'épaisseur du carnet.

– Vous n'allez pas me lire tout ça ?

– Ne craignez rien, je me limiterai aux pages qui racontent sa découverte du cube de Salomon.

– Le quoi ? dit Natacha en fronçant les sourcils.

– Un peu de patience, répondit Gregory en souriant.

Et il commença à lire…

5

Montagu Brownlow Parker n'était pas un archéologue. Il n'en avait ni la formation ni les compétences. C'était plutôt un aventurier passionné par les mystères de l'archéologie. Parker savait parfaitement que l'exploration du sous-sol de la colline des Mosquées était formellement interdite, sous peine de mort. Depuis que les Turcs avaient ravi la cité aux Mamelouks, quatre siècles plus tôt, Jérusalem était sous administration ottomane. Pour le Sultan, la Palestine était une province d'importance secondaire, mais il mettait un point d'honneur à protéger les Lieux saints.

Avec ses moustaches soigneusement taillées et sa barbe en pointe, Montagu Parker s'était fait une tête d'aristocrate un peu excentrique. Cinquième comte de Morley, pair de la Couronne et ancien des Grenadier Guards, il ne craignait qu'une chose dans la vie : s'ennuyer.

En 1908, ce dilettante fit justement à Londres une rencontre peu banale, celle de Valter Juvelius, érudit, poète, directeur de la bibliothèque municipale de Vyborg et chasseur de trésors perdus. Ces deux tempéraments rêveurs – des esprits malveillants les qualifieraient de mythomanes légers – étaient bien faits pour s'entendre. En fouillant dans une collection d'archives à Constantinople, Juvelius disait avoir décodé un passage d'un livre prophétique de la Bible qui décrivait le bon moyen d'accéder au mythique Temple de Salomon.

Il n'en fallait pas plus pour enflammer l'imagination de Parker. Il usa de son pouvoir de conviction – qui était grand – et de ses nombreuses relations dans la caste aristocratique pour réunir les vingt-cinq mille livres nécessaires au financement de l'expédition. Au bout de trois ans d'efforts, enfin, il était prêt.

Le 18 avril 1911, au milieu de la nuit, Montagu Brownlow Parker s'introduisit clandestinement sous la colline sacrée. Grimé en arabe, il s'orientait grâce au plan dessiné par Juvelius. À ses côtés, déguisé comme lui, cheminait Kyle Murphy, un ancien colonel de l'armée des Indes. Une dizaine d'employés turcs et arabes les suivaient, équipés de pelles et de pioches. Il avait fallu les payer très cher, ils savaient trop bien ce qu'ils risquaient.

Sur les indications de Juvelius, Parker était passé par le puits de Warren. Découvert en 1867, ce conduit très ancien alimentait la cité en eau à l'époque du roi David. De là, les deux Anglais avaient gagné un autre canal, le tunnel d'Ézéchias, d'où partait un dédale de souterrains conduisant au temple convoité. En bon militaire, Murphy avait pris la précaution de poster un homme à l'entrée du tunnel, afin de monter la garde. En cas de danger, il donnerait l'alarme.

Pendant une trentaine de minutes, le petit groupe progressa en silence. Parker et son collègue officier éclairaient la marche avec des Misell 1899, les premières lampes torches à piles.

– C'est là, en haut, à gauche.

Il désigna une brèche dans la roche. Invisible au premier regard, elle dissimulait un passage vers un second souterrain. Il la franchit sans difficulté, suivi du colonel Murphy et du reste de l'équipe. Puis ils continuèrent à progresser dans l'obscurité.

– Ne bougez pas ! Vous ne sentez rien, Kyle ?

– Un courant d'air.

– Oui. Il y a quelque chose derrière ce coude.

Ils avancèrent avec prudence. Le courant d'air gagnait en intensité. Parker dirigea alors sa torche électrique droit devant. Ils furent cloués sur place.

Devant eux, des ombres géantes se découpaient dans les faisceaux de lumière. C'étaient les fondations du Temple de Salomon. Il fallait certes un regard exercé pour reconnaître le bâtiment légendaire dans ce tas de pierres. Ils trouvèrent aussi un fragment de belle taille de la vasque d'airain supportée par des bœufs de bronze, qui servait pour les bains rituels. Oui, tout semblait conforme.

Tout, sauf ce cube insolite.

C'est un ouvrier turc qui le vit en premier.

– Monsieur... regardez.

Parker se pencha. On aurait dit le coin d'un grand cube enfoui sous l'assise même du temple. Il appela Kyle.

– Que pensez-vous de cela, mon ami ?

Kyle fit les yeux ronds.

– Jamais rien vu de pareil !

– On dirait qu'il a été délibérément caché sous le bâtiment.

– Bizarre.

Sur un ordre de Parker, sept terrassiers, armés de pelles et de pioches, se mirent à déterrer l'objet. C'était une tâche difficile car le temps avait tassé la terre, mais le cube fut peu à peu dégagé de la fosse. Ils mirent à nu une construction en pierre de quinze mètres d'arête, un hexaèdre régulier qui ne ressemblait à rien de répertorié dans l'Antiquité. Kyle se saisit d'une massette et frappa plusieurs coups contre une des parois.

– C'est creux, il y a quelque chose à l'intérieur. Serait-ce une prison ?

– Alors le prisonnier aurait trois mille ans, commenta Parker. Et ce serait une bien vaste cellule !

– Une chambre forte, alors ? Peut-être conservaient-ils là-dedans le trésor du Temple ou l'Arche d'alliance ?

– Sans porte ? Car le bâtiment, à ce que j'ai vu, ne comporte aucune ouverture.

Pour s'en assurer, Kyle fit rapidement le tour du cube.

– Vous avez raison, Parker, c'est autre chose.

Ils décidèrent de forer un trou dans la paroi. Plusieurs hommes se mirent au travail. Sous les coups de pioche habilement synchronisés, une ouverture finit par se dessiner dans la paroi, assez large pour laisser passer un homme.

– À vous l'honneur, lança Kyle.

Parker s'allongea sur le sol.

– Je vais y aller en rampant. Vous me passerez la…

« Alerte ! »

Le garde que Kyle Murphy avait posté à l'entrée du souterrain accourut en agitant les bras. Ils avaient été découverts. Une indiscrétion ? Une trahison ? Tout était possible. Parker avait soudoyé beaucoup de monde pour organiser son expédition, mais il n'avait pu soudoyer tout le monde.

– Parker, il faut s'en aller ! dit Kyle en entraînant son ami.

– Quel dommage, déplora Montagu.

Ils se sauvèrent dans la panique générale en abandonnant pelles et pioches.

Dans les premières lueurs de l'aube, on entendait les coups de sifflet et l'affolement des soldats ottomans qui couraient en tous sens, sans savoir exactement où situer les intrus.

« Le 19 avril au matin, écrivit Parker dans son carnet, la ville et ses faubourgs furent la proie d'une agitation extrême. Une rumeur se répandit selon laquelle des archéologues anglais auraient dérobé les trésors du Temple de Salomon. Des affabulations, évidemment. Non seulement nous n'avons rien volé, mais nous avons même laissé notre équipement sur place. »

Il avoua qu'il n'avait sauvé sa vie, cette nuit-là, que grâce au mérite de ses jambes. Elles lui avaient permis de sauter à cheval et de galoper jusqu'au yacht qui mouillait à Jaffa afin de prendre le large, puis de gagner les côtes du Liban où il attendit que l'orage passe.

6

– Vous savez quoi, monsieur Parker ? interrogea Natacha avec un sourire moqueur.

– Je vous écoute.

– Les scénaristes du film auraient mieux fait d'adapter le carnet de votre grand-oncle, ils auraient ajouté le mystère à l'aventure.

– Vous avez du mal à me croire, n'est-ce pas ?

– Non, je pense que ce carnet de souvenirs est bien de sa main, mais je me demande s'il n'abusait pas de…

Gregory Parker se raidit.

– Mon grand-oncle n'était pas un alcoolique, madame.

– Je ne pensais pas à l'alcool.

– Il ne se droguait pas non plus. Toute cette histoire est vraie, je vous l'assure.

– Admettons. Qu'attendez-vous de moi ?

– J'ai peu connu mon grand-oncle, mais je l'admirais. Il incarnait pour moi tout ce qui donne du sel à la vie : le goût de l'aventure, la découverte des civilisations disparues, l'envie de…

– Le cinéma ne vous suffit pas ?

Elle regretta aussitôt cette répartie idiote, inutilement méchante. Elle le vit accuser le coup en prenant sur lui, sans se démonter. Il en devenait presque attendrissant.

– Madame, reprit Gregory, je sais qu'on a beaucoup moqué mon oncle en le traitant de hâbleur et de rêveur. Peut-être l'était-il en partie. Mais cette découverte de 1911 l'a obsédé toute sa vie.

Il semblait sincère, elle ne sut plus quoi penser.

– À sa mort, poursuivit-il, il m'a légué sa fortune pour que je réalise son vœu le plus cher : trouver le secret de ce cube dans lequel il n'a jamais pu pénétrer. Vous n'imaginez pas sa frustration, sa souffrance. Sans doute me les a-t-il communiquées, avec l'envie d'y mettre un terme.

À son tour, il la regarda dans les yeux.

– Vous êtes vous-même archéologue, madame. Vous connaissez le tourment que peut provoquer pour un chercheur une question non résolue, ce sentiment d'avoir frôlé de près la solution.

Elle savait. Seize années plus tôt, elle avait cherché la vérité sur la secte des Esséniens. Étaient-ils ou non les inspirateurs du Christ ? Inlassablement, elle avait fouillé de nombreux sites archéologiques pour trouver la réponse. Cette fièvre, oui, elle la connaissait.

– Que faites-vous actuellement dans la vie, monsieur Parker ?

– J'enseigne l'histoire antique à l'université de Cambridge, mais j'ai pris une année sabbatique en prétextant une recherche et je suis venu vous trouver.

– Dites-m'en un peu plus.

Il se pencha vers elle et lui parla à voix basse :

– Je voudrais organiser dans les prochaines semaines la même expédition que mon grand-oncle.

– Sous l'esplanade des Mosquées ?

– Oui. Et j'aimerais que vous dirigiez cette exploration. Je sais qu'avant d'être conservatrice au musée, vous étiez une archéologue renommée.

Cette fois, elle le regarda avec gravité.

– Monsieur Parker, il s'agit d'un des endroits les plus sensibles de la planète. Si vous êtes découvert, vous passerez un très mauvais moment.

– Nous ne serons pas découverts.

Il la fixa un instant en insistant sur le pronom personnel.

– Personne ne pensera que nous sommes passés par le puits de Warren qui se situe à six cent cinquante mètres des Lieux saints, je vous le rappelle. Il ne nous arrivera rien si nous sommes prudents.

Elle ne répondit rien.

– Ne pensez-vous pas que l'enjeu vaut quelques risques ? Si nous réussissons, nous aurons retrouvé les vestiges du Temple de Salomon. Et d'autres merveilles, peut-être, cachées dans ce cube ?

Natacha aurait préféré être ailleurs. Une amie psychiatre lui avait parlé de cet art si particulier qu'ont les délirants pour vous entraîner dans leur délire. Voulait-il en faire autant avec elle ? Elle était partagée. Il semblait avoir la tête sur les épaules et le carnet de son grand-oncle paraissait authentique. Mais...

– Je vais vous confier quelque chose, monsieur Parker, parce que vous m'êtes sympathique...

Parker fronça les sourcils. Ce préambule n'annonçait rien de bon.

– Si vous m'aviez fait cette proposition il y a quinze ou vingt ans, j'y aurais réfléchi. J'aime trop l'archéologie pour négliger une piste intéressante. Mais je suis aujourd'hui conservatrice au musée d'Israël, le poste que j'exerce me donne des devoirs...

Et plus encore, se dit-elle, mes fonctions au sein du Mossad.

– Même si vous ne vous faites pas prendre, vous publierez votre découverte, ce qui vous rapportera sans doute un peu de gloire et beaucoup d'argent. Mais les Arabes vous accuseront d'être à la solde de l'État d'Israël, de vouloir exhiber le Temple de Salomon pour ameuter les religieux du monde entier et construire à la place un Troisième Temple. En d'autres termes, vous pourriez provoquer une nouvelle guerre sainte. Israël, croyez-moi, n'en a *vraiment* pas besoin.

C'était une fin de non-recevoir. Il accusa le coup, déçu.

– J'en suis bien conscient.

– Et vous persistez dans votre projet ?

– Je n'ai qu'une vie, dit-il. Je me suis promis de relever ce défi et j'irai jusqu'au bout.

Elle comprit qu'il était inutile d'insister.

– Avez-vous conscience, monsieur Parker, que je suis tenue de vous dénoncer à l'Autorité des antiquités d'Israël ? Mais je préfère que nous en restions là.

Gregory Parker se leva.

– Je regrette votre décision, madame. Je me débrouillerai donc sans vous. Navré de vous avoir retenue si longtemps.

Elle lui serra la main et remonta dans son bureau. Une voix en elle estimait qu'elle avait pris la bonne décision. Une autre, plus discrète, plus profonde, chuchotait que la Natacha des débuts était devenue bien sage. Mais non, il n'y avait rien à regretter. Dans quelques semaines, quand il se confrontera aux difficultés de son entreprise, il échangera cette obsession contre une autre. C'est ce qu'ils font tous.

Sur ce point, Natacha avait tort. Gregory Brownlow Parker était obstiné et n'avait pas l'intention de renoncer.

7

De nouveau convoqué, le père Ernetti faisait les cent pas devant le portail de la Via Angelica, qui donnait accès aux archives secrètes du Vatican. Dix minutes déjà qu'il attendait. Enfin, le cardinal Piglietti arriva, accompagné par un petit homme bedonnant au sourire bienveillant.

– Père Ernetti, je vous présente le père Toledano, le responsable des archives secrètes.

– Enchanté, dit le petit homme. Je crois savoir que vous connaissez les lieux ?

– Un peu, répondit Pellegrino en souriant.

– Alors, allons-y !

Ils descendirent quelques marches, passèrent les services de contrôle tenus par les gardes suisses et entrèrent dans les locaux des archives.

– Vous verrez, dit le père Toledano, le décor n'a guère changé. Mais le nombre des documents conservés a beaucoup augmenté.

Les trois hommes suivirent les longs couloirs de cette immense bibliothèque de cinq mille mètres carrés, construite sur deux étages sous la cour du musée du Vatican. C'est dans ces locaux que, depuis le début du dix-septième siècle, l'Église cache tous ses secrets. Après avoir traversé de nombreuses salles, ils arrivèrent en face d'une porte que le père Toledano ouvrit au moyen d'une combinaison chiffrée.

– Cette pièce a été spécialement conçue pour enfermer les caisses du chronoviseur. Pour des raisons que j'ignore, le pape Paul VI craignait les pouvoirs de cette machine.

– C'est précisément la question que je tiens à éclaircir, dit le cardinal.

Cinq caisses de bois de tailles différentes étaient posées sur le sol.

– Elles ne sont pas scellées, dit le père Toledano. Il suffit de retirer les couvercles pour voir ce qu'elles contiennent.

Seize ans ! Et il est toujours là, intact, se dit Pellegrino.

Le cardinal s'avança et ouvrit la plus grosse. La base de la machine reposait sur un lit de paille.

– Je pense qu'il est préférable de vous laisser seuls pendant cet examen, suggéra le père Toledano, qui connaissait les lois muettes de la discrétion.

Le cardinal Piglietti n'écoutait pas. Il semblait impressionné par ce qu'il voyait.

– Même moi, qui suis physicien de formation, je m'y perds un peu, je l'avoue.

– C'est que le chronoviseur a été construit en plusieurs étapes, Monseigneur, ce qui explique son aspect un peu baroque.

Il ouvrit une seconde caisse.

– Les protubérances que vous voyez ici sont les sommets des collecteurs de neutrinos. La machine formait une image holographique minuscule, qui était agrandie sur un écran de visualisation…

Il retira le couvercle d'une troisième caisse.

– … qui est ici.

Piglietti alla vers la quatrième caisse, que le père Ernetti s'était bien gardé d'ouvrir.

– C'est le cerveau du chronoviseur, n'est-ce pas ?

– Oui, Monseigneur.

Pellegrino resta immobile. Il priait intérieurement pour que la « fouille » n'aille pas trop loin. Piglietti s'était agenouillé. Il examinait l'intérieur du module de commandes.

– Il y a quelque chose que je ne comprends pas. Pourriez-vous me communiquer les plans, père Ernetti ?

– Ils sont dans la valise à côté des caisses.

Elle contenait plusieurs classeurs rassemblant les calculs d'Ettore Majorana, ainsi que des plans. Piglietti les déplia.

S'il sait les déchiffrer, se dit intérieurement Pellegrino, il va se rendre compte de…

– C'est bien ce que je pensais, commenta le cardinal.

Il retourna vers la caisse qu'il venait de quitter et tira à lui le rail qui supportait les circuits électroniques. Il compara avec le plan.

Pourquoi, Seigneur, priait Pellegrino, pourquoi m'infliges-Tu cette épreuve ?

– Normalement, d'après votre plan, il y a deux cartes électroniques sur ces rails. Je ne les vois pas.

Le père Ernetti pâlit. Il se sentait dans la peau d'un voleur qui vient d'être démasqué.

– Où sont ces deux cartes ? insista le cardinal.

Pellegrino n'aimait pas mentir. Cette fois, pourtant, il joua le tout pour le tout.

– Encore une fois, Monseigneur, cette machine a été améliorée au cours du temps. J'ai remplacé ces deux vieilles cartes par des circuits plus efficaces, que vous ne pouvez pas voir à l'œil nu. Il faudrait démonter entièrement le cerveau électronique. Voulez-vous le faire ? Nous aurons besoin d'outils et il faudra y passer plusieurs heures…

– Non, non, je n'ai pas de temps à perdre, dit le cardinal, franchement découragé par la complexité de la machine.

Le père Toledano fit alors brusquement irruption. Il s'adressa au cardinal :

– Monseigneur, j'ai l'ambassade d'Italie au téléphone.

– Ah, j'arrive. Je suis obligé de vous fausser compagnie, père Ernetti, j'en ai assez vu. Je vous rappellerai.

Il sortit. Pellegrino ne bougea pas.

– Vous ne venez pas, père Ernetti ? Je dois fermer la pièce à clé.

– Laissez-moi cinq minutes, père Toledano. Cette machine évoque pour moi tant de souvenirs…

– Je comprends. Je vous attends à l'entrée du bâtiment.

Pellegrino se rappela ce que lui disait sa mère : « Saute, et le filet apparaîtra. » Cette fois, il avait été sauvé par un petit mensonge. Les deux cartes électroniques – qui étaient comme des clés – étaient évidemment indispensables au fonctionnement du chronoviseur.

Quand le pape Paul VI lui avait ordonné de démonter la machine, le père Ernetti avait discrètement subtilisé les deux cartes, par prudence. Car l'expérience avait montré que le chronoviseur était très délicat à manipuler. Utilisé sans précautions, il pouvait altérer gravement le cours des événements et devenir un outil extrêmement dangereux. Sans les cartes électroniques, heureusement, la machine était inerte.

Mais aujourd'hui, ce cardinal au regard glacé s'intéressait de près à l'invention du père Ernetti. Que pourrait lui opposer le pauvre prêtre quand ce prélat haut placé comprendrait le stratagème ? Car il le découvrirait, tôt ou tard. Si Pellegrino était contraint de rendre les deux clés électroniques, le chronoviseur serait à nouveau en état de marche. Qu'en ferait un ambitieux comme Piglietti ? Et comment éviter une nouvelle catastrophe ?

8

Aux premières heures de l'aube, quand il émergea du puits de Warren, Gregory Parker crut rêver. Il était quatre heures et demie du matin, Jérusalem s'éveillait. Encore abasourdi par ce qu'il venait de découvrir dans les entrailles de la colline, il monta dans sa voiture pour gagner la Vieille Ville et boire quelque chose de chaud.

L'esprit ailleurs, il erra quelques minutes dans les allées sombres du souk. Les échoppes étaient toutes fermées, mais il finit par trouver un petit restaurant oriental ouvert la nuit, à destination des amateurs de virées nocturnes.

– Qu'est-ce que je vous sers ? demanda le patron.

– Dites-moi ce qu'il vous reste…

– À cette heure, la cuisine est fermée. Je peux vous préparer un thé vert et vous réchauffer une pita au falafel.

Il n'avait pas faim, mais accepta. Confortablement installé sur une vieille banquette, il ouvrit fébrilement son sac à dos et en sortit son appareil photo. Il enroula la pellicule jusqu'à la butée et ouvrit le boîtier. Il dégagea le rouleau de négatifs 24 × 36, qu'il rangea dans sa petite boîte. Les clichés ne devaient pas être fameux, car il ne disposait pour éclairer le site que d'une pauvre torche électrique. Même de mauvaise qualité, ils étaient la preuve que son grand-oncle ne lui avait pas menti. Il s'étendit sur la banquette et reconstitua mentalement ce qu'il avait vécu au cours des douze dernières heures.

Il ne l'avait pas avoué à la conservatrice du musée, mais il se méfiait un peu de son oncle Montagu Parker. Sa mauvaise réputation était en partie justifiée. La plupart des exploits qu'il colportait dans les salons à la mode de Paris ou de Londres étaient largement imaginaires, ou très exagérés. Il fallait donc vérifier avant d'engager des frais pour l'expédition.

La veille, il s'était livré à un rapide repérage. En fin d'après-midi, il s'était rendu sur le site du puits de Warren, conservé actuellement par la Direction des Parcs nationaux d'Israël. À en croire le carnet de Montagu Parker, c'était le point de départ de l'itinéraire qui menait à travers un invraisemblable dédale de tunnels, aux vestiges du Temple de Salomon et à ce fameux cube.

Il avait donc acheté un billet au guichet, comme n'importe quel touriste, et, dissimulé dans l'ombre d'un tunnel, il avait attendu que les visiteurs remontent à la surface. Enfin, à l'heure de la fermeture, les lumières s'éteignirent. Muni de sa lampe torche, il s'engagea dans le souterrain…

– Votre thé refroidit, monsieur.

Gregory reprit ses esprits. Le patron du restaurant avait raison. Quant à la pita, il n'y avait pas touché. Son esprit était ailleurs, mais il avait besoin de reprendre des forces.

– Je vais vous en refaire un bien chaud. Et mangez votre sandwich, sinon je vais devoir le jeter.

Gregory approuva distraitement, mais ses pensées continuèrent à vagabonder. Ce qu'il avait découvert à l'intérieur du cube pouvait bouleverser toute notre compréhension de l'histoire biblique.

9

Au même moment, un homme affolé dévalait les ruelles de la Vieille Ville de Jérusalem. À bout de souffle, il s'arrêta devant un établissement qui ressemblait à l'entrée d'un magasin ou d'une galerie d'art. Sur une plaque de cuivre, on pouvait lire une inscription en anglais et en hébreu : *Holy Temple Institute.* C'était un musée voué à la célébration d'un édifice imaginaire, le Troisième Temple de Jérusalem.

En dépit de l'heure matinale, l'homme appuya avec insistance sur le bouton de l'interphone. Quelqu'un décrocha.

– Yoël, c'est moi, Yuval !

– À cette heure ? dit une voix embrumée par le sommeil.

– Ouvre vite, il est arrivé quelque chose de grave !

Une lumière s'alluma au premier étage. Yoël était encore en pyjama. Le quadragénaire de petite taille, à la barbe bien taillée et au crâne dégarni, descendit l'escalier en se coiffant de sa kippa. Il prit une clé accrochée au mur et la fit tourner dans la serrure.

– Arrête ton tintamarre, Yuval, tu vas ameuter tout le quartier.

Il referma soigneusement la porte.

– Raconte…

– Quelqu'un a trouvé le cube.

Une ombre d'inquiétude passa sur le visage de l'homme en pyjama.

– Mais c'est impossible !

– Je pense que c'est un Anglais. Il est resté dans le tunnel tout l'après-midi. Je trouvais bizarres ses allées et venues. Il n'avait pas l'air d'un touriste, il cherchait quelque chose. En plus, il avait des bottes en caoutchouc. À Jérusalem, ce n'est pas banal.

Yuval était employé depuis des années par l'Autorité des antiquités à l'entretien du puits de Warren. Il ramassait les papiers jetés par terre et chassait les touristes qui s'attardaient après la fermeture.

– Il a attendu que tout le monde s'en aille, mais je suis resté et je l'ai suivi.

– Tu as bien fait, Yuval.

– Quand les lumières se sont éteintes, il a allumé une lampe torche, il était bien équipé.

– À ton avis, il savait où il allait ?

– Il avait un plan dessiné sur un petit carnet. Il a découvert le souterrain assez facilement et…

Il hésita :

– … et tout le reste.

– Tu veux dire… vraiment tout ? Il est entré dans le cube ? demanda Yoël, franchement atterré.

– Oui, par la petite ouverture. Il est resté un moment à l'intérieur.

Yoël semblait très ennuyé.

– Donc il sait. Il t'a vu ?

Yuval était perplexe.

– Je ne sais pas. J'avais allumé ma torche, mais je l'ai éteinte dès qu'il a mis la tête dehors. Tu penses qu'il va tout raconter, Yoël ?

– C'est possible, mais personne ne le croira.

Il était troublé.

– Sauf s'il a fait des photos. Tu sais où il loge ?

– Non, je suis venu directement te prévenir.

Yoël pesta intérieurement. Si Yuval avait attendu la sortie de l'intrus, il aurait pu le suivre et découvrir son identité. Mais Yuval était Yuval, il ne fallait pas lui en demander trop. Il ne restait plus qu'à lancer une enquête dans la Vieille Ville pour retrouver la trace de l'Anglais.

– Attendons qu'il se manifeste. En début de matinée j'appellerai Dallas, il faut prévenir le général Swaggart.

10

Gregory Parker attendit huit heures du matin pour porter ses négatifs chez Patterson Labs, un laboratoire réputé pour son professionnalisme. Se prétendant journaliste, il demanda un travail en urgence. On lui promit les tirages pour la fin de la matinée, livrés par coursier à son hôtel. Il profita de ce répit pour essayer de dormir quelques heures, mais il était bien trop excité pour trouver le sommeil. Il prit un bain chaud, puis changea de vêtements.

Vers midi, le concierge de l'hôtel l'appela, on avait livré ses photos. Il les regarda attentivement. Comme il s'y attendait, elles étaient de mauvaise qualité, mais ce qu'on voyait était stupéfiant. Maintenant, il ne lui restait plus qu'à trouver assez d'argent pour monter une expédition avec un matériel photographique digne de ce nom.

Il prit sa voiture et roula jusqu'à Bethléem où sont rassemblés la plupart des marchands d'antiquités. En se renseignant dans les boutiques, il découvrit qu'un nom revenait souvent, celui de Meyer Irgoun. Depuis la découverte des manuscrits de la mer Morte, qui avait fortement amplifié le trafic des antiquités, Irgoun était devenu une véritable plaque tournante entre les marchands clandestins et les riches collectionneurs américains.

– Où peut-on le contacter ? demanda Gregory au vendeur.

– Tout dépend de ce que vous vendez. Avez-vous quelque chose à lui montrer ?

Parker hésita et finit par confier au vendeur une enveloppe contenant une des photos de son expédition clandestine sous la colline du Temple. La réponse ne tarda pas. Meyer Irgoun l'appela à son hôtel et lui donna rendez-vous chez lui, à Tel-Aviv.

Le bureau d'Irgoun se résumait à une vaste pièce où étaient exposés des objets de toutes sortes : céramiques d'avant et d'après l'exil à Babylone, bijoux byzantins, pièces de monnaie très anciennes, pierres gravées retrouvées dans des ossuaires et même une inscription en hébreu archaïque, datant de l'époque du roi David. Meyer Irgoun, qui avait dépassé la cinquantaine, avait une tête de canaille et le charme trouble d'un homme raffiné. Il reçut Gregory derrière un grand piano blanc, lui-même très encombré.

– C'est mon bureau. Quand je m'énerve, je joue une pièce de Brahms ou de Schumann, ça me calme. Asseyez-vous sur le pouf.

Gregory prit place en face de lui. Irgoun entra immédiatement dans le vif du sujet.

– D'où vient cette photo ?

– À votre avis ?

Il y eut un silence.

– Vous avez trouvé le moyen d'explorer l'intérieur de la colline du Temple ?

Gregory ne répondit rien. On lui avait confié qu'Irgoun avait la manie désagréable d'enregistrer les propos de ses visiteurs avec un magnétophone à cassette habilement dissimulé.

– Et ce cube, qu'est-ce que c'est ?

– Une surprise. J'ai aussi photographié ce qu'il y a à l'intérieur.

Gregory lui tendit un nouveau cliché. Irgoun, qui croyait avoir tout vu dans sa vie, fut paralysé par la surprise.

– C'est un trucage ?

– Non, j'ai une trentaine de photos de l'ensemble du site, prises sous différents angles.

– Et… que voulez-vous en faire ?

– Les vendre un bon prix, pour monter une expédition au même endroit.

– Désolé, je ne vous les achèterai pas.

Il lui rendit les deux photos.

– Ce que vous avez trouvé, monsieur Parker, est trop… compliqué pour moi. Je ne vois qu'un homme assez fou pour acquérir ces clichés. S'il est intéressé, je vous donnerai ses coordonnées. Laissez-moi un ou deux jours.

Gregory se leva et le remercia. Puis il demanda :

– Il faudrait que nous parlions de votre commission au cas où…

– Je n'en veux pas, je ne veux pas être mêlé à ça.

La conversation s'arrêta là.

Gregory Parker reprit le chemin de Jérusalem, assez troublé par cette rencontre. Il sentait que la situation pouvait devenir périlleuse. Dès le lendemain, Irgoun lui envoya un télégramme à son hôtel :

« ÉVÊQUE DOM ALBERTO PINDARE DE CARVALHO – STOP – VOUS PROPOSE DE VENIR CHEZ LUI À ROME – STOP – APPORTEZ TOUTES VOS PHOTOS – STOP – APPELEZ-LE AU… »

Suivaient un numéro de téléphone et une adresse.

11

On peut sentir dès le premier jour si une exposition aura du succès. Celle que Natacha avait conçue sur le thème de la crucifixion était bien partie. Elle avait su habilement mêler l'aspect technique de cette forme d'exécution avec sa dimension presque « philosophique » : manifester la toute-puissance du pouvoir régalien en foudroyant le rebelle par la plus éprouvante des punitions. Mais comment ce supplice avait-il débouché sur un symbole religieux ? La croix pouvait-elle expliquer la couleur doloriste si particulière du christianisme ? L'exposition proposait d'y réfléchir avec de superbes reproductions du Christ en croix, de Tiepolo à Dalí.

– Une vraie réussite, commenta Roni Adahan, le directeur du musée.

– Merci, Roni.

– Il faut maintenant penser à la suivante, pour le printemps. J'ai parlé l'autre jour avec le ministre de la Culture. Il apprécie beaucoup notre travail au musée, mais il regrette que nos expositions restent centrées sur l'Antiquité. Il aimerait que nous abordions des thèmes plus contemporains.

Natacha fronça les sourcils, méfiante.

– C'est le ministre qui dirige le musée, Roni ?

– Non, mais c'est lui qui nous accorde des subventions, il est normal que nous écoutions ses suggestions.

Le directeur connaissait le tempérament volcanique de son adjointe, mais il avait appris avec les années comment la faire fléchir.

– Fais-le pour moi, Natacha.

Elle éclata de rire.

– Tu me fais ta tête de Droopy, maintenant ?

– Tu n'y résistes jamais.

– Bon, que proposes-tu ?

– Pourquoi pas une exposition sur les communautés juives d'Italie avant le vingtième siècle ? N'oublie pas que la communauté italienne est la plus ancienne d'Europe occidentale. Depuis quand n'es-tu pas allée en Italie ?

– Au moins seize ans. Les quelques mois que j'ai passés à Rome m'ont laissé un souvenir plutôt… mitigé. Mais j'y ai rencontré une personne pour qui j'ai beaucoup d'affection.

– Un bel Italien ?

– Tu n'y es pas, Roni, c'était un prêtre. J'ai vécu avec lui quelques moments difficiles, mais inoubliables.

Elle se décida.

– Vendu ! Mais je vais devoir aller à Rome, à Florence et à Venise pour prendre des contacts et voir leur documentation.

Roni ne pouvait cacher sa joie.

– Tu pars quand tu veux.

– Je crois même que je vais commencer par Venise, dit-elle.

– La plus belle ville d'Italie !

– Et celle, corrigea Natacha, où fut créé le premier ghetto.

Celle aussi où vivait le père Ernetti. Mais elle garda ce détail pour elle.

12

Pendant des années, dans sa belle maison de Rome, l'évêque Dom Alberto Carvalho avait rongé son frein. L'âge venant, il craignait que l'inaction le fasse vieillir rapidement. Il avait lu quelque part que les habitants de l'île d'Okinawa, champions du monde de la longévité, étaient des adeptes de ce qu'ils appelaient l'*ikigaï,* « avoir une raison d'être » en japonais. Chaque jour, vous devez avoir un but, peu importe lequel. Sans cela, vous courez droit au tombeau.

Sur ce plan, le bilan était catastrophique. Après avoir commencé tambour battant, la vie de Dom Alberto Carvalho était devenue désespérément vide. S'il avait conservé son costume d'évêque de Rio, il y a bien longtemps qu'il n'exerçait plus aucune fonction ecclésiastique. Pire, il avait le sentiment que le Vatican lui avait tourné le dos.

Deux ans auparavant, après la mort de Paul VI, il avait espéré revenir par la grande porte avec l'aide du nouveau pape, Jean-Paul II. Il l'avait bien connu dans sa jeunesse, quand il s'appelait encore Karol Wojtyla. À plusieurs reprises, il demanda une audience. Aucune réponse ne vint. Il se décida alors à téléphoner au cardinal Cipriano, devenu secrétaire d'État. Lui aussi était une vieille connaissance.

– Qu'y a-t-il, Cipriano, tu me fuis ? Et Karol aussi ?

– Je vais être franc, Alberto. Nous n'avons pas de liste noire au Vatican, nous n'aimons pas ce principe. Mais si nous en avions une, un seul nom serait inscrit en rouge : le tien.

– Quel honneur, Cipriano, répliqua Carvalho.

– Nous savons tous la manière inqualifiable dont tu t'es conduit[1] sous le pontificat de Paul VI. Pour des raisons que j'ai du mal à comprendre, tu as échappé à la justice des hommes, mais tu n'échapperas pas à celle de Dieu.

– Ma parole, c'est un sermon !

– Appelle cela comme tu voudras. Mais n'espère plus jamais être reçu par le Saint-Père, ni même par moi. Retourne au Brésil et oublie-nous. Est-ce clair ?

– Très clair.

– Ton comportement au cours de ces dernières années…

Carvalho raccrocha. Quelque chose bougeait en lui. Une sensation oubliée, presque une forme d'ivresse. Après toutes ces années, comme remise en route par une baguette biologique miraculeuse, la vie revenait. Et avec elle, toute son énergie malfaisante. Car pour Dom Alberto, la vie, c'était la haine.

Il s'étonnait souvent que cette émotion, aussi ancienne que l'humanité, ait si mauvaise réputation. La haine décuple vos forces, elle les rassemble en un seul but, détruire celui qui vous a offensé. Elle possède aussi une vertu fondamentale à son âge, elle conserve. C'était son *ikigaï* à lui.

À présent, par le plus grand des hasards, le salut arrivait de Jérusalem. Il appuya sur un bouton pour appeler Joaquin. Ce Brésilien à la forte carrure l'avait servi fidèlement depuis son adolescence.

---

1. Les démêlés de Dom Alberto Carvalho avec le Vatican ont été contés dans le premier tome : *La Machine Ernetti.* Ils se sont soldés, pour Dom Alberto, par un échec complet.

– Monsieur ?

– À quelle heure avons-nous rendez-vous avec notre invité ?

– À quinze heures. Il a atterri ce matin à Fiumicino.

Carvalho eut un mouvement d'humeur, car il était pressé.

– Nous aurions pu l'inviter à déjeuner.

– Il a refusé, il avait d'autres obligations. Voulez-vous un alcool, Dom Alberto ? Cela vous aidera à patienter.

– Non, je veux garder les idées claires.

Un taxi avait conduit Gregory Parker dans le parc de la Via Antica, un des quartiers les plus prisés de la capitale italienne. Il s'arrêta près de la Via Appia, une célèbre rue pavée de la Rome antique.

– Le reste du chemin se fait à pied, lui dit le chauffeur.

Gregory chemina quelques minutes sur l'allée pavée de grosses pierres avant d'arriver devant la propriété de Dom Alberto Carvalho. Visiblement, l'évêque ne se refusait rien. Le parc naturel était un enchantement. Des vestiges couverts de mousse, sur les deux côtés de la voie, composaient avec les cyprès de délicieux tableaux. Dès qu'il sonna au portail, un Brésilien vint lui ouvrir.

– Dom Alberto vous attend, *senhor*.

L'évêque était âgé. Il portait une veste de couleur sombre et une chemise fermée par un col romain, sur laquelle pendait une grande croix. Plutôt petit, mais étonnamment musclé, on pouvait s'en rendre compte à sa poignée de main. Le plus impressionnant, pensa Gregory, était son regard de fauve. Non, plutôt les yeux d'un serpent.

– Que pensez-vous, monsieur Parker, de mon petit refuge romain ?

– Il est splendide.

– Bien modeste, pourtant, à côté de la villa de mon voisin Carlo Ponti, le producteur de cinéma. De temps en temps, on peut y apercevoir Kirk Douglas ou Anthony Quinn. Et même son épouse Sophia Loren. Venez, allons au salon.

Celui-ci était meublé avec goût, certainement par un designer italien.

– Voulez-vous un rafraîchissement ?

– Avec plaisir, père Carvalho.

– Appelez-moi Dom Alberto, monsieur Parker, je ne sers plus la messe depuis longtemps.

Joaquin arriva avec une table roulante garnie de boissons de toutes sortes.

– Une citronnade ou quelque chose de plus fort ?

– Compte tenu de la météo, j'opte plutôt pour la citronnade.

– Eh bien, moi aussi.

Joaquin posa aussitôt deux verres de citronnade sur la table basse, puis s'éclipsa.

– Allons droit au but. Avez-vous les photos ?

Gregory ouvrit son cartable en cuir et en sortit une chemise cartonnée, fermée par un élastique.

– J'ai ici des photocopies de tous mes clichés. Trente-deux en tout.

– Puis-je les voir ?

Parker tendit à l'évêque une première série de photocopies, reliées par un simple trombone.

– Voici d'abord une dizaine de vues de l'extérieur du cube. Je les ai faites avec les moyens du bord, en éclairant le site avec ma torche électrique.

Dom Alberto les examina attentivement avec une loupe de philatéliste.

– Vous me garantissez que ces photos sont authentiques ?

– Elles le sont.

– Les vestiges du Temple de Salomon sont conformes à ce qu'on pouvait attendre, dit Carvalho, mais ce cube est… très étrange.

Gregory, qui avait soigneusement préparé ses effets, lui montra alors une seconde série de photocopies.

– Voici des vues de l'intérieur.

Carvalho les feuilleta fébrilement. Il n'arrivait pas à croire ce qu'il voyait.

– C'est... très étonnant.

– Je n'en croyais pas mes yeux moi non plus.

Une photo en particulier, celle d'un coffre sculpté, attira l'attention de Dom Alberto.

– Ce coffret, c'est bien... ce que je crois ?

– J'en ai la certitude, approuva Parker. Et voici ce que j'ai trouvé dedans...

Il montra une autre photocopie, où le coffret révélait son contenu.

Je donnerais cher pour voir la tête du pape quand il découvrira cette photo, pensa Carvalho.

– L'expédition que je projette, poursuivit Gregory, me permettra de réaliser une seconde série de clichés, avec un groupe électrogène et du matériel d'éclairage professionnel. Ils seront publiables partout, même dans le *National Geographic.*

– Où sont les négatifs ?

– À Rome.

Carvalho eut un demi-sourire. C'était la raison pour laquelle Parker était arrivé en retard. Ce garçon n'est pas idiot, à sa place j'aurais agi de la même manière.

– Je suis intéressé par ces photos. Les deux séries. Combien en voulez-vous ?

– Mille dollars pour chaque photo de la première série.

– Donc trente-deux mille dollars pour des photos à peine lisibles ? Admettons. Et pour la seconde série ?

– Un forfait de cent mille dollars, qui payera les photos et mes frais pour acheter du matériel et trouver deux aides pour organiser mon expédition.

Carvalho siffla entre ses dents. Il posa les photocopies et fixa Gregory d'un air menaçant.

– Sachez, monsieur Parker, que je déteste qu'on m'escroque. Si nous faisons affaire et si je découvre, par malheur, que vous m'avez joué un tour, c'est Joaquin qui s'occupera de vous.

Il accompagna sa menace d'un geste du pouce autour du cou qui était éloquent.

– Vous pouvez me faire confiance, *senhor*, répondit Parker sans sourciller.

Carvalho se leva et alla jeter un coup d'œil dans le parc par la fenêtre du salon. Il réfléchissait. Si son interlocuteur disait la vérité, et son intuition lui soufflait que c'était bien le cas, il tenait l'arme qui lui manquait pour relancer son offensive contre le Vatican. Par ailleurs, l'argent ne semblait pas être la motivation principale de Gregory Parker. Les sommes demandées n'étaient pas exorbitantes, compte tenu de l'enjeu. Il se tourna vers son visiteur.

– J'accepte votre proposition, monsieur Parker. Trente-deux mille dollars pour votre première série quand vous m'aurez livré les négatifs.

– Vous les aurez en fin d'après-midi, Dom Alberto !

13

C'était la sixième fois en une semaine que Yoël Cohen appelait Dallas. Et comme les conversations avec le général étaient interminables, ces appels finissaient par lui coûter une fortune. Mais la situation était sérieuse et nécessitait de se consulter. Un employé décrocha et passa l'appareil au général Elmer C. Swaggart, troisième fortune des États-Unis.

– Bonjour, Yoël, quelle heure est-il chez vous ?

– Huit heures de plus qu'à Dallas, général, la nuit est tombée.

– Parker est revenu de Rome ?

– Toujours pas, mais il a gardé sa chambre à l'hôtel, il ne devrait pas tarder.

Depuis la visite de Gregory Parker sous la colline du Temple, Yoël Cohen avait lancé ses limiers pour localiser l'intrus. Ils avaient fini par retrouver sa trace grâce à un réseau de complicités.

– J'ai pris des renseignements sur cet évêque, Dom Alberto Carvalho, dit le général. C'est un activiste tiers-mondiste, qui veut bouleverser l'organisation actuelle de l'Église. La CIA le soupçonne d'être lié aux services secrets soviétiques, mais il travaille aussi pour son propre compte.

– Vous pensez qu'il va tout révéler ?

– Tout dépend de ce que Parker lui a vendu.

– Des photos de l'intérieur du cube, j'imagine.

– Il avait du matériel d'éclairage ?

– Juste une lampe torche. Je pense qu'il effectuait une reconnaissance des lieux.

– Et le coffret ?

– D'après mon informateur, il est sorti sans rien emporter. Et le coffret ne passe pas par l'ouverture du cube.

– S'il revient, ils auront du matériel pour faire de bonnes photos et pour agrandir l'ouverture. Je ne comprends pas votre attitude, Yoël, ce coffret serait bien mieux entre nos mains. Je pourrais vous envoyer des hommes pour le sortir de là.

La réponse de Yoël Cohen fut catégorique :

– Personne ne touchera à ce coffret, général ! C'est un don de Dieu, il doit rester où il est.

– Yoël, s'énerva le général, vous savez comme moi ce qu'il contient !

– Tout ce qu'il y a à l'intérieur du cube et du coffret est une épreuve. L'Éternel nous l'impose comme Il demanda jadis à notre père Abraham de sacrifier son fils. Au dernier moment, Il nous enverra le bélier salvateur.

Le général n'insista pas, on ne contrecarre pas une croyance par des ordres. En plus, seuls Yoël et ses hommes connaissaient l'itinéraire conduisant au Temple de Salomon, il fallait les ménager.

– Alors, je ne vois qu'une solution : si Parker est allé trouver Carvalho, c'est pour lui demander de l'argent. Donc, offrons-lui davantage.

14

En fin d'après-midi, Gregory Parker livra les négatifs à Dom Alberto. Il les avait simplement cachés dans un casier à la consigne de la Stazione Termini de Rome. Carvalho semblait satisfait.

– *Joaquin, vá buscar o dinheiro*[1] *!*

Joaquin s'éclipsa. Gregory fouilla dans son cartable et en sortit un contrat.

– J'ai rédigé un acte de vente en deux exemplaires. Voulez-vous les signer ?

Carvalho haussa les épaules et s'exécuta. Joaquin revint avec une enveloppe. Gregory vérifia, il y avait le compte.

– Vous êtes satisfait, monsieur Parker ? Quand comptez-vous me livrer la deuxième série de photos ?

– Disons... une quinzaine de jours.

– Ce sera parfait.

Gregory hésitait à partir, une question lui trottait dans la tête.

– Est-il indiscret de vous demander ce que vous comptez faire de mes photos, Dom Alberto ?

– J'utiliserai la première série pour appâter les journalistes. Quand j'aurai les clichés de bonne qualité, je les proposerai offi-

1. « Joaquin, va chercher l'argent. »

ciellement à la presse. Et j'aurai ainsi l'honneur d'avoir subventionné une des plus grandes découvertes archéologiques du siècle ! La vôtre, naturellement.

Gregory Parker prit son taxi pour l'aéroport. Il avait encaissé une jolie somme d'argent, en attendant le reste. Mais il n'était pas tranquille, cet homme l'inquiétait.

Carvalho, lui, triomphait. Parker lui avait confié une grande enveloppe, où il avait glissé les négatifs et des tirages en format 18 × 24 de chaque cliché. Il les parcourut une nouvelle fois avec délices. Puis, crayon en main, il s'installa à son bureau et mit au point un plan d'action.

Pour peser sur les décisions du pape, il devait égrener la menace progressivement, « feuilletonner » l'information, comme disent les journalistes italiens, découper les révélations en séquences toujours plus angoissantes.

Il enverrait donc au Vatican quatre enveloppes de clichés, chacune espacée d'une semaine. Non, c'était trop long. Trois envois suffiraient : deux pour les photos de mauvaise qualité, un pour celles publiables par la presse, si aucun accord n'était trouvé avec le pape. Toutes les enveloppes seraient adressées personnellement au Saint-Père et signées avec la carte de visite de Carvalho : « Avec les compliments de Dom Alberto Pindare de Carvalho. » La première enveloppe montrerait des plans généraux de la fouille sous la colline des Mosquées, avec le fameux cube. La seconde proposerait des gros plans de ce que Gregory Parker avait trouvé à l'intérieur.

Quand il eut fini de préparer sa première enveloppe, Carvalho la confia à Joaquin pour qu'il la dépose au palais du Vatican.

Non, décida-t-il, l'allure patibulaire de Joaquin va les effrayer. Je la porterai en personne.

Il se fit conduire à quelques centaines de mètres de la place Saint-Pierre. Il marchait sans se presser, croisant de nombreux ecclésiastiques. Mais personne ne semblait le reconnaître. Il salua deux cardinaux qu'il avait autrefois bien connus et qui passèrent leur chemin avec indifférence. Ils ne le boudaient pas, non. Ils l'avaient oublié, tout simplement.

Dom Alberto franchit victorieusement le barrage des gardes suisses. Il avait tant de laissez-passer sur lui, des vrais et des faux. Puis il se présenta à l'accueil du palais pontifical. Un jeune prélat lui demanda ce qu'il désirait.

– Je vous confie cette enveloppe pour le pape en personne, dit-il au préposé. Avez-vous bien compris ? Dites-lui que c'est un envoi de Dom Alberto Pindare de Carvalho.

Le nom ne disait rien au freluquet qui saisit l'enveloppe et la posa dans une corbeille.

– Votre correspondance, mon père, sera analysée par le service du courrier. Et peut-être communiquée au Saint-Père, mais je ne puis vous le garantir. Le responsable du service en décidera.

Dom Alberto fusilla l'insolent d'un regard meurtrier, puis tourna les talons.

On a raison de dire que l'oubli est un avant-goût de la mort, songea-t-il avec amertume. Mais je leur montrerai, moi, que Dom Alberto Carvalho est toujours vivant !

15

Après avoir décliné son identité à l'entrée du monastère, Natacha s'approcha discrètement du père Ernetti qui préparait son cours au conservatoire de musique.

– Mon père ?

Il leva la tête. Une immense joie illumina son visage. Ils s'enlacèrent longuement sans rien dire, tout à la joie de se retrouver.

– Combien de temps ? lui dit-il.

– Je ne sais pas. Trop longtemps en tout cas.

Ce fut une rencontre émouvante et chaleureuse, après plus de seize ans de séparation.

Au moment de se quitter, sur le parvis du monastère, le père Ernetti fouilla dans sa soutane et en sortit une petite boîte de nacre. À l'intérieur, il y avait une carte électronique. Natacha comprit vite.

– C'est la clé du chronoviseur ?

– Une des deux qui commandent sa mise en marche, je garde l'autre.

– C'est une trop grande responsabilité, père Ernetti, je ne suis pas sûre de…

Il lui parla sur un ton grave, presque pressant :

– Natacha, un jour ou l'autre, ils voudront remettre la machine en état de fonctionner. J'ai déjà été convoqué au Vatican à deux reprises par un cardinal qui ne m'inspire pas confiance, je le soupçonne de vouloir s'approprier mon invention. Seul, je ne suis pas en mesure de lui résister. Si nous nous partageons les clés du chronoviseur, nous serons deux à décider. Et tout sera différent.

Elle approuva en silence et glissa l'objet dans son sac. Il avait raison, il fallait être au moins deux pour résister aux tentations du Diable.

Le tintement d'une petite cloche signala que le *vaporetto* venait d'arriver. Natacha lui fit un *ciao* de la main. Il lui adressa un baiser. Pendant quelques secondes, Pellegrino regarda le bateau s'éloigner, puis il plongea sa main dans sa poche. Il venait de recevoir un télégramme du Vatican. Le pape Jean-Paul II lui demandait son aide, car « quelque chose de grave est arrivé ».

Quand Natacha accosta sur l'autre rive du Grand Canal, elle ne retourna pas directement à son hôtel. Le café Florian était encore ouvert malgré l'obscurité qui tombait. Il faisait doux et le petit orchestre installé sur la terrasse proposait aux touristes ses valses et sa musique légère. Elle s'installa à une table et commanda un thé. Elle se détendit un peu. Cette rencontre, à seize ans de distance, l'avait beaucoup touchée. De tous les hommes qu'elle avait croisés dans sa vie, le père Ernetti était certainement celui dont elle se sentait le plus proche. Ce n'était pas seulement un grand physicien, mais un être sensible et attachant qui éveillait en elle des élans de tendresse. Elle sourit. Ils s'étaient parlé comme deux vieux amoureux qui se retrouvaient après une longue séparation. Mais il avait choisi le Christ et elle ne pouvait que respecter son choix. Elle repensa à cette carte électronique qu'il lui avait confiée. Il avait raison d'être prudent, mais son empressement l'avait intriguée. Craignait-il quelque chose ? Elle secoua la tête. Cette fois, le sommeil la gagnait. Son hôtel, heureusement, n'était pas loin.

À son arrivée, le concierge l'appela et lui tendit un télégramme. Il émanait de Zvi Eizer, son supérieur du Mossad. Il lui demandait de le rappeler d'urgence. Elle regarda l'heure. Entre Venise et Tel-Aviv, il n'y avait qu'une heure de décalage. Une fois dans sa chambre, elle lui téléphona. Zvi n'était plus à son bureau, mais chez lui… et il n'avait pas l'air content.

– Natacha, que faites-vous en Italie ?

– Mais… je travaille.

Il se mit à crier :

– Vous devez toujours me signaler vos déplacements, quand vous quittez le pays ! C'est une question de sécurité !

C'était la première fois qu'elle avait oublié de le faire.

– Vous avez raison, Zvi, je suis fautive.

Depuis de nombreuses années, elle travaillait occasionnellement pour l'Institut[1]. Après l'opération menée en 1964 au Vatican (qui lui avait permis de rencontrer le père Ernetti), elle avait effectué d'autres missions de renseignement dans le cadre des institutions européennes. Une bonne raison, selon Zvi, pour continuer à travailler au musée qui était une excellente couverture.

Après l'engueulade, il se calma.

– Tant mieux si vous êtes en Italie. Oubliez votre exposition, vous avez rendez-vous demain matin à onze heures chez le pape Jean-Paul II.

– Le pape ?

Elle n'en revenait pas.

– Mais qu'est-ce qu'il me veut ?

– Je n'en sais rien. J'ai eu le secrétaire d'État du Vatican au téléphone. Ils sont très inquiets. Il m'a parlé d'une menace pour

1. En hébreu moderne, « Mossad » signifie « Institut », un raccourci pour « Institut pour les renseignements et les affaires spéciales ».

l'Église qui pourrait avoir des conséquences pour la sécurité de notre pays.

Elle ne voyait toujours pas pourquoi le pape voulait la rencontrer, Zvi ne donnait jamais beaucoup de détails au téléphone.

– Le père Pellegrino Ernetti y sera aussi. Le pape veut vous voir ensemble. C'est une bonne indication, vous ne trouvez pas ?

16

Une Mercedes vint chercher Natacha à la gare centrale de Rome. Tôt le matin, elle avait essayé de joindre le père Ernetti, mais il était déjà parti pour le Vatican.

À son arrivée, un cardinal vint l'accueillir.

– Heureux de vous rencontrer, madame. Je suis le cardinal Cipriano, le secrétaire d'État de Sa Sainteté. Laissez vos bagages, le pape veut vous voir immédiatement dans son bureau.

– Déjà ? J'aurais préféré faire un brin de toilette.

– Un hôtel très confortable vous a été retenu à côté, mais il y a urgence. Le père Ernetti est déjà en conversation avec le pape.

– Je vous suis, Monseigneur.

Après avoir été discrètement annoncée, Natacha fut introduite dans le bureau de Jean-Paul II qui se leva pour l'accueillir. Pellegrino se leva aussi. Il semblait préoccupé.

– Merci d'être venue, madame Yadin-Drori.

Le pape, qui affichait une petite soixantaine, méritait bien son surnom « d'athlète de Dieu ». En dépit de la soutane immaculée et de la calotte blanche, on devinait la carrure d'un homme rompu aux sports de montagne. Son large sourire, renforcé par la malice qu'on devinait dans son regard, était irrésistible et augmentait son charisme naturel. Il a certainement troublé bien des femmes, se dit Natacha.

Le Saint-Père lui tendit son anneau qu'elle baisa. Puis elle alla embrasser le père Ernetti et prit place à ses côtés, devant le bureau papal.

– Je vous ai demandé de venir, expliqua-t-il à Natacha, car la situation que je vais vous décrire nous imposera peut-être d'utiliser le chronoviseur du père Ernetti.

– Je croyais, Très Saint-Père, que le chronoviseur avait été démonté ?

– C'est exact. Il est entreposé actuellement dans cinq caisses conservées aux archives secrètes. Le père Ernetti m'assure qu'il pourrait redevenir opérationnel. Bien entendu, il ne fonctionnera que si vous en décidez tous les deux, dit-il en la regardant avec un sourire entendu.

Natacha était gênée. Apparemment, il savait tout. Elle se tourna vers le père Ernetti.

– J'ai parlé de la double clé au Saint-Père, dit-il, c'était mon devoir.

– Si j'ai bien compris, reprit le pape d'un air amusé, c'est comme un coffre de banque. Vous avez chacun une clé et les deux sont nécessaires pour mettre la machine en route.

– C'est que… cette machine est merveilleuse, dit Natacha, mais elle exige d'être manipulée avec précaution. Nous voulions éviter les accidents.

– Rassurez-vous, madame, je ne vous reproche rien.

Le père Ernetti lui posa affectueusement la main sur l'épaule.

– Mais vous allez constater, poursuivit le pape, que l'affaire est très sérieuse. Venez par ici.

Natacha et Pellegrino contournèrent le bureau et se placèrent de part et d'autre du pape. Celui-ci ouvrit une grande enveloppe.

– Ces photos m'ont été adressées par un personnage que vous connaissez, Dom Alberto Carvalho.

Natacha et Pellegrino éprouvèrent le même frisson.

17

Le Saint-Père étala une dizaine de clichés de grand format sur son bureau.

– Ces photos ont été prises dans un endroit fermé, sans doute un souterrain. J'ai demandé à mes services de les examiner. Qu'en pensez-vous ?

Pellegrino prit une des photos et l'étudia de près.

– On dirait… les vestiges d'un temple.

Il passa la photo à Natacha.

– Qu'en dites-vous, madame ?

Elle scruta le cliché avec attention.

– Peut-être…

Elle avait une vague idée, mais c'était difficile à croire.

– Regardez ces deux autres photos, dit le Saint-Père.

Elle les compara.

– Il n'en reste pas grand-chose, mais je dirais… le Premier Temple, celui du roi Salomon ?

– C'est ce que pensent aussi mes historiens du Vatican.

– Je suis archéologue, Saint-Père.

Le pape leur montra alors une nouvelle photo.

– Ce que je ne m'explique pas, c'est la présence de ce grand cube de pierre. Il n'est répertorié dans aucun texte et…

Natacha devint livide. Le pape remarqua son émotion.

– Il l'a fait, murmura-t-elle comme si elle se parlait à elle-même.

Elle se leva et fit quelques pas dans le bureau pour calmer sa nervosité. Puis elle se tourna vers le pape.

– Saint-Père, je sais qui a pris ces photos.

Jean-Paul II en resta bouche bée.

– Si vous m'expliquiez ?

– Il y a quelques semaines, j'ai reçu au musée la visite d'un nommé Gregory Parker, un Anglais qui voulait m'entraîner dans une fouille sous l'esplanade des Mosquées, à la recherche des vestiges du Temple de Salomon. J'ai refusé, bien entendu. Cet insensé y est allé quand même et a pris ces photos.

– Mais ce cube, de quoi s'agit-il ? demanda le pape.

– Je l'ignore, Saint-Père.

Le pape montra un court billet joint à la série de photos.

– Carvalho joue avec nos nerfs. Il note qu'à l'intérieur du cube, il y aurait une découverte « bouleversante pour toute la chrétienté ». Mais il m'enverra les clichés progressivement, il a quelque chose à demander en échange.

Natacha désigna une tache noire sur une des photos.

– Je pense que c'est une ouverture faite à la pioche. Carvalho ne plaisante pas. Quelqu'un est vraiment entré à l'intérieur du cube, Parker certainement.

– C'est ce qui m'inquiète, dit le pape. Je connais bien Carvalho, il ne lance jamais une menace en l'air.

– Qu'attendez-vous de nous, Saint-Père ? demanda le père Ernetti.

– Découvrir ce que Dom Alberto a vu à l'intérieur. La vraie menace est là. Nous en avons parlé en conseil restreint avec mon secrétaire d'État et le président de l'Académie pontificale. C'est le cardinal Piglietti qui a pensé à votre chronoviseur.

– Je ne suis pas étonné, répliqua Pellegrino d'un air entendu.

– Le cardinal estime qu'il suffirait d'une grosse semaine pour le remettre en marche. Il m'a même proposé de s'y atteler lui-même.

Voilà donc tout le sens de ses manœuvres !

– Saint-Père, répliqua Pellegrino piqué, si vous pensez que le cardinal Piglietti est plus compétent que moi, vous êtes libre de lui confier le chronoviseur.

– Mais dans ce cas, ajouta Natacha avec raideur, ce sera sans moi.

Le pape comprit la menace. Sans l'accord de Natacha, la machine était inutilisable. Il fit aussitôt marche arrière.

– Le chronoviseur est votre invention, père Ernetti, personne ne l'utilisera à votre place.

– Merci de votre confiance, Saint-Père. Qu'entendez-vous faire avec la machine ?

– Je voudrais que vous remontiez le temps à l'époque de la construction de ce cube. Quand nous saurons ce qu'il y a à l'intérieur, nous préparerons une contre-offensive.

Le père Ernetti écarquilla les yeux.

– Vous voulez que je plonge de trois mille ans dans le passé ?

– Il y a seize ans, m'a dit Piglietti, vous avez réussi à atteindre l'époque romaine. Il suffirait aujourd'hui de remonter de mille ans encore.

Il se tourna vers Natacha.

– Quant à vous, madame, vous pourriez aider le père Ernetti grâce à votre connaissance de la langue et du terrain, comme vous l'avez fait jadis.

Il est bien renseigné, pensa Natacha.

– Je regrette, Saint-Père, répondit le père Ernetti, mais c'est impossible. Je pourrais, avec l'aide d'une équipe, remonter le chronoviseur en quatre ou cinq jours. Mais pour atteindre l'époque de Salomon, il faudrait ajouter à la machine plusieurs collecteurs de neutrinos. C'est une opération délicate qui implique de commander du matériel à l'étranger et de l'adapter sur le chronoviseur. Impensable en un temps aussi court.

Et il ajouta, légèrement perfide :

– Ce serait encore plus difficile pour le cardinal Piglietti qui n'a jamais utilisé la machine de sa vie !

Le pape accusa le coup.

– Nous ne pouvons quand même pas rester les bras croisés ?

Natacha prit alors les devants.

– Allons-y !

Le pape fit les yeux ronds.

– Vous voulez dire… physiquement ?

– Oui. Si ce Parker l'a fait, nous le ferons aussi. Il m'avait montré le plan sur le carnet de son grand-oncle, je me souviens des grandes lignes. Donnez-moi votre accord, Saint-Père, j'irai voir à l'intérieur du cube.

Jean-Paul II hésitait.

– Saint-Père, intervint Pellegrino, cette expédition a besoin d'un représentant du Vatican. Je souhaiterais accompagner Natacha. Pendant ce temps, je donnerai des instructions pour commander le matériel électronique qui nous manque.

– Qu'en pensez-vous, madame ?

Elle fit un grand sourire.

– Nous avons l'habitude de travailler ensemble, Saint-Père. Nous serons plus forts à deux.

Le pape ne pouvait cacher son inquiétude.

– Surtout, ne commettez aucune imprudence, prévint-il. Si les autorités musulmanes apprenaient que vous êtes en mission commandée pour le Vatican, le Saint-Siège serait dans une situation impossible.

– Ne craignez rien, Saint-Père, nous ne nous approcherons pas des mosquées. Je demanderai de l'aide à mon ami Ariel Bronstein. C'est un archéologue, doublé d'un spéléologue accompli. Il acceptera, j'en suis certaine.

Le père Ernetti partageait l'enthousiasme de Natacha.

– Quand nous saurons de quoi nous menace Carvalho, je remettrai la machine en état. Nous plongerons alors à l'époque de Salomon pour comprendre qui a construit ce cube.

Le pape les regarda tous deux avec gravité.

– Tenez-moi au courant heure par heure, mes enfants. Je vivrai dans l'anxiété tant que je ne vous saurai pas hors de danger.

Pellegrino approuva.

– Le vrai danger, ajouta Natacha, n'est pas pour nous. Il se trouve à l'intérieur du cube.

Le pape ferma les yeux.

– Alors, bonne chance.

Quelques minutes plus tard, Natacha et Pellegrino se retrouvèrent dans les jardins du Vatican.

– Et nous voilà repartis pour une drôle d'aventure, mon père !

– Oui, comme si la vie nous distribuait les mêmes ingrédients : une époque lointaine à explorer, un mystère à résoudre, une mission du pape et…

– L'inévitable Carvalho.

– Oui, la même recette et les mêmes épices.

– Mon père, je prends le premier avion pour Tel-Aviv, je dois faire un rapport pour le Mossad.

– Déjà ? Vous ne voulez pas attendre un jour pour repartir ?

– Pour avoir Zvi Eizer au téléphone toute la journée ? Franchement, je serai plus à mon aise dans l'avion. Rome-Tel-Aviv, c'est à peine quatre heures de voyage.

– Comme vous voulez. Je vais à Venise pour faire mes bagages, je vous rejoindrai le plus tôt possible.

Elle l'embrassa.

– J'y pense, père Ernetti, êtes-vous déjà allé en Israël ?

– Jamais, je vais enfin découvrir la Terre sainte.

Natacha eut un sourire désolé.

– Je crains, mon père, que nous n'ayons guère de temps pour le tourisme.

18

Chaque fois qu'il venait à Jérusalem, Gregory Parker séjournait à l'American Colony, un bel hôtel situé à l'est de la ville. On y croisait de nombreuses personnalités du monde politique et artistique. Quand il était adolescent, son grand-oncle l'avait invité à y passer quelques jours pour faire sa première découverte de la cité. Il en avait conservé un souvenir ébloui.

Avant d'entreprendre sa seconde expédition, il avait besoin de recruter deux hommes de main. Il n'existe, ni à Jérusalem ni ailleurs, un annuaire des fripouilles. Mais si on cherche bien, on trouve. Renseignements pris dans les cafés « louches » de la Vieille Ville, deux candidats possibles vivaient pour le moment à Beyrouth. Gregory prit contact avec eux et leur proposa un rendez-vous.

Compte tenu de la situation internationale, il était impossible de faire le voyage en avion. Par la route, c'était très compliqué et dangereux. Gregory s'envola donc pour Athènes. De là, il prit un vol pour Beyrouth. Les douaniers israéliens avaient pris l'habitude de tamponner les passeports des voyageurs sur une feuille volante, ce qui facilitait les transits pour les touristes et les hommes d'affaires.

Comme il avait un peu d'avance sur son premier rendez-vous, il se promena un moment dans cette ville joyeuse et bruyante. Il longea la belle marina de Zaitunay Bay, qui offrait un point de vue magnifique sur la mer, puis se perdit dans le centre-ville. Jamais il n'avait vu autant de restaurants, les odeurs de cuisine semblaient s'insinuer partout, jusque dans les magasins climatisés.

En consultant son guide, il finit par arriver dans un bowling qui se trouvait rue Gouraud, dans le vieux Beyrouth. C'est là qu'il rencontra son premier contact. Tom Hernandez, malgré son nom, était anglais comme lui. Encore jeune, il était originaire du Wiltshire, dans le sud-est du pays. Sa famille avait subi de plein fouet les foudres de la politique ultra-libérale de Margaret Thatcher et Tom avait viré dans la délinquance. Il avait participé à quelques braquages à Manchester, puis avait filé s'aérer à Beyrouth où il avait intégré une bande de malfrats. En dépit du bruit des boules et des quilles, qui couvraient les échanges, Gregory lui expliqua ce qu'il attendait de lui.

– Tu payes combien ?

– Je te le dirai quand j'aurai rencontré mon second contact.

– Il t'attend où ?

– Dans un bar de Gemmayzeh Street.

– Je t'y amène en moto.

Trente minutes plus tard, ils prenaient un verre avec Arnaud Deloffre. Né en France, il avait fréquenté les milieux activistes d'extrême gauche comme Action directe. Intelligent, cultivé, mais d'un naturel méfiant. Après sa phase militante, il avait été pendant quelques années mercenaire en Afrique. Aujourd'hui, il jouait les instructeurs dans un club « survivaliste », fréquenté par des cadres d'entreprise ou des jeunes issus de la bourgeoisie fortunée.

– Tu leur enseignes quoi ?

– À survivre en cas de guerre atomique avec Israël.

– Ils y croient ?

– Ils payent, c'est tout ce qui m'intéresse. Je leur apprends le maniement des armes, la survie en forêt, les premiers soins à apporter aux blessés, des choses comme ça.

Tom, à côté de lui, s'impatientait.

– Bon, dit-il, combien tu payes ?

– Dix mille dollars chacun pour une nuit de travail.

– Pas mal ! siffla Tom.

– Tout dépend du genre de travail, répliqua Arnaud qui restait sur ses gardes.

Gregory résuma la mission en se limitant au minimum qu'ils devaient savoir.

– Un, je vous paye le voyage et l'hôtel à Jérusalem. Deux, nous allons de nuit sur une fouille archéologique et je fais des photos. Trois, j'emporte un souvenir de là-bas.

– C'est tout ?

– C'est tout.

– Qu'est-ce qui justifie ta paye généreuse ?

Gregory se dit qu'il fallait quand même leur lâcher quelque chose.

– On ira visiter le souterrain qui se trouve sous l'esplanade des Mosquées, à Jérusalem.

Arnaud émit un sifflement.

– Un endroit délicat !

– Je vous ferai passer par un tunnel qui n'est pas gardé. Si vous êtes prudents, tout ira bien et vous aurez gagné dix mille dollars en une seule soirée.

– J'en suis, dit Tom.

– C'est bon pour moi aussi, renchérit Arnaud. Quand partons-nous ?

– Je vous appellerai de Jérusalem quand je serai prêt.

– Tu travailles pour toi ou tu as un commanditaire ? demanda Arnaud.

– Je travaille pour moi, mais je fais des affaires avec un commanditaire.

– Quel genre ?

– Un sale type. Mais il paye bien.

19

Dans son bureau du Mossad, Zvi Eizer avait écouté avec attention la proposition de Natacha.

– Une fouille sous la colline des Mosquées ? Vous êtes malade ! Si vous vous faites prendre, vous ficherez un bordel pas possible !

– Gregory Parker l'a fait, donc je peux le faire aussi. L'entrée du puits de Warren se trouve loin des mosquées, les risques sont limités. Compte tenu de la situation, nous n'avons pas le droit d'hésiter.

Elle le sentit fléchir.

– Ce Parker, c'est un agent des Soviétiques ?

– Non, je dirais plutôt un agent de son ego.

Zvi finit par se laisser convaincre.

– Je préviendrai quand même le Premier ministre. Comme c'est une tête brûlée dans votre genre, il dira sûrement oui. Voulez-vous être accompagnée par deux ou trois commandos de Tsahal ?

– Surtout pas, répondit Natacha. Si nous nous faisions prendre avec des soldats israéliens, nous déclencherions un cataclysme.

– Et sans ?

– On dira qu'on était des touristes et qu'on a raté l'heure de la fermeture. Faites confiance à mon ami Ariel, c'est un très bon menteur.

– C'est bon, allez-y.

Natacha se leva pour partir. Zvi avait encore une question.

– Avez-vous une idée de ce qui se cache à l'intérieur de ce cube ?

– Aucune, mais sûrement rien de bon.

Elle regarda sa montre.

– Je file à l'aéroport, l'avion du père Ernetti ne va pas tarder.

*

– Hello, mon père !

Pellegrino venait juste de récupérer sa valise. Pour le voyage, il avait revêtu son costume de clergyman, plus pratique que la soutane.

– Le voyage n'était pas trop long ?

– Supportable. J'étais avec un groupe de Juifs religieux italiens. Quand le pilote a annoncé qu'on allait atterrir, ils se sont tous mis à chanter *Gerusalemme d'oro.*

– Le vieux mythe de la Terre promise. Ils sont heureux et ça ne gêne personne.

Dix minutes après, ils étaient sur l'autoroute qui menait de Tel-Aviv à Jérusalem.

– C'est loin ? demanda Pellegrino, visiblement épuisé.

– Trois quarts d'heure si on roule normalement, vingt minutes si on roule comme un Israélien.

– Ah bon, ils roulent vite, vos compatriotes ?

– Comme des fous. La route a coûté bien plus cher en vies humaines que toutes les guerres israélo-arabes réunies.

Un quart d'heure plus tard, Natacha fit un arrêt à un point de vue qui offrait un panorama sur la Ville sainte.

– Vous voici à Jérusalem, mon père !

Pellegrino sortit de la voiture, émerveillé par ce qu'il voyait.

– C'est magnifique !

Devant eux, la coupole d'or du dôme du Rocher accrocha un rayon de soleil sous le ciel d'orage. Pellegrino fredonna alors quelques paroles de la chanson entendue dans l'avion :

« Gerusalemme d'oro,
di rame e di luce
per tutti i tuoi canti
sono un violino. »

Quelques centaines de mètres plus loin, cette vision touristique laissa place à une réalité plus prosaïque, celle des encombrements.

– Je vous dépose à quel hôtel ? demanda Natacha.

Le père Ernetti sortit de sa poche une réservation.

– Le Crowne Plaza, le service des voyages du Vatican m'y a retenu une chambre.

– Quelle imagination ! s'amusa Natacha.

– Pourquoi ? Il n'est pas bien ?

– Oh, il est très confortable, mais il serait mieux à Las Vegas.

C'était une immense tour blanche de trente étages, non loin de la Knesset et du musée d'Israël, avec piscine intérieure, spa et centre de fitness. Sur le parvis, un car de touristes déversait ses passagers.

– Armez-vous de patience. Je vous laisse vous installer, je vais travailler quelques heures au musée. Nous vous retrouverons en fin de soirée avec Ari pour préparer notre équipée de demain.

– Déjà ? dit Pellegrino, déçu.

– Oui, Zvi est encore plus pressé que le pape.

Pellegrino était têtu. Même dans l'urgence, il visiterait les Lieux saints. Après avoir laissé sa valise au dix-septième étage, il demanda un taxi à l'accueil. Dix minutes plus tard, il se retrouva au milieu de la foule, dans la Vieille Ville. Il ne savait où regarder, tout l'enchantait. En compagnie d'un flot de Philippins, il découvrit le *Kotel* depuis une hauteur offrant une vue générale. Il en eut les larmes aux yeux. Des hommes et des femmes, venus du monde entier, priaient devant l'antique édifice du « Mur des lamentations », bâti avec les belles pierres calcaires de Jérusalem. Tout ici, se dit-il, respire le sacré.

Puis il longea des petites rues grouillantes de monde et parvint à l'église du Saint-Sépulcre. Il se signa avant d'entrer et pria silencieusement. Il avait effacé de son esprit les souvenirs qui s'y étaient accrochés, comme de vilaines tumeurs, après ses voyages dans le passé avec le chronoviseur[1]. Il voulait se mettre dans la peau d'un chrétien ordinaire.

Il suivit scrupuleusement le parcours des fidèles qui venaient revivre le déroulement de la crucifixion de Jésus : le rocher du Golgotha où avait été plantée la croix ; puis la pierre de l'onction, sur laquelle le corps du supplicié avait été parfumé d'huiles odorantes, et enfin l'édicule qui symbolisait le tombeau de Jésus.

En sortant de l'église, était-il redevenu un croyant ordinaire ? Il l'espérait, mais n'en était pas sûr. Il enviait la joie des pèlerins qui l'entouraient. Pour la plupart, leur foi se trouvait renforcée par leur découverte des Lieux saints. Mais lui, avait-il retrouvé son innocence de jadis ? Ou fallait-il laisser agir le temps ? Il ne savait pas.

Quand il rentra à son hôtel, le responsable de l'accueil lui dit qu'on avait essayé de le joindre à plusieurs reprises. Il lui montra un papier sur lequel était noté un numéro de téléphone. C'était celui de Natacha.

– Père Ernetti ? Mais où étiez-vous donc ? Je vous ai cherché tout l'après-midi !

– J'ai un peu visité la ville, Natacha.

– Au pas de course ?

– J'ai vu ce que je voulais voir.

---

1. Ces visites ont été racontées dans le premier tome de cette série, *op. cit.*

Elle comprit et n'insista pas.

– Nous avons un problème. Ariel vient d'apprendre que le puits de Warren sera fermé demain soir pour des travaux de soutènement qui dureront plusieurs mois. Nous ne pouvons pas attendre, il faut y aller dès ce soir.

Pellegrino soupira, puis se résigna, cette journée n'était pas terminée.

– Très bien, où dois-je vous attendre ?

– Ne bougez pas, je passe vous chercher.

Elle l'emmena en voiture dans une annexe du musée. Ariel Bronstein les attendait. Il lui parut immédiatement sympathique. Il avait la cinquantaine et l'ensemble de sa personne respirait l'humour et la bienveillance. Il avait réuni sur une table tout l'équipement nécessaire.

– Père Ernetti, enfilez cette combinaison de spéléologue, lui dit-il, c'est plus indiqué là où nous allons.

Il y avait un casque pour chacun, un baudrier, des cordages, des lampes de poche, des souliers à grosses semelles. Ari emportait aussi une échelle de corde, des piolets et des pitons. Natacha, elle, vérifiait l'état d'un pistolet-mitrailleur.

– Vous pensez qu'on aura besoin de ça ? s'inquiéta Pellegrino.

– J'espère que non, mais il faut tout prévoir.

Ari ouvrit alors une boîte de cirage noir.

– Asseyez-vous, mon père. Je vais vous barbouiller le visage et les mains. Nous serons dans l'illégalité, ne l'oubliez pas.

20

À quatre mille kilomètres de Jérusalem, le pape Jean-Paul II attendait anxieusement les résultats de l'expédition clandestine qui devait lui apporter les réponses qu'il espérait.

Comme si le Seigneur avait choisi d'additionner les difficultés, le sud de l'Italie avait été touché, la veille, par un violent séisme. La terre, qui avait tremblé une minute et demie, avait fait trois mille morts en Campanie et dans les Pouilles. Un hélicoptère était venu chercher le pape au Vatican, ce qui lui avait permis de constater l'étendue du désastre. Trois cent mille personnes restaient sans abri, livrées à l'angoisse, au chagrin et aux intempéries d'un automne glacial. Pourquoi Dieu a-t-il choisi de frapper les pauvres et les faibles ? se demanda le Saint-Père. Et que dire aux croyants pour qu'ils gardent la foi ? Ces questions, amplifiées par la crise qu'il était en train de vivre, résonnaient dans son esprit avec une intensité toute particulière.

À peine revenu au palais pontifical, il s'enferma dans son bureau. La nuit était tombée, une nuit de novembre froide et humide. Il jeta un coup d'œil à une horloge. Elle marquait vingt-deux heures. Le dernier coup de fil de Pellegrino avait eu lieu vers vingt heures, il s'apprêtait à partir avec les autres. À l'heure qu'il est, se dit le pape, le trio est déjà dans le souterrain. Sauf si…

Il chercha autour de lui, puis pressa un bouton. Un secrétaire arriva, empressé.

– Oui, Saint-Père ?

– C'est incroyable, il n'y a pas de poste de radio ici. Le pape doit-il vivre hors du monde ?

Le jeune homme ne sut que répondre.

– Pouvez-vous m'en apporter un, je vous prie ?

– Tout de suite, Saint-Père.

Le « tout de suite » dura plus longtemps qu'escompté. Le secrétaire s'excusa, tous les bureaux étaient fermés. Il avait fini par emprunter le petit transistor du concierge.

– Merci, mon ami.

Une fois seul, le pape chercha les stations d'information et se décida pour Europe 1. Ils étaient bien informés et le pape comprenait très bien le français. Il tendit l'oreille pendant que le journaliste lisait les dépêches d'actualité. Aucune mention n'était faite pour le moment de l'arrestation de trois archéologues surpris dans les sous-sols interdits de la colline des Mosquées. Il respira, mais garda le poste allumé. Il se contenta de baisser le volume en attendant le prochain bulletin. Ce serait ainsi, redoutait-il, tout au long de la nuit.

Que pouvait-il faire pour patienter ? Lire ? Écouter de la musique ? Non, il était bien trop anxieux. Il ouvrit une boîte de biscuits qu'une admiratrice lui avait envoyée d'Aix-en-Provence. Il croqua une, puis deux, puis trois de ces navettes parfumées à l'anis.

Un nouveau bulletin d'information, trente minutes plus tard, ne signalait rien de particulier à Jérusalem. Cette aventure se terminera-t-elle bien ? Grâce aux trois valeureux archéologues, on saurait alors ce que cache cet étrange cube.

On frappa à la porte.

– Oui ?

– J'ai vu de la lumière, Saint-Père, j'ai compris que vous étiez là.

– Entrez, Cipriano, vous me tiendrez compagnie. J'attends de leurs nouvelles.

Le cardinal semblait gêné. Le pape s'en rendit compte.

– Quelque chose ne va pas ?

Le cardinal tenait une enveloppe identique à celle que Carvalho avait déposée quelques jours plus tôt.

– Je vous ai apporté votre courrier.

Il hésita, puis lui tendit l'enveloppe.

– Il y avait ça...

– C'est de *lui* ? demanda le pape d'une voix sourde.

– Je le crains. L'enveloppe a été apportée au palais par un coursier.

Le Saint-Père s'empressa de l'ouvrir.

– Le suspense qui continue, Cipriano...

La première photo était un gros plan d'un objet en bois sculpté. Le pape le reconnut aussitôt. Il échangea un regard inquiet avec son secrétaire d'État. Puis Cipriano remarqua un détail.

– Regardez, il y a quelque chose de gravé.

Le pape alla chercher une loupe sur son bureau. Il observa attentivement le cliché. Ce qu'il découvrit était presque pire que s'il avait appris à la radio que ses trois envoyés avaient été arrêtés et exécutés !

21

À la nuit tombée, Ari, Natacha et le père Ernetti gravirent les flancs de la muraille de la cité de David, où se trouvait l'entrée du puits de Warren.

– À partir de maintenant, prévint Ari, on fonctionne en commando. Les patrouilles de police sont fréquentes par ici.

Le site était protégé par de hautes grilles. Ari, étonnamment agile en dépit de sa corpulence, en fit l'escalade en un clin d'œil.

– Il a été colonel de Tsahal dans son jeune temps, expliqua Natacha à Pellegrino.

– Mais… je ne saurai pas faire ça.

– Bien sûr que si.

Natacha se baissa.

– Montez sur mes épaules, mon père. Allez !

Pellegrino obéit. En s'accrochant aux barreaux, Natacha se souleva lentement, amenant son ami au sommet de la grille.

– Attention de ne pas vous blesser aux pointes des barreaux.

– Oui, murmura Pellegrino, ce serait stupide de mourir empalé.

De l'autre côté, Ari lui tendit les bras pour l'aider à redescendre. Puis Natacha rejoignit les deux autres sans difficulté.

– Je présume que la suite sera moins facile, dit le père Ernetti.

– Silence ! ordonna Ari. Il est près de minuit, tout s'entend.

Ils étaient arrivés devant l'entrée, une porte d'acier fermée à clé.

– Une serrure banale, murmura Ariel.

Il fouilla dans son sac et en sortit quelques outils avec lesquels il crocheta la serrure.

Pellegrino se pencha vers Natacha, impressionné.

– Il sait tout faire, votre ami ?

– Tout. C'est ce que j'aime, chez Ari.

Une fois la porte ouverte, Ariel les fit entrer et referma derrière eux.

– Attendez, pour allumer vos torches, d'être arrivés dans le souterrain. Je vais juste diriger la mienne vers le sol pour vous éviter de chuter.

Ils descendirent prudemment la centaine de marches qui menaient à la bouche du puits et ensuite les quatorze mètres qui les séparaient de sa base, un large bassin creusé dans la roche.

– Ce tunnel horizontal draine les eaux de la source vers le bassin. Le tunnel d'Ézéchias est à l'opposé. Vous pouvez allumer vos torches, à présent.

L'entrée du tunnel était parfaitement visible.

– À partir de maintenant, dit Ari, nous allons suivre le canal.

– En pataugeant dans l'eau ? s'inquiéta Pellegrino.

– Ce sont des eaux bibliques, mon père, presque de l'eau bénite !

Ils avancèrent en file indienne pendant une centaine de mètres. Dans sa jeunesse, Pellegrino avait exploré quelques souterrains avec ses condisciples du séminaire. Il n'y faisait ni chaud ni froid, comme ici, à peine une quinzaine de degrés.

– Voici l'embranchement, annonça Ari.

– Selon le plan de Parker, observa Natacha, on devrait bientôt buter contre une paroi rocheuse.

Ari promena la lueur de sa torche sur le fond du tunnel.

– La voilà, dit-il en indiquant un point droit devant.

La paroi semblait fermer le passage. Mais Natacha cherchait quelque chose.

– Il faut trouver la brèche dont il parlait.

Elle explora la paroi avec sa torche.

– Je crois que je la vois. J'y vais. Ari, éclaire-moi !

– Soyez prudente, Natacha, souffla Pellegrino.

En souplesse, elle se glissa dans l'ouverture. On entendit sa voix de l'autre côté de la paroi.

– Ari, passe-moi une torche.

Ariel l'envoya comme un ballon de volley à travers la brèche.

– C'est bon, je l'ai.

– Alors ? demanda Ari.

– C'est un autre souterrain. Vous venez ?

Ari, puis Pellegrino suivirent le même trajet.

– C'est bon, les amis, on continue.

Ils progressèrent prudemment dans le nouveau tunnel qui se transforma bientôt en une galerie plus étroite.

– Il va falloir marcher courbés, annonça Natacha.

– Ce n'est pas le plus agréable, grommela Ari.

Natacha pressa le pas, très excitée.

– C'est un rêve d'archéologue, ce qu'on est en train de vivre !

Au bout de quelques centaines de mètres, ils arrivèrent à un carrefour de cinq tunnels. Ari arrêta la marche.

– Je pense que ceux qui ont creusé ces tunnels ont imaginé une sorte de labyrinthe pour brouiller les pistes. Si nous prenons le mauvais souterrain, nous errerons pendant des heures. Tu as une indication, Nat ?

– Aucune. Je n'ai fait qu'entrevoir le plan de Parker quand il me l'a montré.

– Il faut trouver un indice. Des traces de pas, peut-être…

Chacun chercha de son côté.

– J'ai quelque chose ! s'écria le père Ernetti.

Sur le sol en effet, à l'entrée d'un des cinq tunnels, il y avait une chaussure.

– Le type qui l'a perdue devait être pressé, s'amusa Ari.

Natacha examina le soulier.

– C'est une chaussure anglaise, Harmont & Blaine. Elle a l'air très ancienne.

– Peut-être celle de Montagu Parker. Quand ils ont su qu'ils étaient découverts, ils ont filé sans demander leur reste.

– Compris, dit Ari, on va prendre ce tunnel.

Après avoir encore cheminé une quinzaine de mètres, ils arrivèrent dans un grand espace creusé dans le roc. Devant eux, il y avait ce qu'ils cherchaient : les murs effondrés d'une grande bâtisse, semblable à celle des photos.

– Mon Dieu, le voilà, s'écria Natacha, le Premier Temple !

Ari s'était arrêté, avait enfoui sa tête dans ses mains et se mit à prier : *« Baroukh ata Adonaï Elohenou melekh ha-olam...*[1] *»*

Natacha se pencha vers Pellegrino et lui parla à l'oreille en souriant :

– Mon ami Ariel fait le malin en se disant athée, mais devant le Premier Temple de Dieu...

Le père Ernetti se prépara à en faire autant, mais Natacha le prit par le bras.

– Regardez !

Dans l'enceinte du Temple, au fond d'une grande fosse à moitié déblayée, on voyait le cube.

1. « Béni sois-Tu, Éternel, notre Dieu, Roi de l'univers... »

22

À nouveau, Yuval alla sonner à la porte du Holy Temple Institute.

– Oui ? dit la voix de Yoël Cohen.

– C'est Yuval. Descends vite !

Il attendit que Yoël ait ouvert la porte pour lui raconter la suite.

– Cette fois, ils sont trois à être entrés dans le puits de Warren.

– Toujours l'Anglais ?

– Non, ceux-là, je ne les connais pas. Je les ai vus escalader les grilles.

– Bon, on y va.

À quelques centaines de mètres de là, dans le sous-sol, Natacha s'approcha résolument de la fosse où reposait le cube.

– Il faut chercher l'entrée, dit-elle. Je descends.

– Prenez garde, l'avertit Pellegrino. À vue d'œil, il y a quinze mètres de dénivellation.

– Ari va nous improviser une échelle.

L'archéologue vint les rejoindre. Il sortit une échelle de corde de son sac à dos et la planta solidement dans le sol avec deux piquets.

– Vas-y, Natacha, dit-il. Et attends-nous en bas.

Elle descendit prudemment dans la fosse et atteignit le sol sans encombre. Puis ce fut au tour de Pellegrino, suivi par Ari.

Tous trois firent le tour de l'étrange construction.

– J'ai du mal à le croire, dit Ari, il était carrément enterré sous le Temple.

– Venez voir !

Natacha avait trouvé la petite entrée creusée en 1911 par les hommes de Montagu Parker. L'orifice était très étroit, mais suffisant pour laisser passer un homme. Ari se défit de son sac à dos.

– J'y vais.

Natacha s'interposa.

– Non, Ariochka, tu auras du mal avec ta carrure. Laisse-moi faire.

Elle se coucha à plat ventre et se prépara à ramper.

– Passez-moi ma torche.

– Sois prudente, Nat.

En jouant des coudes, elle se faufila comme une anguille à l'intérieur.

– Évidemment, avec la ligne qu'elle a…, commenta Ari.

Natacha arriva de l'autre côté. L'intérieur du cube était entièrement plongé dans le noir. Elle sentit une drôle d'odeur. Un air vieux de trois mille ans, se dit-elle. Elle alluma sa lampe torche qu'elle avait glissée dans sa chemise.

Le cube n'était pas vide. Il y avait un mur devant elle. Non, ce n'était pas un mur effondré, comme ceux du Temple de Salomon, mais une construction encore debout. Elle se releva.

Une minute s'écoula. Ari s'inquiétait.

– Pourquoi ne dit-elle rien ? demanda Pellegrino.

– Je n'aime pas ça, dit Ari.

Il se mit à plat ventre.

– En forçant un peu, j'arriverai à entrer.

On entendit une exclamation.

– Waouh !

– Qu'y a-t-il ? cria Ari.

– Venez voir, dit la voix de Natacha. Tous les deux, vite !

Fébrilement, Ari se faufila à son tour dans l'ouverture, suivi par le père Ernetti. Eux aussi poussèrent un cri de surprise. Devant eux, éclairée à la lumière de leurs torches, il y avait une construction insolite, gardée par un pylône constitué de deux tours réunies par un linteau.

– Un temple égyptien, murmura Ari. De la dix-huitième dynastie.

– Le règne d'Akhenaton ? suggéra Natacha.

– Oui. Il y a même sa reine, Néfertiti.

En effet, le pylône était décoré sur sa partie gauche d'un bas-relief représentant les silhouettes assises du pharaon Akhenaton et de la souveraine Néfertiti avec leurs enfants. Au-dessus d'eux brillait le disque solaire Aton, dont les rayons se terminaient par des petites mains. Sur la partie droite du pylône, le roi et la reine, bras levés, célébraient le culte du dieu unique Aton.

– Comment une telle chose était-elle possible à l'époque de Salomon ? demanda Natacha.

– C'était *avant* Salomon, corrigea Ari. Et avant même le roi David.

– Comment le sais-tu ?

Il montra avec sa torche le détail de la maçonnerie.

– La construction est typiquement égyptienne. Et les briques sont des *talatates*, des briques de grès typiques du quatorzième siècle égyptien, l'époque du pharaon Akhenaton. Fais-moi confiance, j'ai l'habitude.

– Tu en déduis quoi ?

L'archéologue, un peu étourdi par ce qu'il avait devant les yeux, respira un grand coup.

– Que le Premier Temple de Jérusalem était égyptien, le Temple de Salomon est venu après.

Le père Ernetti s'approcha et scruta la fresque peinte sur le pylône.

– Et ce dieu, Aton, était celui des Égyptiens ?

Ari approuva :

– Leur dieu unique.

Pellegrino essaya de faire une rapide synthèse.

– Que je comprenne bien Ariel, nous avons devant nous un temple égyptien, célébrant le dieu unique Aton… Trois siècles avant la construction, au même endroit, du Temple de Yahvé par Salomon. C'est bien ça ?

– Oui, en gros c'est ça.

– Mais c'est fou ! dit Natacha, franchement stupéfaite.

Elle sortit de son sac un appareil photo muni d'un flash.

– Je vais prendre quelques photos pour le pape, sans quoi il aura du mal à nous croire.

À plusieurs reprises, le flash du Polaroïd de Natacha illumina l'intérieur du cube. Pendant ce temps, Pellegrino explorait le reste de l'édifice. Les idées se bousculaient dans son esprit. La lumière de sa torche éclaira alors un objet qui reposait sur le sol. Il appela les autres.

– Ari, Natacha, venez voir !

Le père Ernetti montra un petit coffre en bois doré, dont le couvercle était surmonté par les effigies de deux chérubins sculptés.

– C'est bien ce que je pense ?

Ari s'approcha. Il en eut le souffle coupé.

– Que je sois pendu !

Il se pencha pour examiner la trouvaille.

– Un coffre en bois d'acacia… recouvert d'or… avec deux chérubins. C'est bien la description de la Bible.

– L'Arche d'alliance, murmura Pellegrino.

– J'en ai bien l'impression, mon père.

Natacha s'agenouilla devant le coffret.

– Il y a une inscription gravée sur le bois. Des hiéroglyphes, apparemment.

– Fais voir, dit Ari.

– Tu lis quoi ?

Il déchiffra facilement l'inscription :

– *Néfertiti...*

– Mais ce n'est pas possible ! s'exclama le père Ernetti.

Natacha fit signe à Ariel.

– Aide-moi, Ari, on va l'ouvrir.

– Ce n'est pas dangereux ? demanda Pellegrino.

– Si mon intuition est bonne, il n'y a rien à craindre.

Ari aida Natacha à soulever le couvercle du coffre. Il n'était pas bien lourd.

– Il y a quelque chose à l'intérieur. Deux tablettes de pierre.

Elle l'éclaira avec sa torche.

– Je vois des inscriptions, mais ce n'est pas de l'hébreu.

Avec précaution, Ari se saisit d'une des tablettes et la posa sur sa base.

– Ce sont des hiéroglyphes.

– Traduis-nous, Ari, tu lis ça comme le journal du matin.

Très ému, l'archéologue déchiffra les premières lignes.

– Je connais ce texte par cœur, tous les égyptologues le connaissent. C'est l'*Hymne au soleil* d'Akhenaton, la première prière monothéiste de l'Histoire.

Il le traduisit à voix haute :

« Tu te lèves beau dans l'horizon du ciel,
Soleil vivant, qui vis depuis l'origine.
Tu es beau, grand, brillant.
Tes rayons embrassent les pays, jusqu'aux confins de ta création.
Toi qui es Rê, tu les soumets tout entiers. »

Il se tut et fixa Natacha, qui regarda à son tour le père Ernetti. La surprise était telle que les mots pour l'exprimer peinaient à sortir.

– Tu… es certain de ta traduction, Ari ? demanda Natacha.

Ariel acquiesça.

À voix basse, le père Ernetti osa une question :

– Je croyais que l'Arche d'alliance contenait les tables des dix commandements ? C'est bien ce que dit la Bible, n'est-ce pas ?

– Ces tables sont différentes, mon père, répondit Natacha, très émue. Oh, Seigneur, c'est encore pire que ce que je craignais !

Quarante minutes plus tard, quand le trio regagna la sortie, aucun d'eux ne remarqua les deux hommes qui les épiaient, dissimulés derrière un mur. L'un des deux, Yuval, les surveillait avec une paire de jumelles.

– À mon avis, ils ont tout vu. Le cube et ce qu'il y a dedans.

Il passa ses jumelles à Yoël Cohen.

– Je connais la fille, elle travaille au musée d'Israël, c'est une forte tête. Comme ce sont des archéologues, ils laisseront tout en état, mais ils alerteront l'Autorité israélienne des Antiquités qui interdira l'accès au tunnel. Cette affaire nous dépasse à présent.

23

Au cœur de la nuit, la voiture d'Ariel Bronstein roulait à grande vitesse vers l'entrepôt d'où ils étaient partis. Le trajet, très court, fut silencieux. Chacun, perdu dans ses pensées, craignait de formuler ce qu'il avait à l'esprit. Le père Ernetti, encore plus que les autres, semblait abasourdi par ce qu'il avait vu.

À peine arrivée, Natacha se précipita sur le téléphone et composa un numéro au Vatican. La ligne directe du pape.

– Allô ?

– Mes respects, Saint-Père. Natacha Yadin-Drori. Nous sommes sortis du tunnel.

Jean-Paul II poussa un soupir de soulagement.

– Alors ? Qu'avez-vous trouvé ?

– Je vous passe le père Ernetti, il vous le dira.

Pellegrino prit le combiné en tremblant.

– Saint-Père, ce que nous avons vu est... extrêmement troublant.

– C'était bien le Temple de Salomon ?

– Je parle du cube, Saint-Père. Nous sommes entrés dedans et...

Les hésitations du père Ernetti commençaient à irriter le pape.

– Venez-en aux faits !

Pellegrino s'exécuta. Quand il révéla ce qu'il y avait à l'intérieur du cube, il y eut un blanc à l'autre bout du fil.

– La communication a été coupée ? s'inquiéta Natacha.

– Non, dit Pellegrino, je crois que Sa Sainteté parle à son secrétaire d'État.

Natacha reprit le combiné.

– Saint-Père ? insista-t-elle.

Une autre voix lui répondit :

– Allô, madame ? C'est le cardinal Cipriano. Nous pensons qu'il ne faut surtout pas poursuivre cette conversation au téléphone, c'est trop imprudent.

Le pape prit le relais.

– Venez le plus vite possible au Vatican, tous les deux !

Sa voix était sourde, comme s'il était en proie à la panique.

– Nous serons là demain matin, Saint-Père.

*

Grâce aux services du Vatican, ils trouvèrent deux places dans le premier avion pour Rome. Ils se retrouvèrent en début de matinée dans le bureau du pape. Natacha observa que le Saint-Père était resté éveillé toute la nuit, les tasses à thé et à café s'étaient accumulées sur son bureau.

– Ce que vous avez découvert est terrible, confia-t-il.

Natacha et Pellegrino gardèrent le silence.

– Je veux tous les détails, n'omettez rien.

– Nous avons mieux, Saint-Père, dit Natacha en ouvrant son sac.

Elle en sortit la dizaine de polaroïds.

– Ce sont des photos instantanées. Elles ne sont pas fameuses, mais on voit à peu près tout.

Le pape les examina longuement, l'une après l'autre. Son visage semblait se décomposer.

– Mon Dieu !

– Je pense, dit Natacha, que Carvalho doit posséder des photos du même genre. La première série de clichés qu'il vous a envoyée ne présentait que l'extérieur du cube, la seconde montrera certainement l'intérieur.

– Je l'ai déjà reçue, dit le pape en désignant une enveloppe sur son bureau. J'attendais votre confirmation. Voyez vous-même…

Natacha regarda les photos.

– Si nous ne l'arrêtons pas, dit-elle, il menacera de tout rendre public.

Le père Ernetti, qui sentait le pape abattu, essaya de faire baisser la tension.

– Est-ce si grave, Saint-Père ? Après tout, l'Égypte et Israël étaient des pays voisins. Ils auraient pu échanger…

Le pape n'écoutait pas. Il se mit à arpenter son bureau pour canaliser l'émotion qui le prenait à la gorge.

– Cipriano, réunissez en urgence les représentants des principaux cultes monothéistes de la planète, tous ceux qui reposent sur les Écritures saintes. Je ne peux pas garder ces vérités pour moi.

– Ce sera fait, Saint-Père.

Jean-Paul II parlait en chef de l'Église, comme s'il dressait un plan de bataille.

– Ensuite, reprit-il, il faut barrer l'accès à ces vestiges.

Cette fois, il s'adressa à Natacha :

– Puisque le puits de Warren se trouve en Israël, madame, ce sera à votre gouvernement de faire le nécessaire.

Natacha approuva.

– Je comptais en parler, avec votre autorisation, à mon correspondant du Mossad à Tel-Aviv.

– Faites-le en personne, surtout. Rien par écrit, ni par téléphone.

– C'est entendu, Saint-Père.

– Enfin, nous devrons comprendre.

Il se tourna alors vers le père Ernetti.

– Plus que jamais, père Ernetti, nous allons avoir besoin de votre chronoviseur. Vous devrez me dire si cette découverte est aussi grave que je le crains.

– À ce stade, quelle est votre hypothèse, Saint-Père ?

– Je pense que… la Bible n'a pas dit toute la vérité. Elle nous a caché que le dieu unique est né en Égypte et qu'il est arrivé en Terre sainte bien avant les Hébreux, avec des colons égyptiens.

LE CHOC

24

Le cardinal Cipriano était d'une redoutable efficacité. Il lui suffit de quarante-huit heures pour réunir les chefs des grandes religions monothéistes de la planète.

Le pape prit la parole :

– Mes frères, je vous ai rassemblés car nous allons affronter une crise majeure pour notre foi. Nous sommes tous menacés, car Il est en danger.

Le patriarche de Constantinople posa alors sa question :

– Mais *qui* est en danger, Saint-Père ?

– Dieu, mes frères.

Silence total.

– Dieu est en danger, le dieu de la Bible et de toute notre tradition judéo-chrétienne.

– Pourriez-vous développer ? demanda Dimitrios Ier, avec son habituelle courtoisie.

Des années d'enseignement de la philosophie et de la théologie avaient habitué le pape Jean-Paul II à faire des exposés clairs et concis. Il raconta donc comment les menaces brandies par l'évêque Dom Alberto Carvalho avaient conduit à une découverte extraordinaire dans les ruines du Temple de Salomon. L'auguste assemblée hésita entre la stupeur et l'accablement. Le premier à rompre le silence fut l'archevêque de Canterbury, le chef de l'Église d'Angleterre.

– Comment interprétez-vous cette découverte, Saint-Père ?

– Il est possible, je dis bien *possible*, que la Bible nous ait caché une partie de la vérité historique.

– Précisez, dit une voix où perçait de la colère.

– Ce que nos envoyés ont vu dans ce cube prouve que le Temple de Salomon n'était pas le premier construit sur la colline de Jérusalem. Il y eut, bien avant lui, un autre temple, construit par des colons égyptiens.

Des murmures s'élevèrent dans l'assemblée.

– Que faisaient ces colons à Jérusalem ? demanda le patriarche de l'Église hussite tchécoslovaque.

– Je l'ignore. Peut-être étaient-ils présents sur les lieux depuis des siècles, depuis le règne du pharaon Akhenaton.

– Je connais mal l'histoire de l'Égypte ancienne, dit un autre. Pourriez-vous nous informer, Saint-Père ?

– Vous avez raison, Excellence. Je résume grossièrement. Quand il est monté sur le trône d'Égypte, au milieu du quatorzième siècle avant notre ère, le pharaon Akhenaton a rompu brutalement avec l'ancienne tradition polythéiste égyptienne. Il a imposé dans son pays un nouveau culte, celui du disque solaire Aton. Ce dieu avait une particularité, il était unique. Tous les autres dieux, selon Akhenaton, étaient des imposteurs et leurs cultes devaient être abolis.

– Notez bien, ajouta le patriarche d'Alexandrie, que cette révolution théologique n'a pas réussi à s'imposer.

– C'est exact, acquiesça le pape. Juste après la mort du pharaon Akhenaton, les Égyptiens sont retournés à leurs anciens cultes. Mais il semble que le pharaon Akhenaton, même après sa mort, ait gardé des partisans. La découverte que nous avons faite sous le Temple de Salomon prouve que certains d'entre eux ont fui au nord de l'Égypte et sont arrivés à Jérusalem.

Un nouveau brouhaha, plus fourni, suivit cette déclaration.

– Dites clairement ce que vous avez en tête, Saint-Père.

Le pape estima qu'il ne pouvait pas leur mentir. Il ouvrit donc son cœur.

– Je pense, mes frères, que ces colons égyptiens ont peut-être apporté les premiers l'idée d'un dieu unique en Terre sainte.

– Blasphème ! cria le grand rabbin de Jérusalem. Voulez-vous dire, Saint-Père, que le dieu que nous adorons tous dans notre tradition judéo-chrétienne serait… une importation égyptienne ? une idole païenne, le dieu solaire Aton ?

– Ce n'est qu'une hypothèse, admit le pape, une hypothèse troublante. Mais ce sont des phénomènes qui se sont déjà produits dans l'Histoire. Au siècle dernier, les colons européens ont importé en Afrique noire le dieu du Christ, qui a fini par remplacer les anciennes croyances tribales. Les colons égyptiens auraient pu en faire autant en Terre sainte.

– Mais c'est épouvantable ! s'écria l'archevêque d'Athènes.

– Et ce cube ? Que fait-il là ? Qui l'a construit ? demanda un archevêque philippin.

– Je l'ignore, répondit le pape, fataliste. Cette découverte est encore pleine de mystères.

Nouveau brouhaha. Le grand mufti de Jérusalem se leva et demanda le silence. À son tour, il prit la parole :

– Saint-Père, en tant que responsable des Lieux saints islamiques de Jérusalem, je tiens à protester contre les intrusions de ces « archéologues » sous la colline des Mosquées. D'autant que la dernière d'entre elles, si je comprends bien, s'est faite avec votre consentement.

– Je le reconnais et je réclame votre pardon, Excellence. Je m'y suis résolu parce que Dom Alberto Carvalho nous menace tous.

– Le Saint-Père a raison, approuva l'archevêque d'Uppsala, l'heure n'est plus aux polémiques. Cette découverte pourrait ébranler la foi des millions d'êtres humains qui croient sincèrement au dieu de la Bible.

– D'autant, ajouta le responsable de l'Église luthérienne du Missouri, que l'URSS est aujourd'hui un animal blessé, empêtré dans sa guerre en Afghanistan. Ses dirigeants sauteraient sur le moindre prétexte pour fragiliser l'Occident.

Le grand mufti, un peu calmé, accepta les excuses du Saint-Père.

Quelqu'un, au fond de la salle, leva la main. C'était à nouveau le patriarche d'Alexandrie.

– Saint-Père, vous avez évoqué dans votre résumé les menaces brandies par l'ancien évêque de Rio, Dom Alberto Carvalho. Vous qui le connaissez mieux que nous, que devons-nous craindre de cet homme ?

– Il est vrai que je l'ai fréquenté dans le passé, répondit Jean-Paul II. Nous avons même entretenu des relations d'amitié. Je le trouvais turbulent, provocateur, mais supérieurement intelligent. Depuis, il a suivi un autre chemin que le nôtre. Je pense aujourd'hui que Dom Alberto Carvalho est une âme affamée de puissance. J'ai la certitude qu'il ne reculera devant rien pour satisfaire ses ambitions.

– Mais pour l'instant, observa quelqu'un, il n'a rien demandé de précis ?

– Soyez sans illusions, mon frère, il menacera de tout révéler au monde si…

– Si quoi ? s'inquiéta un haut responsable de l'Église adventiste.

– Je ne connais pas ses intentions, mais on peut redouter le pire.

L'archevêque de Tirana, en homme de décision, parla avec autorité :

– Saint-Père, il est évident que nous ne pouvons attendre passivement que la catastrophe arrive. Quelles précautions avez-vous prises ?

– Dès que j'ai su, j'ai prévenu le Premier ministre israélien. Puisque le départ du souterrain se trouve sur son territoire, il fera le nécessaire pour en interdire l'entrée, assura le pape.

– En dehors de nous, qui d'autre est au courant ?

– Le père Pellegrino Ernetti, qui me représente directement. Et les deux archéologues israéliens qui ont exploré l'intérieur du cube : Natacha Yadin-Drori et Ariel Bronstein. Ce sont des personnes de toute confiance. Il y a enfin le fameux Gregory Parker, qui est à l'origine de toute cette affaire. Nous pensons qu'il a vendu ses photos à Dom Alberto Carvalho.

– Connaissons-nous ses motivations, en dehors de l'appât du gain ?

– Difficile à dire. Voulait-il s'attribuer le prestige d'une découverte archéologique de première importance ? Ou simplement, comme il l'a prétendu, honorer la mémoire de son grand-oncle ? Le réhabiliter ? Je l'ignore. Mais sait-il vraiment qui est Carvalho ? C'est peu probable.

– Quoi qu'il en soit, dit l'archevêque de Canterbury sur un ton pessimiste, vous aviez raison, au début, de nous dire que Dieu est en danger.

– Tout dépend des exigences de Dom Alberto Carvalho, répondit le pape. Si elles sont acceptables, nous disposerons du temps suffisant pour mener une vaste enquête historique en examinant toutes les hypothèses. Mais si Carvalho veut mettre le feu aux poudres, tout le monde le croira, sans attendre les vérifications des historiens. Et le pire, alors, pourrait se produire.

25

Au même moment, en pleine nuit, après avoir franchi les grilles, trois hommes pénétrèrent dans le puits de Warren. Gregory Parker était accompagné par ses deux complices recrutés à Beyrouth, Tom Hernandez et Arnaud Deloffre. Une pancarte, affichée sur les grilles, annonçait trois mois de fermeture pour des travaux de soutènement. Ils n'en tinrent aucun compte. Les grilles ne les arrêtèrent pas plus que la porte d'entrée.

Une fois à l'intérieur, Arnaud sortit de son sac à dos un pistolet-mitrailleur Uzi. Il déplia la crosse et porta l'arme en bandoulière.

– Personne ne t'a demandé de venir armé, lui dit Gregory.

– Simple précaution, je me sens plus en sécurité avec ça.

Gregory haussa les épaules.

– Suivez-moi.

L'arme d'Arnaud eut un effet immédiat, celui d'arrêter dans leur élan leurs cinq poursuivants, conduits par Yoël Cohen.

– Je ne suis pas venu ici pour me faire tuer, Yoël.

– Moi non plus, dit Yuval.

Les autres approuvèrent.

Ils ont raison, se dit le responsable du Holy Temple Institute. Nous avons des bâtons et des couteaux, mais s'ils nous tirent dessus, le boucan alertera les gardiens des mosquées et nous ne pèserons pas lourd. Tant pis pour ce que dira le général, on rebrousse chemin.

Au bout d'une vingtaine de minutes, Gregory Parker et ses deux complices gagnèrent le souterrain qui menait au Temple de Salomon. Quand ils arrivèrent sur le site, Gregory stoppa la marche.

– Allumez les « mandarines ».

Tom se défit du petit groupe électrogène qu'il portait attaché par des bretelles sur son dos. Il le mit en marche. Un ronronnement emplit l'obscurité.

– Amène la lumière, dit-il à Arnaud.

Celui-ci brancha la prise d'un projecteur mandarine qui illumina le site. Ils restèrent tous saisis par ce qu'ils voyaient : les murs affaissés de ce qui fut jadis un grand temple. Le plus étonnant était cette fosse contenant un cube de pierre, dont la plus grande partie avait été déterrée.

– Le Temple de Salomon, annonça Gregory.

– Mais ce cube, c'est quoi ? demanda Arnaud.

– Allume l'autre projecteur et installe-le à l'autre extrémité, ordonna Gregory sans répondre à la question.

Tom et Arnaud disposèrent les deux mandarines pour couvrir l'ensemble du site. Gregory sortit un gros appareil photo.

– Ne touchez plus à rien.

En se servant de son viseur de poitrine, il fit des vues sous plusieurs angles.

– Pour les plans généraux, c'est terminé. À présent, je vais descendre dans la fosse.

– Tu vas entrer dans ce truc ? demanda Tom, impressionné.

– Il n'y a pas de danger. À part quelques scorpions, peut-être. Tom, sors les échelles de corde.

Tom les déplia et les fixa solidement dans le sol.

– Arnaud, commanda Gregory, tu viendras avec moi. Quand je serai à l'intérieur du cube, tu me passeras la mandarine pour éclairer mes gros plans.

– D'accord.

Gregory descendit prudemment, ce n'était pas le moment de se casser une jambe. Une fois dans la fosse, il réceptionna la mandarine que Tom lui fit passer au bout d'une corde, tandis qu'Arnaud le rejoignait.

– Suis-moi avec une manda.

– Je n'ai pas assez de câble, Tom, dit Arnaud. Donne-moi un peu de mou.

Tom délivra toute la longueur de câble électrique disponible. Parker introduisit d'abord le projecteur dans l'orifice, puis y pénétra à son tour.

– Tout va bien ? lui cria Arnaud.

– Aucun problème.

Une fois éclairé par la lumière crue de la mandarine, le temple égyptien était encore plus impressionnant. Gregory cala le projecteur avec une grosse pierre.

– Tu veux que je vienne ? lui demanda Arnaud.

– Non, reste où tu es, je peux me débrouiller seul.

Inutile, pensait-il, de lui montrer l'intérieur du cube. Une fois installé, Gregory photographia systématiquement chaque détail du petit édifice. Quand il eut terminé, il replia le trépied de la mandarine et la tendit à Arnaud à travers l'orifice.

– Laisse-la dans la fosse, on ne va pas s'encombrer avec ça.

Puis il alla chercher l'Arche d'alliance. Elle pesait assez lourd à cause des tables de pierre qu'elle contenait.

– C'est l'objet que je voulais emporter, mais l'entrée est trop étroite. Utilise ta massette pour l'élargir.

– D'accord, éloigne-toi.

Arnaud se saisit d'un petit outil de percussion avec lequel il frappa sur l'entrée du cube, de manière à obtenir un cercle grossier.

– Qu'en penses-tu ?

Gregory mesura avec son avant-bras. Le trou avait environ soixante-quinze centimètres de haut sur soixante-quinze de large, à peu près la hauteur et la largeur de l'Arche[1].

– Je crois que ça ira.

Il approcha le coffret du trou. Mais le couvercle, avec ses angelots sculptés, était trop volumineux.

– Attention, il ne faut pas l'abîmer, prévint Gregory.

– Alors, enlève le couvercle, dit Arnaud.

Gregory le fit, à contrecœur, il ne voulait pas qu'Arnaud découvre le contenu du coffre. Cette fois, il passa facilement dans le trou.

– Tout ce travail pour deux tablettes de pierre ? lança Arnaud en riant. Je pensais que tu nous ramènerais un trésor.

– Tu parles trop, Arnaud.

Quand le coffre fut totalement sorti, Gregory le referma avec son couvercle sculpté. Arnaud eut alors un cri de surprise.

– Mais on dirait…

Il n'avait pas une grande culture biblique, mais il avait vu le film de Spielberg.

– Ce n'est pas la même que dans le film, précisa Gregory. À présent, il faut la remonter.

Arnaud se montrait hésitant.

– Il n'y a pas de danger ?

– Aucun. Viens, on l'attache, Tom la tirera. On emporte juste le coffre, oubliez les projecteurs et le groupe électrogène. Faites vite, les Israéliens ne vont pas tarder.

– Quels Israéliens ? demanda Tom.

– Tsahal.

1. La Bible note très précisément ses dimensions : deux coudées et demie pour sa longueur, une coudée et demie pour sa largeur, une coudée et demie pour sa hauteur.

Carvalho, qui avait des informateurs partout, avait prévenu Parker de l'arrivée imminente de l'armée, consécutive aux révélations du pape.

– Oh merde ! s'écria Tom.

Rapidement, les trois complices longèrent le souterrain en sens inverse. Quand ils arrivèrent devant la paroi rocheuse, Gregory ordonna une halte.

– Tu crois que ça va passer ?

– De justesse. Tom, saute de l'autre côté et récupère le coffre. Aide-toi, si besoin, avec la massette.

Tom, plus agile que les autres, réussit à agrandir l'orifice.

– J'y suis. Introduisez le coffre.

– On le prend à deux, Arnaud.

Tom, de l'autre côté, récupéra l'Arche.

– À nous, maintenant.

Ils parvinrent enfin à la sortie du tunnel de Warren avec leur butin. Ils virent alors arriver des camions de Tsahal, tous feux allumés.

– Dans quelques minutes, ils boucleront le quartier. Faisons vite !

Les trois hommes gagnèrent une camionnette garée non loin de là, y chargèrent le lourd coffre de bois qu'était l'Arche d'alliance avec ses précieuses tablettes et filèrent dans la nuit.

26

Peu après sa rencontre avec le pape, Natacha était rentrée en urgence en Israël où elle avait rendu compte à Zvi Eizer de son expédition sous le mont du Temple. Le responsable du Mossad en resta muet de surprise.

– Natacha, vous avez bu ?

Elle leva les yeux au ciel.

– C'est la stricte vérité, Zvi. Le pape m'a autorisée à vous montrer des photocopies de mes polaroïds.

Il les examina attentivement.

– Eh bien, pour une nouvelle, c'est une nouvelle ! Le pape a prévenu Menahem Begin, m'avez-vous dit ?

– Oui, il devait le faire.

– Laissez-moi les photos, je vais les lui montrer. Tel que je connais Begin, il va en perdre son dentier !

Natacha était si énervée qu'elle prit un cachet pour trouver le sommeil. Mais le téléphone sonna peu après. C'était encore Zvi.

– Natacha, je vous réveille ?

Elle regarda l'heure.

– À trois heures du matin ? Pensez-vous !

– Je suis en route pour Jérusalem avec un détachement de l'armée. Je passe vous prendre chez vous.

– Mais pourquoi ?

– Je vous le dirai sur place. Habillez-vous.

– Euh… bon.

– Mettez votre combinaison de spéléo, précisa Zvi.

Trente minutes plus tard, il sonnait à la porte.

– Vous êtes prête ?

– Pas bien réveillée, mais prête. Nous retournons au puits de Warren ?

– Oui. J'ai besoin de votre aide pour trouver la bonne bifurcation.

– J'avais compris.

Elle le suivit dans sa Jeep, qui rejoignit une cohorte de camions de Tsahal transportant des soldats et du matériel.

– Tout ce monde ? Qu'allez-vous faire, Zvi ?

– Interdire l'accès au tunnel. C'est un ordre du Premier ministre.

– Vous avez prévenu l'Autorité des antiquités ? s'inquiéta-t-elle.

Zvi ne répondit rien. Elle n'aimait pas ça.

Une fois sur place, les camions prirent position autour du site archéologique de la cité de David, qui donnait accès au puits de Warren.

– Nous avons aussi bloqué le secteur de la piscine de Siloé[1], dit un sergent.

– Très bien, nous partons en reconnaissance. Venez avec nous, Natacha.

Sans discuter, elle le précéda à l'intérieur du puits et dans le tunnel d'Ézéchias. Ils étaient suivis par un petit groupe de soldats armés.

– Pourquoi ces soldats ? Personne ne va nous attaquer.

Zvi ne répondit rien. Au bout de quelques minutes, ils arrivèrent à un embranchement.

1. Une autre extrémité du tunnel, dans la ville de Jérusalem.

– C'est la voie de droite, dit Natacha.

– On vous suit.

Elle n'aimait pas le ton de Zvi. Elle le connaissait assez pour se douter qu'il lui cachait quelque chose.

– Nous y sommes, dit-elle quand ils butèrent contre une paroi rocheuse. Le passage est en haut à droite. Vous le voyez ?

Zvi éclaira la roche avec sa torche.

– Vu. Gidon !

Un sous-officier s'approcha.

– On peut boucher ça ?

– Oui, monsieur, j'ai tout le mortier qu'il faut.

– Ce sera efficace ?

– Ce n'est que du mortier, monsieur. N'importe quel professionnel correctement équipé pourrait creuser un trou pour passer. Comme nous sommes sous terre, même s'il utilise un outil pneumatique, personne ne l'entendra.

Zvi eut un instant d'hésitation. Il regarda Natacha.

– Très bien. Demandez à vos hommes de poser les explosifs.

Ce mot alerta Natacha.

– Attendez, Zvi ! Si vous faites sauter l'entrée, vous condamnez le site. Contentez-vous de le murer.

– Vous avez entendu ce qu'a dit Gidon, nous ne serons jamais tranquilles. Quand la nouvelle de l'existence du Temple de Salomon se répandra, des centaines d'hurluberlus vont tenter d'entrer. Et l'un d'eux y parviendra, croyez-moi.

– Alors, faites garder l'entrée par l'armée.

– Mettre des hommes en permanence dans ce tunnel ? Hors de question. Sergent, faites ce que je vous dis.

L'officier donna des ordres à ses hommes.

– Zvi, je vous supplie d'arrêter ça. Ce sont des vestiges archéologiques de première importance, s'indigna Natacha. Je vais alerter l'Autorité des antiquités.

– Alertez qui vous voudrez.

Elle s'interposa alors entre l'homme du Mossad et l'entrée du souterrain.

– Sergent, ordonna Zvi Eizer, raccompagnez Mme Yadin-Drori à l'extérieur du tunnel.

Poliment, mais avec la fermeté qui convient, le sergent dirigea Natacha vers la sortie. Elle pleurait de colère. En vrais professionnels, des soldats du génie posèrent les pains de Semtex aux bons endroits, puis déroulèrent une mèche. Tout le monde alla se mettre à l'abri. Zvi se posta devant Natacha et lui saisit le bras pour l'empêcher de faire obstacle à l'opération. Elle se dégagea sans ménagement. Un soldat fit un décompte en hébreu :

– *Chamesh... arba... shalosh... shtayim... achat...*

Les soldats du génie n'avaient pas lésiné, la roche s'effondra. Zvi s'approcha pour vérifier.

– Le passage est maintenant bouché par au moins deux mètres de roche. Il faudrait deux jours de travail, avec du gros matériel, pour creuser une entrée. Bravo, sergent. Aucun dommage collatéral ?

– Aucun, monsieur. La charge était puissante, mais les explosifs étaient bien disposés, on ne signale aucune fissure.

Zvi respira un grand coup. Il fallait maintenant affronter le dragon.

Natacha était folle de rage.

– Zvi, ce que vous avez fait est un crime contre la science ! Un jour, vous devrez vous en expliquer. Comptez sur moi pour vous faire mettre en accusation.

– Les ordres venaient de Menahem Begin, Natacha. Si nous nous étions contentés de murer l'entrée, les amateurs de complots auraient accusé Israël d'avoir ménagé une entrée secrète dans le tunnel pour mener ses propres fouilles sous l'esplanade. Ce que vous avez découvert est trop grave et doit rester secret, sauf si nos autorités religieuses en décident autrement.

Natacha savait qu'il disait la vérité, mais elle restait scandalisée. Zvi jeta un coup d'œil à sa montre.

– À cette heure, la réunion convoquée par le pape est terminée. Tous les responsables religieux sont au courant. Les hommes étant ce qu'ils sont, le secret n'en restera pas un longtemps.

– Donc, tout ce que vous avez fait ne servira à rien.

– Encore une fois, j'avais des ordres. Pour le reste, Natacha, c'est à vous d'agir.

– À moi ?

– À vous et au père Ernetti. Vous allez remonter le chronoviseur, non ?

27

Avec l'accord du pape, le père Ernetti n'avait pas assisté à la réunion dans la basilique Saint-Pierre-aux-Liens. Il craignait trop les questions que les participants auraient pu lui poser. Pellegrino n'était qu'un chercheur, le Saint-Père avait un sens diplomatique qu'il ne possédait pas. Il s'était donc retiré dans son monastère de Venise. Pour prier ? Mais prier qui ou quoi ?

Il lui semblait que le destin le privait peu à peu de toutes ses certitudes. Seize années plus tôt, à cause du chronoviseur, il avait découvert un Jésus qui n'était pas exactement celui auquel il croyait. Et à présent, serait-ce… Dieu lui-même ?

Parfois, il lui semblait revivre le martyre de Job, tourmenté par des questions auxquelles il ne pouvait répondre. Dieu, cette éternelle énigme, lui infligeait-il une épreuve pour éprouver ou tenter sa foi ?

À moins que Celui qu'il appelait « Dieu » ne fût, à tout prendre, qu'une idole égyptienne, Aton le dieu Soleil ? Et pourquoi pas le Tonnerre, ou la Foudre, ou l'Océan, comme le croyaient nos ancêtres préhistoriques ?

Et si la réponse était plus terrible encore ? Si le Ciel était… vide ? Vide de toute lumière divine ? Se pourrait-il que l'homme ne soit qu'un produit de la nature apparu fortuitement, grâce aux hasards de l'évolution, sur une planète rocheuse perdue dans un univers de pure matière, lui-même issu de l'explosion d'une particule infinitésimale hyperchaude et hyperdense ? Ou même du vide et de ses fluctuations, comme certains physiciens modernes le suggéraient ?

Et la mort elle-même ? Se résumait-elle au Rien d'où nous venons ? Pellegrino n'avait-il aucune chance, en expirant, de s'en aller à la rencontre des siens, de sa mère chérie, de la serrer dans ses bras ?

Il ne savait plus et se sentait terriblement perdu.

Il pensa au pape. Se posait-il les mêmes questions ? Mais le Saint-Père n'avait même pas le luxe, comme Pellegrino, de prendre quelques jours pour y réfléchir. Bientôt, si Carvalho jouait la carte de l'apocalypse, une immense vague de scepticisme déferlerait sur le monde, un tsunami de doute. Et quand le doute s'installe, songea le père Ernetti, Satan n'est jamais loin. « Je suis l'esprit qui toujours nie », annonçait Méphistophélès à Faust. L'exorciste qui dormait en lui était-il en train de se réveiller ?

Pellegrino était seul, allongé à plat ventre depuis une heure devant la croix du Christ installée dans la grande nef de la basilique San Giorgio Maggiore de Venise. Un moine, aussi discrètement qu'il le put, vint le chercher.

– Mon père, lui chuchota-t-il, le secrétaire d'État du pape cherche à vous joindre.

Pellegrino se leva et alla répondre.

– Père Ernetti ? dit la voix au téléphone. Je sais que je vous dérange. Est-ce que ça va ?

– Je vais comme je peux, répondit Pellegrino. Comment s'est déroulée la réunion avec le pape ?

– Le mieux possible. Mais le Saint-Père, à présent, vous réclame. Il y a urgence, père Ernetti.

Il ne pouvait y échapper.

– Dites-lui que je serai au Vatican dès demain.
– Voulez-vous que je vous envoie une voiture officielle à Venise ?
– Non, Monseigneur, le train suffira.
– Demain matin, onze heures ?
– Oui, onze heures.

28

Immédiatement après leur descente dans le puits de Warren, Gregory Parker et ses complices avaient pris la route de Beer-Sheva, dans la région du Néguev. Arnaud conduisait.

– Pourquoi va-t-on à Beer-Sheva ?

– J'ai loué un entrepôt dans un coin perdu, dit Parker, pour y déposer mon colis.

Arnaud hocha la tête.

– L'armée israélienne... le Temple de Salomon... l'Arche d'alliance... tu nous fais vivre un grand spectacle, Greg. Je n'imaginais pas tout ça quand tu nous as engagés, pas vrai, Tom ?

– Moi, pourvu qu'on me paye...

– Oui, mais n'oublie pas que, si on se fait prendre, c'est la prison à perpétuité.

– Si lourd que ça ? demanda Tom.

– Qu'en penses-tu, Parker ?

Gregory voyait où il voulait en venir. Il resta évasif.

– Je n'en sais rien.

– Tu as un objectif, continua Arnaud, j'ignore lequel. Mais nous, on est seulement là pour l'argent. Si j'avais su, j'aurais demandé plus.

Ce type commence à devenir irritant, pensa Gregory. Mais il est vrai qu'il n'avait pas été franc avec eux, il n'avait évoqué qu'une simple fouille archéologique.

– Arrête la camionnette, Arnaud, commanda Parker.

– Là, maintenant ?

Une fois le véhicule garé, Gregory fit une mise au point.

– J'admets que je ne vous ai pas tout dit, parce que je ne voulais pas vous inquiéter. Mais comme je n'ai pas envie de vous entendre râler pendant des jours, je révise mes prix à la hausse.

– Combien ? demanda Arnaud.

– De dix mille, je monte à vingt-cinq mille.

Gregory leur donnait le maximum, il ne voulait pas passer des heures à marchander. Tom siffla de surprise.

– Vingt-cinq mille dollars ? Pour chacun d'entre nous ?

– À deux conditions, vous arrêtez de récriminer et vous faites exactement ce que je vous dis.

– C'est bon pour moi, dit Arnaud.

– Pour moi aussi, renchérit Tom. Tu payes quand ?

– Dès que j'aurai reçu l'argent de mon commanditaire. À présent, on reprend la route.

Arnaud fit démarrer la camionnette.

Quelques minutes plus tard, ils arrivèrent devant un local en mauvais état, protégé par un toit de tôle.

– C'est au milieu de nulle part !

– Pourquoi crois-tu que j'aie choisi cet endroit ? répliqua Gregory.

L'entrepôt, qui servait autrefois à stocker de la ferraille pour la construction d'une autoroute, se trouvait à une vingtaine de kilomètres de Beer-Sheva.

Gregory Parker ouvrit la porte avec une clé. L'endroit était vaste et complètement vide, mais il y régnait la chaleur d'un four. Il se dirigea vers le fond de la salle et utilisa une autre clé pour entrer dans une petite pièce.

– On va ranger le colis ici.

– Elle ne craint pas la chaleur ?

– C'est du bois doré avec de la pierre à l'intérieur, elle tiendra le coup.

Ils allèrent chercher l'Arche dans la camionnette et la posèrent sur le sol, puis Gregory verrouilla la porte derrière lui.

– Et maintenant ? demanda Arnaud.

– Je vous ai retenu deux chambres à l'hôtel Tel-Sheva, à l'entrée de la ville. Je réglerai tous les frais.

– On y va comment ?

– Il y a une moto, derrière la cabane. Les clés sont dans le *top-case*.

– Et toi, où vas-tu ?

– Chercher votre argent. Vous voulez être payés, oui ou non ?

– Et si tu disparaissais ?

– L'Arche reste ici. Ça vous va, comme caution ?

Arnaud n'était pas convaincu.

– Tu pourrais nous laisser partir, revenir ici prendre l'Arche et nous abandonner dans ton hôtel pourri.

Ce type était exaspérant.

– Il y a un moment, Arnaud, où il faut se faire un tout petit peu confiance. Si je ne vais pas chercher l'argent, vous ne serez pas payés. Dans le cas contraire, je vous règle ce que je vous dois, je vous oublie et vous m'oubliez.

Tom calma le jeu.

– Arnaud, j'ai besoin de ce fric, dit-il, j'en ai rien à fiche de son coffre doré !

– OK, dit Arnaud. Combien de temps à t'attendre ?

– Cinq ou six jours. Mon commanditaire habite à Rome. Je vous appelle dès mon retour.

Arnaud regarda autour de lui.

– Une semaine dans ce coin désert ! Il n'y a même pas de cinéma.

– Trouvez-vous de la compagnie, il y a un bar et un night-club. Les filles du Néguev sont de vraies beautés.

– Des paysannes.

– Attends de les voir en bikini, suggéra Gregory.

29

Quand le père Ernetti, à la suite du cardinal Cipriano, entra dans le bureau du pape, celui-ci le serra chaleureusement dans ses bras. Puis il lui chuchota à l'oreille :

– Je sais vos doutes, mon fils, ce sont les mêmes que les miens, mais il ne faut jamais désespérer. Un jour, à mon séminaire de théologie, j'ai consacré une séance à Albert Camus…

– Camus ? s'étonna Pellegrino.

– Oui, cet athée. Il ne croyait pas en Dieu, mais il conservait l'espoir. Il disait, dans *La Peste* : « L'habitude du désespoir est pire que le désespoir lui-même. » Il avait raison. Restez confiant, mon fils.

Quelle que soit la gravité de la situation, ces paroles d'amitié, de complicité presque, touchèrent le cœur de Pellegrino.

– Merci, Saint-Père. Comment souhaitez-vous avancer, à présent ?

– Nous ne pouvons en rester à des hypothèses, il nous faut des certitudes. C'est pourquoi, je vous le répète, nous aurons besoin de votre chronoviseur. J'ai ordonné au cardinal Cipriano de réunir une équipe d'ingénieurs et de techniciens. Ils vous attendent aux archives secrètes pour le remettre en service.

– Et mes collecteurs ?

– Ils sont arrivés hier par avion. Travaillez nuit et jour, père Ernetti, et donnez à votre machine la faculté de reculer dans le temps jusqu'à l'époque du roi Salomon. Menez votre enquête sans relâche. Je veux savoir si, oui ou non, le dieu unique de notre tradition judéo-chrétienne est celui de la Bible ou si...

Il hésita devant l'autre éventualité.

– ... ou si ce dieu est arrivé d'Égypte, importé par des colons sous la forme d'une idole, le disque solaire Aton. Voilà votre mission. Est-elle claire ?

– Oui, Saint-Père. Je trouverai la vérité, quelle qu'elle soit.

– Apportez-moi des faits, pas des suppositions. Si Carvalho révèle l'information au monde, il s'attaquera directement aux bases de notre édifice religieux. Je veux pouvoir lui opposer des arguments solides.

– C'est entendu, Saint-Père.

Le pape se leva, le père Ernetti aussi.

– Bien entendu, Mme Yadin-Drori collaborera avec vous sur l'ensemble de cette mission. Elle vous sera d'une aide précieuse, je pense, pour vos plongées dans l'ancienne Judée.

– Je le pense aussi, Saint-Père.

Une fois le père Ernetti parti, le pape chercha un appui. Il vacillait. Le cardinal Cipriano l'aida à s'asseoir.

– Saint-Père, cela fait des jours que vous n'avez pas pris de repos. Vous ne tiendrez pas longtemps ainsi.

– J'ai essayé de transmettre au père Ernetti le peu d'énergie qu'il me restait, je ne sais pas si j'ai réussi.

– Vous avez été parfait. Et ne vous inquiétez pas pour lui. Derrière son apparence un peu fragile, le père Ernetti a des ressources intellectuelles et morales hors du commun.

– Je l'espère, Cipriano, je l'espère. Car le temps presse...

Il fouilla dans sa tunique et en sortit une enveloppe.

– J'ai reçu un nouveau courrier de Carvalho, sans photos cette fois. Il me propose une rencontre en tête à tête avant de transmettre de nouveaux clichés de « qualité professionnelle » à la presse.

Le cardinal, inquiet, examina la lettre de Dom Alberto.

– Il viendra en personne au Vatican ?

– Non, il préfère une rencontre discrète. Ce sera quelque part dans Rome, il nous communiquera l'adresse au dernier moment. Je présume qu'il me fera une proposition diabolique. C'est pourquoi nous devons nous préparer à tout.

Le pape respirait avec difficulté.

– Voulez-vous que j'appelle un médecin ? demanda Cipriano.

– Non, laissez-moi, j'ai besoin de me recueillir. Allez rejoindre le père Ernetti aux archives secrètes.

*

Le cardinal Cipriano n'avait pas lésiné sur les moyens. Une trentaine d'ingénieurs et de mécaniciens, tous des ecclésiastiques, étaient déjà au travail. Les uns déballaient les caisses, les autres numérotaient chaque pièce. Tous travaillaient sous la supervision du père Ardengo Valera, lui-même prêtre et ingénieur qualifié, un homme de toute confiance.

– Afin d'éviter les indiscrétions, dit Cipriano, j'ai demandé au père Valera de diviser les équipes. Chacun se limitera à un aspect du chronoviseur, sans savoir ce que font les autres. La bonne surprise, c'est que votre machine a été démontée en cinq grandes structures qu'il sera facile d'assembler. Je pense qu'ils iront assez vite, cela vous permettra d'avoir l'esprit libre pour lui attribuer la puissance qui lui manque.

– Savent-ils à quoi sert la machine ?

– Certains pourront s'en douter, à la longue. Mais ce sont des ecclésiastiques. Le pape les a menacés d'excommunication en cas de fuites.

– D'excommunication ! s'étonna Pellegrino. Et pourquoi pas de l'Enfer ?

– Il y a quatre siècles, répondit Cipriano en souriant, on leur aurait fait visiter la salle des tortures. Aujourd'hui, nous préférons la persuasion.

30

Pendant deux jours entiers, Natacha s'enferma chez elle et ne répondit à personne. La colère avait fini par céder la place à une phase de dépression profonde. Comment avait-elle pu se laisser manipuler par Zvi ? Même le pape, dans cette affaire, n'avait pas été franc. Il savait sans aucun doute que le tunnel serait bouché à jamais.

Comme par le passé, elle retrouva son calme en se consacrant entièrement à son travail. Le public continuait d'affluer pour voir son exposition sur la crucifixion, mais le temps passait et il devenait urgent de chercher une nouvelle idée. Elle alla trouver Roni Adahan.

– Tu tiens toujours à ton expo sur les communautés italiennes ?

Le directeur du musée hésita.

– On était partis sur ce thème.

– Je vais m'y remettre sérieusement, Roni.

Comme Roni Adahan était loin d'être un imbécile, il avait compris qu'elle ne lui disait pas tout.

– Natacha, je devine que tu as d'autres préoccupations en ce moment. Si tu veux, j'enverrai ton assistante chercher la documentation, elle te proposera un projet.

Elle ne répondit rien, elle était ailleurs.

– Il y a aussi ce type du Mossad. Il t'a appelée plusieurs fois ce matin, il s'étonne que tu ne répondes pas.

– Envoie-le sur les roses.

– C'est le Mossad quand même, Natacha.

– Et alors ? On n'est pas en URSS que je sache ! Dans ce pays, on a le droit de dire qu'on n'est pas content, même au Mossad.

Le téléphone sonna.

– Je te parie que c'est lui. Il m'avait dit qu'il rappellerait vers onze heures. Prends-le, Natacha, je ne sais plus quoi lui répondre.

– Entendu, soupira-t-elle. Tu me laisses un moment ?

La conversation fut courte et sèche. Elle raccrocha et retrouva Roni dans le couloir.

– Alors ?

– J'ai rendez-vous demain. Il va m'entendre.

*

Zvi Eizer la reçut dans son bureau de Tel-Aviv. Il lui tendit la main, mais elle l'ignora.

– Toujours fâchée ?

– Mes sentiments importent peu, Zvi. Vous m'avez convoquée, je suis venue. Que voulez-vous ?

Il était sincèrement ennuyé de la voir dans cet état d'esprit.

– Ce n'est pas dans mes habitudes, Natacha, mais je regrette ce qui est arrivé.

– Des regrets de crocodile.

– Des larmes, corrigea Zvi. Les Anciens croyaient que les crocodiles charmaient leurs proies en pleurant. En réalité, ils les attiraient pour les dévorer.

– C'est ce que vous avez fait avec moi.

– Celui qui vous dévorera n'est pas encore né, persifla-t-il.

– Comme toujours, vous avez agi sans le moindre scrupule. C'est une perte terrible pour l'archéologie.

– Je me fous de votre putain d'archéologie !

Il avait crié en frappant du plat de la main sur la table. Un cendrier tomba du bureau et se brisa.

– Cette histoire, Natacha, est devenue une affaire politique. Puisque nous sommes en guerre, nous devons prendre les devants !

Elle comprit qu'il ne fallait pas insister.

– Pourquoi m'avez-vous fait venir ?

– Le secrétaire d'État du pape m'a annoncé que le père Ernetti vous attend à Rome, il a commencé à remonter la machine.

– Il a retrouvé le moral ?

– Je n'en sais rien. Il a décidé de se battre, en tout cas.

Zvi était redevenu instantanément amical, presque familier, oubliant aussi sec son coup de sang.

– Après notre expédition, confia Natacha, le pauvre homme avait perdu ses repères.

– Mettez-vous à sa place, c'est un prêtre. Vous et moi, nous avons la chance de ne croire en rien, ça aide !

– Parlez pour vous, Zvi.

Il haussa les sourcils.

– Ah ? J'ignorais que vous étiez croyante.

– Vous voyez ? Vous ne savez pas tout, mon cher.

Il haussa les épaules avec indifférence, puis lui tendit une grosse enveloppe.

– Voici votre ordre de mission, un aller-retour pour Rome et un *voucher* pour l'hôtel. On n'a pas lésiné, c'est un cinq-étoiles.

Elle regarda le billet.

– Départ après-demain ? Comme d'habitude, vous ne me laissez pas souffler.

– En devenant membre du Mossad, Natacha, vous avez accepté d'être mobilisable à tout instant. Et nous sommes dans l'urgence.

Elle prit les billets, songeuse.

– Je me demande comment j'aurais pu m'organiser si je vivais comme tout le monde, avec un mari et deux ou trois gamins.

– Votre vie serait moins excitante, non ?

– Tout dépend de ce que vous appelez la vie, Zvi.

Il n'insista pas.

– Passez à la comptabilité avant de partir, ils vous donneront vos frais de mission. Une voiture du Vatican vous attendra à l'aéroport de Fiumicino. Elle vous conduira aux archives secrètes, où se trouve déjà votre ami Ernetti. À partir de là, Natacha, vous avez carte blanche.

31

Gregory Parker partait lui aussi pour Rome. Il se rendait chez Dom Alberto Carvalho avec ses nouvelles photos. L'évêque l'accueillit avec un grand sourire.

– Heureux de vous revoir, monsieur Parker.

– Je suis venu honorer notre marché.

– Tout s'est bien passé ?

– Vos informations se sont vérifiées, l'armée israélienne a bouclé le quartier. Heureusement, nous les avons précédés. J'ai pu faire une centaine de clichés du site et de l'intérieur du cube.

– Merveilleux !

Ils prirent place dans le salon. Gregory posa plusieurs documents sur la table basse.

– Dans ce premier lot, vous avez les négatifs. Dans l'autre, un jeu de tirages en couleurs. J'ai pris soin de les faire développer par le meilleur laboratoire de Jérusalem.

Dom Alberto examina les tirages.

– J'ai loué un appareil photo professionnel, un Hasselblad 500, le même appareil qu'ont utilisé les astronautes d'Apollo 11 sur la Lune.

– Une référence, en effet, approuva Dom Alberto.

Les photos étaient incontestablement de bien meilleure qualité. Chaque aspect du site avait été photographié en plan large et en gros plan, sous plusieurs angles. Carvalho était satisfait. Il ouvrit un tiroir et en sortit une pochette en cuir.

– Voici votre dû, monsieur Parker, cent mille dollars en grosses coupures. Vérifiez.

Gregory compta.

– Avez-vous conservé des doubles ?

– Non, Dom Alberto, les photos sont à vous. Mon seul objectif était d'honorer la mémoire de mon grand-oncle. Aucun archéologue ne l'a pris au sérieux. Vous, oui. J'imagine que vous allez diffuser ces photos dans le monde entier ?

– C'est ce que j'ai prévu, en effet.

– Je serais très honoré si vous rappeliez à la presse que l'auteur de cette découverte archéologique est mon grand-oncle, Montagu Brownlow Parker.

– Comment oublier cela, monsieur Parker ?

Son regard se fit froid et dur.

– En dehors des photos, il n'y a rien d'autre, n'est-ce pas ?

Seuls les hypnotiseurs, se dit Gregory, ont des yeux pareils. Ils vous percent l'âme.

– Rien d'autre.

Faisait-il allusion à l'Arche ? Gregory ne pouvait pas savoir. Mais il ajouta :

– Et s'il y avait autre chose…

– Oui ?

– J'ignore ce que vous en feriez.

Carvalho eut un regard interrogatif.

– Je vous avoue que je me pose beaucoup de questions sur vos intentions. Êtes-vous seulement animé par la curiosité archéologique ?

– À votre avis ?

Carvalho marqua un silence, avec un sourire entendu.

– À moi de vous poser une question. Êtes-vous ambitieux, monsieur Parker ?

– Je pense l'avoir montré, oui.

– J'ai un grand projet et j'ai besoin d'un collaborateur audacieux et déterminé, comme vous.

– Je vous écoute.

– Je vais vous expliquer pourquoi ces photos m'intéressent.

Il parla longuement. Tout en maquillant son véritable dessein derrière des déclarations associant l'esprit révolutionnaire du message du Christ à la libération des peuples opprimés du tiers monde, Carvalho avait du mal à dissimuler sa haine du pape et du Saint-Siège qui l'avaient ignoré et même humilié. Gregory l'écouta en silence, ébahi par ce qui ressemblait à un vaste délire paranoïaque parfaitement maîtrisé. Quand il eut terminé, l'évêque voulut connaître son sentiment sur son projet.

– Je... il faut que j'y réfléchisse, Monseigneur, balbutia Gregory.

– Prenez le temps qu'il vous faut, mon cher ami. Dans un sens ou dans l'autre, c'est votre vie qui pourrait basculer.

Gregory fut effrayé par ce « dans un sens ou dans l'autre ». Que voulait-il dire ?

– Vous restez à Rome quelques jours ? s'enquit Carvalho.

– Non, j'ai encore quelques affaires à régler à Jérusalem.

– En ce moment, c'est la période de Hanoukka, la fête des Lumières. Que ces lumières vous éclairent, monsieur Parker ! Appelez-moi quand vous aurez pris votre décision.

Une fois dehors, Gregory héla un taxi pour se rendre à l'aéroport. Il avait le sentiment d'avoir mis le doigt dans un engrenage très périlleux. Car cet homme, il en était certain à présent, était capable de tout. Et surtout du pire.

32

Contrairement à ses visites précédentes, Natacha avait décidé de ne pas se presser. Elle se fit d'abord déposer à son hôtel. Il était situé dans le quartier de Trevi, au cœur de la capitale, avec vue sur le Forum. Elle rangea ses affaires, enfila un jean, un tee-shirt en coton et un gros pull à col roulé avant de prendre un déjeuner léger au restaurant-terrasse. Des œufs, une salade fraîche, du fromage italien et des fruits.

Elle flâna jusqu'à la place Saint-Pierre. Il faisait un peu frais, mais le ciel très bleu donnait à cette place un air estival. Puis elle prit une profonde inspiration. Il était temps de retrouver les gens qui comptaient sur elle. Elle se présenta à la guérite qui gardait l'accès du palais du Vatican, puis à l'entrée des archives secrètes. Un officier des gardes suisses contrôla ses papiers et la fit accompagner au laboratoire du père Ernetti. En entrant, elle découvrit une dizaine de personnes affairées autour de la machine. La plupart étaient des ecclésiastiques.

– Natacha, enfin vous êtes là !

C'était Pellegrino. Elle le prit à part.

– Qui sont ces gens ?

– Le Saint-Père a mis à ma disposition une équipe de techniciens très compétents et très dévoués. Grâce à eux, le chronoviseur sera bientôt prêt à fonctionner. Venez voir.

Il l'entraîna dans la pièce voisine.

– Seigneur, s'écria-t-elle, elle est déjà montée ?

La machine était aussi impressionnante que lorsqu'elle l'avait vue la première fois. Cet ensemble baroque, dont on comprenait mal la logique, était composé de deux étages reliés par un nombre considérable de fils électriques. Sur un épais socle d'acier reposait une sphère d'au moins deux mètres de diamètre, garnie de protubérances plus courtes et épaisses que des antennes classiques. Des bulbes fluorescents, qui émettaient une faible lumière bleutée, donnaient à l'ensemble une allure qui n'aurait pas déparé un film de science-fiction des années 1950. Le corps de la sphère, qui faisait entendre un grésillement permanent, était relié par un énorme câble à un moniteur de visualisation installé sur un support articulé. Semblable à un puissant microscope, il agrandissait sur un écran de taille modeste les images holographiques qui se formaient au cœur même de la machine.

– Venez, Natacha, que je vous présente le père Ardengo Valera.

Il l'entraîna vers un prêtre qui semblait très occupé.

– Le père Valera a brillamment supervisé le travail de tous ces techniciens.

C'était un homme entre deux âges à l'allure inquiète, un parfait contremaître en soutane, soucieux de bien faire.

– Je suis très honoré, madame, le père Ernetti m'a beaucoup parlé de vous. Je ne sais toujours pas officiellement à quoi servira cet engin, mais je puis vous dire que nous pourrons bientôt passer à la phase des premiers tests.

Natacha lui sourit, puis le père Valera se remit aussitôt au travail. Elle se pencha vers Pellegrino.

– Il ne sait pas à quoi sert la machine, mais il est prêt à la faire fonctionner. Il est trop drôle !

– Ne vous moquez pas, Natacha, il fait ce qu'il peut. Les esprits de nos prêtres savent se cliver quand il le faut. Cela demande des siècles de gymnastique intellectuelle. Bien sûr qu'il a compris, mais l'ombre du pape plane au-dessus de lui.

33

Le pape Jean-Paul II arpentait son bureau de long en large, ce qui l'aidait à réfléchir. Il avait longtemps hésité, puis il se décida. Dans cette guerre de tranchées, chacun avait son rôle à jouer. En dépit de son état psychologique fragile, le père Ernetti était en train de remonter son chronoviseur. Natacha avait réussi, en bravant l'interdit, à percer le secret qui se dissimulait à l'intérieur du cube de Salomon. Les militaires israéliens avaient obturé l'entrée du tunnel.

À lui, désormais, d'affronter la Bête.

Car Carvalho était devenu pour lui une incarnation du Démon. Tôt ou tard, il finirait par exercer sur son pontificat un épouvantable chantage. Irait-il, pour parvenir à ses fins, jusqu'à menacer la foi chrétienne, sa propre foi ? Le pape pensait que oui. Des années auparavant, quand il enseignait la philosophie de Thomas d'Aquin à l'université de Cracovie, il avait proposé à ses élèves de réfléchir sur une expression du Docteur angélique, comme on surnommait l'illustre penseur. Thomas d'Aquin voyait dans le monde les ravages de ce qu'il appelait le « regard de Caïn ». C'était, expliquait-il, une haine originelle, inexplicable, quasi métaphysique. Oui, Dom Alberto semblait regarder le monde comme le faisait le Caïn de la Bible.

Le Saint-Père sonna son majordome et lui murmura quelques mots. Celui-ci revint une heure plus tard avec des vêtements qu'il déposa sur un canapé. Le pape revêtit un costume civil. Il enfila un pardessus ample et se coiffa du grand chapeau qu'il conservait de ses jeunes années en Pologne. Des lunettes de soleil (un peu décalées en hiver, mais tant pis) achèveraient de le rendre méconnaissable. Il fit venir son secrétaire d'État, cloué sur place par la surprise.

– Je ne vous reconnais presque plus !

– Je vais me rendre au rendez-vous avec Carvalho, Cipriano. Nous ne pouvons rester dans l'indécision.

– Que la grâce de Dieu vous accompagne, Saint-Père.

– Pouvez-vous m'indiquer votre « passage secret » ?

– Venez avec moi.

Afin de ne pas donner l'alerte dans cet accoutrement inhabituel, le pape suivit son secrétaire d'État qui le mena vers une entrée de service, adroitement dissimulée dans l'architecture du palais. Ils se retrouvèrent dans la rue. Cipriano héla un taxi, qui s'arrêta devant eux.

– Vous êtes sûr, Saint-Père, que vous ne souhaitez pas la présence d'un garde du corps ?

– Absolument sûr. Laissez-moi à présent, Cipriano.

Il était presque quinze heures. Une pluie fine tombait sur Rome. Le taxi le déposa à l'adresse indiquée, un hôtel deux étoiles du Trastevere. Cet ancien quartier prolétarien était maintenant à la mode. On y trouvait un grand nombre de *trattorie* et de boutiques d'artisanat ou de vêtements. Le pape paya le chauffeur et entra dans le hall de l'hôtel.

– Que puis-je pour vous, monsieur ? lui demanda le concierge.

– J'ai rendez-vous avec M. Carvalho, un Brésilien.

– Oui, il m'a prévenu. Chambre 337. Troisième étage à gauche en sortant de l'ascenseur. Je vous annonce ?

– Inutile, il m'attend.

Jean-Paul II préféra monter à pied. Au troisième étage, pourtant, le souffle commença à lui manquer. Il aurait voulu être au bout du monde plutôt qu'ici. Il longea l'interminable couloir en observant les numéros des chambres.

Il frappa à la porte 337. Une voix répondit :

– Entre, Karol.

34

– Combien de cafés depuis ce matin, mon père ?

– Natacha, vous me connaissez. Le café est mon meilleur allié. Sans lui, j'ai la tête vide. Après une bonne tasse, en revanche, les idées tourbillonnent.

– Prenez garde que votre cœur ne finisse aussi par tourbillonner.

Le père Valera frappa à la porte.

– Père Ernetti, c'est quand vous voulez.

– Parfait. Venez, Natacha.

Pellegrino chuchota à l'oreille de Valera :

– Pouvez-vous demander à toutes les personnes présentes de sortir du laboratoire ?

– Très bien, mon père.

Il hésita.

– Moi également ?

– Je crains que oui, répondit Pellegrino, navré.

– Je ne peux même pas assister à la mise en route ? demanda-t-il en fixant l'écran du chronoviseur.

– J'aimerais vous le permettre, mais je n'en ai pas l'autorisation.

– Je vous laisse, alors. Je ne serai pas loin. Si vous avez besoin de moi…

Il sortit du laboratoire.

– Le malheureux est dévoré par la curiosité, dit Natacha.

– Oui, j'ai de la peine pour lui.

Il se tourna vers elle.

– Il ne manque que…

Elle plongea la main dans son sac et en sortit une petite boîte de nacre. À l'intérieur, il y avait une carte électronique.

– Celle que vous m'avez confiée à Venise, mon père. Je ne pensais pas qu'elle servirait si vite !

– À vous de décider, Natacha. Moi, je suis aux ordres du pape, je ne peux rien lui refuser. Mais vous, vous êtes libre.

– J'ai déjà accepté cette mission, vous le savez bien.

Pellegrino fit glisser les deux cartes dans leurs logements à l'intérieur du cerveau du chronoviseur. Dès qu'elles furent connectées, la machine se mit à ronronner.

– Je commence par un test, pour voir si tout est en ordre.

Il fit une première programmation en manipulant des petites roues crantées qui affichaient sur un cadran la latitude et la longitude de la scène visée. Sur un autre cadran, on notait l'ampleur de la plongée dans le passé, exprimée en secondes. Il avait jadis simplifié les calculs au moyen d'une calculatrice électronique Olivetti – une des premières – qui effectuait automatiquement les conversions.

– On a une image.

L'écran montra une vue en plongée du laboratoire. La géométrie des images les faisait toutes converger, pour des raisons obscures, vers un point virtuel situé au-dessus de la machine. Heureusement, elles n'étaient pas condamnées à être fixes. Le père Ernetti avait mis au point un levier qui permettait de se déplacer au-dessus des scènes visualisées, à la manière d'un hélicoptère. On pouvait aussi se rapprocher des visages ou des objets en zoomant comme avec une caméra.

– Pour ce premier test, je ferai comme la dernière fois.

Il se saisit d'un réveille-matin qu'il posa sur la table du laboratoire en l'orientant légèrement vers le haut.

– Il est 13 heures 58, expliqua-t-il. Nous allons patienter trois heures, puis reculer dans le passé de trois heures, soit 10 800 secondes. Le réveil nous dira si nous avons réussi. Nous n'avons plus qu'à attendre.

Natacha délaissa la machine et explora le laboratoire.

– Qu'est-ce que vous avez dans toutes ces boîtes ?

– Des provisions. Du café, du thé, des biscuits, des boîtes de conserve. On va se faire un coin cuisine, ce qui nous évitera d'aller manger à la cafétéria du Vatican.

– Vous avez bien fait. Je n'aime pas trop déjeuner avec ces ecclésiastiques qui cancanent autour de moi.

– Je suis comme vous. On commence notre rangement ?

Ils déballèrent les cartons et disposèrent le contenu dans un placard.

– Il est 16 heures 57, Natacha. Je mets en route ?

– Allez-y. Première plongée dans le passé du chronoviseur, version 1980.

Le père Ernetti appuya sur un gros bouton-poussoir. L'écran grésilla et forma peu à peu une image. Elle était en noir et blanc et montrait clairement le réveille-matin vu du plafond de la pièce.

– On est trop loin, on ne lit pas l'heure, dit Natacha.

– Je fais un zoom avant.

Il manipula le levier et cadra le réveil en gros plan.

– 13 heures 58.

– Vous en doutiez ? dit Natacha en souriant.

– À vrai dire, non. Mais c'est tellement extraordinaire que je me demande toujours si je ne rêve pas. Je vais appeler le secrétaire d'État, il annoncera la bonne nouvelle au pape.

– Allez-y. Moi, je vais faire un tour à la Bibliothèque apostolique vaticane. On m'a dit qu'elle était très riche.

– Oh oui ! C'est une des plus anciennes au monde.

– Où se trouve-t-elle ?

– Pas très loin. Demandez au garde suisse, il vous indiquera le chemin.

– Je vais chercher un peu de documentation. L'époque du roi Salomon, c'était il y a trois mille ans. Certains historiens affirment même qu'il n'a jamais existé.

– Le chronoviseur nous le dira, Natacha.

35

Alberto Carvalho avait retenu une suite coquette et confortable, même si l'hôtel était d'allure modeste. Il attendait son illustre visiteur debout et affichait un large sourire.

– Enfin, je te retrouve ! Ce n'était pas facile, tu sais, de franchir les barrières de tes gardes-chiourme. Mais le résultat est là, nous nous revoyons comme deux vieux amis.

Il voulut lui donner l'accolade, mais le pape s'écarta. Sans un mot, il retira son chapeau et son pardessus mouillés par la pluie.

– Laisse-les sur le lit, je ne dors pas ici. Pardon de t'avoir infligé cet accoutrement, Karol, mais je tenais à ce que notre rencontre reste discrète.

– Ne t'en prends qu'à toi-même, Alberto, tu as toujours eu un réel talent pour te faire des ennemis.

– J'en ai tiré une sorte de philosophie, sais-tu ? La plupart des gens font leur malheur en voulant à tout prix être aimés. Résultat, ils traversent l'existence comme des spectres. Tu sais quel est le secret du bonheur, mon ami ? C'est d'accepter la haine des autres.

– Je ne suis pas venu pour t'écouter philosopher, Alberto.

Carvalho tourna autour de son ancien camarade.

– Le costume civil te va bien, tu sais ?

– Tu nous auras tout fait, même obliger ton pape à porter un costume-cravate.

L'autre éclata de rire.

– Veux-tu un peu de thé ?

– Non, allons droit au but.

Les deux hommes prirent place dans deux fauteuils, face à face. Carvalho ouvrit le feu.

– Comment as-tu trouvé mes nouvelles photos ?

Le pape modéra volontairement leur portée.

– Étonnantes, mais elles ne sont pas très nettes.

Carvalho eut un geste d'agacement.

– Depuis, j'ai reçu une série de clichés bien meilleurs... et parfaitement publiables. Certains, tu le verras, montrent en gros plan le cartouche en hiéroglyphes gravé sur l'Arche d'alliance.

Le pape l'interrompit :

– Dis-moi ce que tu veux, Alberto.

Son regard était devenu glacial. Carvalho ne l'avait jamais vu ainsi, plein d'une colère contenue. Il décida de répondre à son ancien ami en mettant clairement ses intentions sur la table.

– Commençons par la pire des solutions. Je convoque une conférence de presse au cours de laquelle je rends publique la découverte archéologique que vous nous cachez, toi et tous ceux que tu as réunis l'autre nuit, dans l'église Saint-Pierre-aux-Liens.

Il savait cela, aussi. Cet homme, se dit le pape, a des yeux et des oreilles partout.

– Qui t'a informé ?

– Comme tu vois, je n'ai pas que des ennemis.

– Continue.

– Le monde saura alors que le judéo-christianisme repose sur un monothéisme d'importation, l'adoration d'une vulgaire idole égyptienne.

Le Saint-Père se leva brusquement.

– Tu es fou, Alberto. Fou !

– Oh, oh, Wojtyla se fâche, dit Carvalho, tout de même impressionné par la violence du pape.

– Tu es catholique, tu sais parfaitement qu'en faisant cela, tu précipiteras une crise générale de la foi, de *ta* foi. Seuls les athées seront gagnants.

– Ce serait ennuyeux, c'est vrai, admit Carvalho sur un ton faussement affligé.

– Mais tu n'hésiteras pas ?

– Je n'hésiterai pas. Non seulement le chaos ne me fait pas peur, mais je peux même t'avouer que j'aime ça. Ou bien...

Il ménagea habilement une attente.

– Dis-moi ?

– ... ou bien, nous trouvons un accord.

Nous y voilà, se dit le pape, le marchandage commence.

– Que souhaites-tu ?

– D'abord, tu me nommes cardinal. Des dizaines d'années, Karol, que j'attends cette reconnaissance.

Évidemment, songea le Saint-Père, il ne s'arrêtera pas là.

– Et ensuite ?

– Ensuite tu démissionnes.

– Un pape ne démissionne pas, il doit rester pape jusqu'à la fin.

– Faux ! bondit Carvalho. Quatre papes, dans l'histoire, ont démissionné. J'ai vérifié. Deux en 1045 et 1046, un autre en 1294, pour se faire ermite. Et le dernier, Grégoire XII, en 1415. Tu vois, tu peux le faire. Rien, sinon l'usage, ne s'y oppose.

– Et pour quelle raison démissionnerais-je ?

– Tu prétexteras des raisons de santé, c'est un empêchement que tout le monde peut admettre.

– Continue.

– Donc, tu démissionnes. Le collège des cardinaux procède aussitôt à l'élection d'un nouveau pape.

– Une élection à laquelle tu seras candidat, bien entendu ?

– Candidat et élu. Je leur révélerai tout à huis clos et je leur proposerai le même marché qu'à toi.

– Tu es un monstre.

– Que de mots désagréables, Karol, je joue ma partie, c'est tout.

– Et que feras-tu quand tu seras pape ?

– Mon programme, tu le connais depuis longtemps. Je renverserai l'organisation actuelle de l'Église, je proclamerai le Vatican des Pauvres, je mettrai le Saint-Siège au service des luttes révolutionnaires, j'appellerai à une insurrection générale des damnés de la terre…

– Et tu déclencheras une nouvelle guerre mondiale.

– C'est possible. Mais quelle importance si mon combat est juste ?

– Non, Alberto. C'est l'orgueil qui t'inspire, pas Dieu ni la justice. Ta folie provoquera des millions de morts.

– Alors, Dieu choisira les siens, Karol.

Le pape se laissa tomber sur sa chaise. Cette fois, il souffrait. Ce dément voulait entraîner la planète entière dans sa folie. Ses yeux se mouillèrent de larmes. Dom Alberto fouilla dans ses poches.

– J'ai des mouchoirs en papier, proposa-t-il, cynique.

Le pape émit un long soupir.

– Depuis combien de temps nous connaissons-nous, Alberto ?

– Bien des années, Karol, bien des années.

– Je ne t'avais jamais vu comme je te vois aujourd'hui. Il y a une boule de haine en toi, quelque chose d'irréductible.

– Parce que je veux ta place ? persifla Carvalho. Allons, Karol…

– Ta haine ne disparaîtra, Alberto, que lorsque tu auras mis le monde à feu et à sang. J'étais venu à ta rencontre pour négocier un accord raisonnable, mais je vois bien que c'est impossible.

Carvalho se raidit. L'entrevue ne se déroulait pas comme il l'espérait.

– Prends garde, Karol. Je te laisse deux semaines pour changer d'avis. Après…

Le pape se leva et enfila son pardessus.

– Après, à la grâce de Dieu !

Il sortit vivement de la pièce, sans refermer la porte. Carvalho pesta intérieurement. La situation lui échappait, mais tant pis. *« Viva la muerte »*, comme disaient les franquistes pendant la guerre d'Espagne. Il décrocha son téléphone et appela Jérusalem.

– Monsieur Parker ?

– Oui, répondit la voix inquiète de Gregory.

– Vos photos vont faire le tour du monde !

36

Gregory raccrocha. Pour la première fois de sa vie, il était gagné par la panique. Ses photos dans la presse ! Non pour célébrer une découverte archéologique exceptionnelle, mais pour provoquer le chaos dans les esprits. Il ne voulait pas être mêlé à ça. Il pensa à l'Arche. L'évêque se doutait certainement de quelque chose. S'il mettait la main dessus, il l'exhiberait dans le monde entier pour étayer ses accusations.

Gregory se précipita dans le parking de l'hôtel, monta dans sa Pajero et prit la route du Néguev. Moins d'une heure après, il pénétra dans l'entrepôt. Heureusement, le précieux coffret était encore là. Il l'attrapa par une extrémité pour le traîner jusqu'à sa voiture.

– Tu ne nous attends pas, Greg ?

Arnaud et Tom étaient arrivés sans faire de bruit.

– Lâche ce coffre, s'il te plaît.

Gregory s'exécuta. Ils s'avancèrent vers lui, menaçants.

– Tu as notre argent ? demanda Tom.

– Je venais vous l'apporter.

– Vingt-cinq mille chacun ?

– Vingt mille, en déduisant vos acomptes.

Il leur tendit les deux enveloppes qu'il avait préparées à l'hôtel. Arnaud et Tom comptèrent les billets.

– Satisfaits ? demanda Greg.

– Non, dit Arnaud. Et l'Arche ? Que voulais-tu en faire ? Tu as parlé d'un prix à ton commanditaire ?

– Non, parce que cet homme ne me plaît pas.

– Quelle importance, s'il paye ? répliqua Arnaud. Si on lui cède l'Arche, on en tirera des millions.

Exactement ce que je craignais, se dit Gregory.

– Je ne vendrai pas l'Arche d'alliance à un tel homme.

– C'est nous qui donnons les ordres, Greg.

– Et pourquoi donc ?

– Parce que nous sommes deux et tu es seul.

Tom approcha un couteau à cran d'arrêt de la gorge de Greg.

– Surveille-le, Tommy, je vais lui lier les mains.

Une fois Gregory maîtrisé, Arnaud le fouilla. Il trouva dans la poche de sa veste l'acte de vente des photos avec l'adresse de Carvalho.

– C'est lui, ton commanditaire ? Un évêque italien ?

Gregory garda le silence.

– Cent mille dollars ? s'amusa Arnaud. Il va falloir en reparler, Greg.

Il glissa l'acte de vente dans sa poche et donna un coup de main à Tom pour transporter l'Arche à l'arrière de la voiture. Pendant ce temps, Parker s'était discrètement rapproché de son sac à dos. Ces imbéciles étaient si pressés qu'ils n'avaient pas regardé à l'intérieur. En dépit de ses mains liées, il parvint à ouvrir le sac et en sortit un pistolet-mitrailleur Uzi. L'avantage de cette arme, c'est qu'une fois son bras replié, elle tenait aussi peu de place qu'un gros revolver. Toujours les mains attachées, Greg orienta l'arme en direction de ses deux anciens complices.

– Attention ! cria Tom qui l'avait vu faire.

Greg lâcha une rafale. Tom s'effondra. Gregory était dans une position inconfortable, mais son arme faisait la différence. Arnaud le comprit immédiatement et disparut. Gregory se préoccupa d'abord de se libérer. Dans la poche de Tom, il trouva son couteau avec lequel il coupa ses liens. Une fois libre, il fit le tour de l'entrepôt. Arnaud n'avait pas pu aller bien loin. Il entendit du bruit sur sa gauche. Il tira en visant le sol. La poussière gicla.

– Arnaud, montre-toi !

Une silhouette se leva très lentement, les mains en l'air.

– Ne me tue pas, Greg.

– Tu hésiterais, toi ?

Arnaud était livide.

– Fous le camp !

– Tommy est mort ? demanda l'autre.

– Tu veux finir comme lui ?

Arnaud prit la fuite sans se retourner. Très vite, il disparut derrière l'horizon.

Gregory revint sur ses pas. À l'intérieur de l'entrepôt, il y avait le corps de Tom. La situation lui semblait irréelle. En quelques secondes, Gregory Parker était devenu quelqu'un d'autre. Il avait tué Tom par réflexe, sans même y penser. Le jeune homme s'était effondré en silence, comme une cible dans un tir forain. Il était étendu, les yeux mi-clos. Gregory avait beau se sonder, il n'éprouvait ni honte ni regrets. Rien, pas l'ombre d'une émotion. Chaque homme, disait son vieux professeur de philosophie à Cambridge, est amené à faire quelques choix décisifs dans sa vie. Gregory, lui, avait-il fait le pire de tous ? Était-il devenu un tueur par effraction ?

La balle avait creusé un trou dans la gorge de Tom, d'où s'échappait un filet de sang qui allait en s'élargissant. Bientôt, la chaleur du désert aidant, le cadavre se mettrait à sentir mauvais. Il fouilla dans ses poches, délesta Tom de son passeport et de l'argent qu'il avait sur lui, puis le chargea dans la Pajero. Il gagna un endroit sablonneux à cinq kilomètres de là, creusa une fosse en s'aidant de son arme et y enfouit le corps de son compatriote. L'ordinaire du combattant, se dit-il avec un sang-froid qui le surprenait. Mais Gregory Parker n'était le soldat d'aucune cause. Il avait tué un homme comme un voyou de banlieue.

37

Sous de vastes voûtes peintes d'une mosaïque d'images colorées, la Bibliothèque apostolique vaticane était composée de plusieurs galeries édifiées au cours des siècles. On y conservait une grande quantité d'ouvrages philosophiques et historiques.

– Je voudrais de la documentation sur l'histoire des Hébreux à l'époque des rois David et Salomon, demanda Natacha au bibliothécaire. Je voudrais aussi un ou plusieurs livres sur le règne du pharaon Akhenaton.

On la fit attendre un moment, puis on lui apporta une fiche photocopiée recensant un certain nombre de titres. Natacha constata avec surprise que la bibliothèque utilisait déjà un ordinateur domestique qu'IBM proposait à l'essai. Elle cocha les cases qui l'intéressaient.

Après quelques instants, un assistant apporta à sa table une dizaine de livres. Elle les consulta rapidement. Son œil longtemps exercé à fouiller dans la documentation en retint six qui pourraient être utiles pour leurs plongées dans le temps. Ils étaient clairs, faciles d'accès et indiquaient des dates et des renseignements topographiques précieux. Elle demanda à les emporter.

– C'est hélas impossible, madame, sans une autorisation spéciale.

Natacha lui montra le mot préparé par le secrétariat d'État du pape. Le bibliothécaire s'inclina.

– Je vais faire noter les ouvrages. Où les emportez-vous ?

Elle désigna le sous-sol.

– Pas très loin, aux archives secrètes.

– Alors, je vais vous prêter un petit chariot, tous ces livres pèsent lourd.

Il donna des instructions à son archiviste.

– Vous les aurez dans une dizaine de minutes, le temps de les noter. Le Saint-Père s'intéresse à l'époque du roi Salomon ?

– Oui, on peut le dire comme ça.

– J'ai moi-même travaillé sur cette époque, lors de ma thèse d'histoire. Hélas, on ne possède que très peu de documents fiables. Et les vestiges archéologiques, comme les fameuses « écuries de Salomon », ne datent pas de Salomon.

– C'est un problème, en effet.

Quelle plaie, se dit Natacha, d'être tombée sur un bavard...

– C'est pourquoi, reconnut-il, cette époque est intéressante à explorer.

Il regarda sa fiche.

– Vous vous intéressez aussi à l'Égypte du pharaon Akhenaton ?

On ne peut plus l'arrêter, se dit Natacha.

– Oui, aussi.

– Je ne vois pas le rapport ?

– Vous êtes bien curieux, mon père, dit-elle en souriant.

Il rougit.

– Pardon, je ne voulais pas être indiscret.

– Il n'y a pas de mal. Je ne connais presque rien à l'histoire de l'Égypte ancienne. Alors, je me renseigne.

– Ah, très bien. Savez-vous que, près d'ici, vous avez le Musée grégorien égyptien ?

– Non, je l'ignorais.

Il griffonna quelques lignes sur sa carte de visite.

– En cas de besoin, prenez contact avec le *dottore* Luigi Battista del Drago, le conservateur du musée. Il lit les hiéroglyphes couramment, il pourrait vous être utile.

– C'est une bonne idée, répondit Natacha en prenant la carte.

Un archiviste lui parla à l'oreille.

– On me dit que vos livres sont prêts.

– Merci, mon père.

– Si vous retrouvez la trace de Salomon, prévenez-moi, lui dit-il en riant.

– Je n'y manquerai pas.

38

Sur le mont des Oliviers, à Jérusalem, à l'endroit même où Jésus manifesta son angoisse et son humanité avant d'être livré à la cruauté des hommes, les moines franciscains avaient érigé une petite église baptisée *Dominus plevit*, « Le Seigneur a pleuré ». Après avoir médité plusieurs heures dans le jardin, un homme passa le seuil de l'église et vint trouver le prêtre. Il était seul dans la nef.

– Mon père, puis-je vous parler ?

– Bien sûr.

– Je suis anglais, catholique anglican. Pouvez-vous me confesser ?

Le prêtre hésita.

– Vous devriez le faire auprès d'un ministre de votre culte. Il existe un diocèse épiscopal à…

– Non, mon père, cela fait des heures que je réfléchis au calme, dans votre beau jardin. Il faut que je vous parle. Maintenant.

Le prêtre le dévisagea et constata un réel désarroi chez le visiteur. Les traditions des uns et des autres n'avaient guère d'importance quand une âme était dans l'urgence.

– Allons-y, mon fils.

Gregory Parker suivit le prêtre dans le confessionnal.

– Je me mets à genoux ?

– À genoux ou assis, comme vous préférez.

– Ce sera à genoux. Bénissez-moi, mon père, parce que j'ai péché.

– Dites-moi ce que vous avez sur le cœur, mon fils.

– J'ai tué un homme. Et j'ai passé un marché avec le Diable.

Silence. Le prêtre ne s'attendait pas à un tel aveu. Gregory évoqua la légitime défense et le prêtre lui conseilla d'aller se dénoncer. Quant au Diable…

– N'allez-vous pas un peu loin, mon fils ?

– Non, un tel homme ne peut être qu'une incarnation du Démon. Si je ne réagis pas maintenant, mon père, il m'entraînera au fond du gouffre.

– Expliquez-vous.

– J'ai commis un péché d'orgueil, il y a quelques mois, en cherchant à percer un mystère qui m'obsédait depuis l'enfance. Sur ma route, j'ai conclu un accord avec un homme aux intentions néfastes. Ce qu'il veut faire de ma découverte est terrible.

Le prêtre eut un frisson.

– À l'heure qu'il est, pouvez-vous annuler ce marché ?

– Non, ce qui est fait est fait. Cet homme a une obsession, rien ne l'arrêtera. Que dois-je faire, mon père ?

– Vous battre contre lui, trouver un moyen de l'arrêter avant qu'il ne commette l'irréparable.

L'arrêter, songea Parker en descendant la colline, mais comment ? En dénonçant publiquement les machinations de Carvalho ? Mais que vaudrait mon témoignage face aux révélations tonitruantes de l'ancien évêque de Rio ? On m'accusera d'être complice de la hiérarchie cléricale. Non, ce n'était pas la bonne méthode, il fallait trouver autre chose.

Quand il arriva à son hôtel, le concierge l'informa qu'une personne l'attendait. Il se retourna. Un homme en pardessus gris, assis au bar, le regardait en souriant. Coiffé d'une kippa, il avait des petites lunettes rondes et une courte barbe parfaitement taillée. Il lui fit un signe amical, mais Gregory resta sur ses gardes.

– Vous souhaitiez me parler, monsieur… ?

– Cohen, Yoël Cohen. J'ai une proposition à vous faire, monsieur Parker.

– Comment connaissez-vous mon nom ?

– Je n'appartiens pas à la police israélienne, rassurez-vous. Je ne suis pas non plus lié à l'évêque Carvalho.

Un frisson glacé parcourut l'échine de Gregory.

– Qui êtes-vous ?

– Si nous allions nous attabler dans un coin tranquille ?

Très inquiet, le jeune homme le suivit au fond du bar.

– Je fais partie d'une organisation qui vous surveille de près depuis votre expédition sous la colline du Temple, monsieur Parker. Nous savons ce que vous avez découvert, le Temple et le cube.

Parker resta impassible.

– Vous avez pris des photos de ces vestiges et vous les avez vendues à un évêque brésilien. Nous savons aussi que vous avez dérobé un objet sacré, qui se trouvait à l'intérieur du cube. Aucun Juif pieux n'aurait osé le faire, mais vous l'avez fait.

Il était clair pour Gregory que ces gens savaient à peu près tout sur lui.

– Quoi d'autre ?

– En vous associant à Dom Alberto Carvalho, vous avez frappé à la mauvaise porte. Cet homme est un fou malfaisant.

– Qu'est-ce qui me prouve que vous n'êtes pas aussi dangereux que lui ? Et que me voulez-vous ?

– Vous aider.

– Personne ne peut m'aider.

– Oh si, nous le pouvons. Nous appartenons à un réseau international qui dispose de moyens financiers considérables. Combien vous a payé Carvalho ?

– Cent mille dollars. Mais l'agent n'est pas le seul problème, cet homme est… détestable.

– Nous le pensons aussi. Je suis mandaté pour vous offrir cinq fois plus que lui, si vous acceptez de collaborer avec nous.

La somme semblait vertigineuse.

– Cinq cent mille dollars ? Et que voulez-vous en échange ?

– Je ne suis qu'un émissaire, monsieur Parker. Toutes les affaires d'argent, chez nous, se traitent directement avec le général.

Gregory se méfiait. Allait-il tomber entre les mains d'un nouveau Carvalho, aux moyens encore plus puissants ? Il est vrai qu'il avait besoin d'alliés, mais qui étaient ces gens ?

– Où vit-il, ce général ?

– À Dallas, au Texas.

39

Quand le téléphone sonna, le général Swaggart fit rouler son fauteuil motorisé jusqu'à son bureau. Yoël Cohen était au bout du fil.

– Je lui ai parlé, général, il accepte de venir vous voir.

– Comment le trouvez-vous ?

– Intéressant et sans doute manipulable, vous en jugerez vous-même. Mais affûtez vos arguments, il est sur ses gardes.

– Je vous avais dit que l'argent le ferait flancher.

– Ce n'est pas tout à fait exact, général, je crois qu'il hait Dom Alberto Carvalho autant que nous.

– Vous viendrez avec lui ?

– Je ne pense pas que ce serait très adroit, il se sentirait cerné et prendrait la fuite.

– Quand compte-t-il venir à Dallas ?

– Ce soir même. Je lui ai donné son billet d'avion, il voyagera de nuit.

Le général siffla d'admiration.

– Bravo, Yoël !

– Il est aussi pressé que nous. En cédant ses photos à Carvalho, il a le sentiment d'avoir mis la main dans un engrenage infernal. À vous de faire le reste du job. Vous êtes très convaincant, général, quand vous voulez !

Le général Swaggart raccrocha et pilota son fauteuil jusqu'au salon, d'où il bénéficiait d'une vue imprenable sur Dallas, la ville géante. Il faut dire qu'Elmer W. Swaggart était une des plus grandes fortunes des États-Unis. La quasi-totalité des pneumatiques utilisés sur le continent américain sortaient de ses usines. Mais l'entrepreneur, c'était son père, disparu depuis des lustres. Elmer, lui, était un militaire. Ancien de West Point, il avait appartenu à l'entourage du général Patton pendant la Seconde Guerre mondiale. Il était d'ailleurs dans la même berline que son émule quand Patton fut victime d'un accident de la route en Allemagne, le 9 décembre 1945. Swaggart en conserva une paralysie des membres inférieurs qui l'obligea à vivre le reste de son existence dans un fauteuil roulant. Depuis, il maudissait ce corps diminué.

Comme il avait la manie d'interpréter tous les événements de sa vie en termes de récompense et de punition, son premier réflexe fut de considérer cette tragédie comme un châtiment du Ciel. Mais quel crime avait-il donc commis ? Il avait couché avec de nombreuses femmes, bien sûr, dont quelques Allemandes pendant la guerre. Mais il n'était pas le seul et les autres n'avaient pas été frappés. Il y avait certainement autre chose.

Il se réveilla une nuit, en sueur, frappé par une idée. Son accident n'était pas une punition, mais une bénédiction. Il alluma la lumière et feuilleta fébrilement une bible. Mais oui, sa vision était juste et sa tâche tracée. Il investirait son immense fortune dans un but ambitieux : reconstruire le Temple de Jérusalem. Alors seulement Jésus reviendrait dans sa Maison pour régner sur toute la Terre. Et il serait, lui Elmer W. Swaggart, à l'origine de cette métamorphose de l'histoire humaine[1].

1. Certains évangélistes américains se fixent, en effet, cette mission. Selon eux, Jésus ne fera son grand retour sur la Terre que lorsque le Temple aura été reconstruit. Le président Trump les a encouragés.

Mais par où commencer ? Comment convaincre ses contemporains que le salut résidait dans la reconstruction du Temple ? Il élabora un plan en deux temps. Il fonda à Dallas un Institut pour les sciences de la Création qui se proposait de répandre par les moyens les plus modernes les vérités des Saintes Écritures. Un bon paravent pour son grand projet. Puis il s'associa aux leaders israéliens du Holy Temple Institute de Yoël Cohen. Eux aussi voulaient construire un Troisième Temple, afin de hâter la venue de leur messie.

Quand on lui faisait remarquer que cela faisait *deux* messies, le juif et le chrétien, Swaggart s'en fichait, seul le résultat comptait. Messie contre Messie, ce sera comme à la guerre : que le meilleur gagne !

Hélas, il y eut un imprévu, ce cube et les horreurs qu'on avait trouvées à l'intérieur. Ce n'était pas un obstacle, tant que la nouvelle restait confinée dans un petit cercle. Mais la situation, à présent, avait changé.

40

– Entrez, dit le pape, venez partager mon dîner.

Natacha et le père Ernetti pénétrèrent dans le bureau du souverain pontife. À la veille de leur nouvelle exploration du passé avec le chronoviseur, il avait tenu à les recevoir amicalement pour leur donner sa bénédiction.

– Cipriano, appela-t-il en ouvrant la porte, vous venez m'aider ?

Le cardinal secrétaire d'État l'aida à débarrasser la petite table, encombrée de bibelots. Pendant ce temps, Jean-Paul II alla chercher des assiettes en carton.

– Vous n'avez rien contre les assiettes en carton ? Elles me suivent depuis ma jeunesse, en Pologne.

– C'est un honneur de dîner dans vos souvenirs, Saint-Père, dit Natacha en souriant.

– Nous avons ici de magnifiques porcelaines. Mais si je les manipule, avec le désordre qui règne dans ce bureau, je finirai par en casser une. Nous dînerons très léger.

Le cardinal Cipriano apporta trois boîtes de nourriture que les cuisines lui avaient livrées.

– Vous ne restez pas, Cipriano ?

– Merci, Saint-Père, mais je préfère vous laisser tous les trois, je serais de trop. À demain.

Il referma la porte derrière lui.

– Notre cuisinier réussit admirablement ses sushis. Il est japonais, le savez-vous ? Installez-vous, je vous en prie.

Natacha goûta un sushi, qui était en effet délicieux. Le pape en arriva vite à leur future mission.

– Au cours de mon allocution aux chefs des Églises, je n'ai pas révélé l'existence du chronoviseur. Personne, donc, ne sait ce que vous allez faire demain, en dehors de notre cercle proche.

– Vous leur direz un jour, Saint-Père ? demanda Pellegrino.

– Tout dépend de ce que vous allez trouver. D'ailleurs, je voudrais vous faire part d'une inquiétude…

Il cherchait ses mots, mais Pellegrino devinait ce que le pape avait en tête.

– Quand on m'en a parlé pour la première fois, je n'ai pas cru à l'existence d'une telle machine. Et puis j'ai dû me rendre à l'évidence. J'ai également entendu dire, père Ernetti, que Paul VI vous avait demandé, à l'époque, d'explorer la période évangélique ?

– Oui, Saint-Père.

– Puis de démonter la machine. Pour quelle raison ? Que s'est-il passé ?

Pellegrino baissa la tête.

– Sa Sainteté Paul VI m'a fait jurer devant Dieu et devant le Christ de ne jamais le révéler, Saint-Père. Je suis tenu par mon serment. Je peux seulement vous dire…

– Oui ?

– Nous avions constaté qu'un usage répété du chronoviseur aux mêmes époques finissait par altérer le passé. Chaque fois que nous revenions sur la même scène, elle se modifiait et cédait la place à une scène légèrement différente.

– C'est pourquoi on vous a accusé d'avoir changé le cours de l'Histoire. Mais comment est-ce possible ?

– Je l'ignore. Je pense que le flux des neutrinos temporels finissait par se fragiliser avec l'accumulation des visites. Il était remplacé par un flux parallèle, comme un changement d'aiguillage pour les rails d'un chemin de fer, expliqua Pellegrino. Ces transformations du passé ont affolé Sa Sainteté le pape Paul VI, qui m'a ordonné de démonter la machine.

– Un tel phénomène pourrait-il se reproduire ?

– Non, si nous sommes prudents et si nous évitons de multiplier nos visites aux mêmes époques.

– L'Histoire est très chatouilleuse, plaisanta Natacha. Un rien l'agace !

Cette remarque eut l'avantage de détendre l'atmosphère.

– Bien, bien, murmura le pape.

– Pour autant, reprit Pellegrino, je ne sais pas ce que nous allons découvrir. Il y aura peut-être des surprises.

– Après ce que vous avez trouvé dans ce cube, je m'attends à tout. Si nous finissions ces sushis ?

La suite de la soirée fut agréable. Afin de ne pas leur mettre trop de pression, le pape ne parla pas de sa rencontre avec Carvalho et préféra évoquer sa Pologne natale. Il regrettait de ne pouvoir y aller, à présent, qu'en voyage officiel. Quand ils se séparèrent, il leur donna l'accolade.

– Bonne chance, mes enfants. Et veillez à ne pas trop chatouiller l'Histoire !

PLONGÉES
DANS LE TEMPS

41

Dom Alberto Carvalho n'était guère patient. Comme le disait un des plus grands poètes brésiliens : *« Paciência é a virtude dos mendigos »*, la patience est la vertu des mendiants. Dom Alberto n'étant pas un mendiant, il détestait se sentir à la remorque des autres.

Et à présent, il bouillait.

À la fin de sa rencontre ratée avec le pape, il avait accordé au Saint-Père un délai de deux semaines pour trouver une issue. On était déjà à la mi-décembre et il n'avait toujours pas répondu. Prendrait-il le risque d'offrir un horrible cadeau de Noël à tous les croyants de la planète ? Il ne pouvait le croire et décida d'attendre encore quelques jours. Mais il enrageait. Même ce Gregory Parker, à qui il avait proposé une collaboration, tardait à lui répondre. Pour qui se prenait-il ?

Au même moment, dans l'avion qui le conduisait à Dallas, Gregory consultait la documentation que Yoël Cohen lui avait donnée sur le général Elmer C. Swaggart. Son Institut pour les sciences de la Création regroupait quatre associations de militants créationnistes qui prônaient une compréhension littérale de la Bible. Elle était richement dotée par les magnats américains du pétrole et les dons des communautés évangélistes.

Des créationnistes ! Il ne manquait plus que ça, se dit Gregory. L'influence de ces militants était devenue si grande aux USA que les groupes de pression avaient essayé de faire étudier leur doctrine dans les universités, au même titre que la biologie, la paléontologie ou la génétique moderne. L'enseignement public avait résisté, mais il s'en était fallu de peu.

Après avoir atterri à Dallas, Gregory monta dans un taxi qui le déposa dans la banlieue de la ville géante. L'Institut pour les sciences de la Création, à en croire le chauffeur, était un véritable Disneyland local, une ville dans la ville. Il y avait emmené deux fois son épouse et ses enfants, ils y avaient passé une excellente journée.

– L'entrée est ici, annonça-t-il, mais il faut faire la queue.

Il n'avait pas tort, l'institut avait été délibérément conçu sur le modèle d'un parc d'attractions. La première qu'il découvrit était impressionnante. Il s'agissait d'une arche de Noé grandeur nature, inspirée des descriptions des Saintes Écritures. Ses dimensions, pouvait-on lire sur un panneau, étaient celles précisées (en coudées) dans le livre de la Genèse. Cent cinquante-cinq mètres de long, vingt-six mètres de large et seize mètres de haut.

Le bateau, coiffé d'une maison, était construit en pin et pesait trois mille tonnes. Les visiteurs allaient et venaient le long des coursives et admiraient les animaux robotisés ou le vieux Noé et sa famille. Tout y était expliqué, la manière dont ils parquaient les animaux, les nourrissaient, évacuaient les déchets, etc.

À l'intérieur du bâtiment, qui se présentait comme un « musée de la Création », l'institut célébrait la validité des théories créationnistes les plus extrêmes. On y voyait des tableaux pittoresques. L'un d'eux, qui entendait prouver que la théorie de l'évolution faisait fausse route, montrait Adam et Ève côtoyant en toute quiétude quelques redoutables dinosaures, puisque Dieu était censé avoir créé toutes les espèces en même temps, il y a six mille ans.

Un conférencier retraçait le déroulement de l'Histoire tel que l'imaginaient les créationnistes : le déluge avait eu lieu en 2348 avant J.-C. et la construction des pyramides d'Égypte était décalée en 1743 avant notre ère. Le public semblait convaincu.

– Monsieur Gregory Parker ?

Une chargée des relations publiques était venue à sa rencontre.

– Le général Swaggart vous attend. Si vous le souhaitez, vous pourrez visiter le reste de notre exposition après le déjeuner.

– Avec plaisir.

Elle l'accompagna jusqu'à un ascenseur en verre qui les déposa au troisième étage, puis le fit entrer dans un immense bureau où un vieil homme l'attendait dans un fauteuil roulant. Sur le mur, derrière lui, on voyait un portrait encadré du général George S. Patton, coiffé de son célèbre casque noir aux cinq étoiles.

– Enchanté, monsieur Parker, je suis le général Elmer T. Swaggart.

42

Tôt le matin, quand le père Ernetti se rendit au laboratoire, Natacha était en train de ranger sa documentation.

– Déjà là ?

– Je n'ai pas dormi de la nuit.

– Les sushis d'hier soir ?

– Je n'y ai presque pas touché. J'ai parcouru quelques livres sur les règnes des rois David et Salomon. Les historiens n'en disent pas grand-chose, tant leurs traces sont indécises.

– Si vous en êtes d'accord, Natacha, nous n'irons pas directement à l'époque de Salomon. Comme il s'agit d'un énorme saut de trois mille ans, je préférerais le faire en deux étapes.

– C'est vous le pilote, mon père. Mais avant…

Elle se leva et se servit un café chaud.

– Je n'ai rien avalé depuis hier

– Je suis content que vous acceptiez de vous détendre, Natacha. Quand nous nous sommes connus, vous étiez un vrai baril de dynamite.

– J'ai appris à me calmer, dit-elle en croquant un biscuit.

Il la regarda de son air malicieux.

– Je suis sûr qu'il y a une autre raison.

Elle l'admit en baissant les yeux.

– Votre chronoviseur est souvent un rabat-joie. Toute mon enfance fut bercée par les belles légendes de David et de Salomon. Je ne suis pas pressée de découvrir ce qu'il y a derrière.

– Moi aussi, j'ai adoré ces histoires au catéchisme : David se mesurant au géant Goliath avec sa fronde, Salomon rendant la justice ou tombant amoureux de la reine de Saba.

– Nous sommes comme tout le monde, mon père, nous aimons les mythes qui nous ont faits.

L'instant d'après, ils étaient assis devant la console. Elle chercha quelque chose.

– Vous n'avez pas prévu de caméra seize millimètres pour enregistrer nos voyages ?

Lors de leurs premières explorations dans le temps, ils avaient une caméra pour conserver une trace de ce qui se déroulait sur l'écran. C'était fastidieux, il fallait changer les magasins de cent vingt mètres régulièrement.

– Ce n'est plus nécessaire. Nous avons à présent des magnétoscopes qui captent directement l'écran en vidéo. Dès que je mets le chronoviseur en route, ce qu'il voit est aussitôt enregistré sur une cassette d'une heure.

– Merveilleux. Par quoi commençons-nous ?

– J'ai entré les coordonnées géographiques de la colline du Temple. Pour notre premier saut, j'aimerais ne pas dépasser quatre ou cinq siècles avant l'époque romaine. Vous avez une préférence ?

Elle feuilleta un de ses manuels.

– Essayez la date de 515 avant notre ère, mon père.

– Donc un saut de vingt-cinq siècles. Je mets en route. Croisons les doigts…

– Il y a un danger ?

– Un danger, non. Au pire, la machine nous montrera un écran noir.

C'est ce qui arriva, pendant une trentaine de secondes.

– Aïe, aïe… Ça ne fonctionne pas ?

Pellegrino consulta ses cadrans.

– Non, tout a l'air de bien se passer. Mais c'est loin, Natacha, c'est loin.

Il se leva pour se dégourdir les jambes. Natacha gardait les yeux rivés sur la machine. Enfin, le brouillard de l'écran sembla se contraster et s'organiser.

– Mon père, je crois que… nous avons une image !

43

– Merci, Barbara, vous pouvez nous laisser, dit le général Swaggart.

Une fois la jeune attachée de presse sortie, il invita Gregory à s'asseoir.

– Notre exposition vous a intéressé ?

– Elle est très bien faite, mais puis-je être franc, général ?

– Allez-y, j'aime la franchise.

– Je ne suis pas géologue, mais je pense que Dieu, s'il existe, a mis un peu plus de six jours pour créer l'univers !

Le général éclata de rire.

– Il ne faut pas prendre la Bible au pied de la lettre, monsieur Parker. Dans le temps de Dieu, un jour équivaut peut-être à une de nos ères géologiques.

Gregory sourit. Le général avait évidemment préparé une réponse pour chaque objection. Il attendit donc sa proposition.

– Je suis un ancien militaire, monsieur Parker, j'irai droit au but. J'appartiens à une organisation de chrétiens évangélistes qui se sont donné pour mission de reconstruire le grand Temple de Jérusalem, le Troisième Temple.

– Comme les Juifs ultra-orthodoxes ?

– Mais pas pour les mêmes raisons. Pour nous, le Christ attend la reconstruction du Temple pour faire son grand retour sur Terre.

Tant que cette tâche ne sera pas achevée, il ne reviendra pas. Notre devoir est un devoir sacré.

– Et qu'attendez-vous de moi ?

– En 1978, soit deux ans avant vous, un vieux rabbin a trouvé fortuitement le chemin qui conduisait au Temple de Salomon. Cet homme s'appelait Elisha Cohen, c'était le père de Yoël Cohen, que vous avez rencontré à Jérusalem.

– Il est entré dans le cube ?

– Oui. Et ce qu'il a vu l'a horrifié. D'ailleurs, il en est mort peu de temps après.

– Pour un esprit religieux, je pense que le choc a été terrible.

– Exact. Si le monde apprend ce qu'il y a dans ce cube, monsieur Parker, ce sera une catastrophe pour tous les croyants.

– C'est possible, général. Mais celui que vous devez convaincre s'appelle Dom Alberto Carvalho.

– Nous devons l'arrêter avant qu'il ne soit trop tard.

– Comment ? En lui tirant une balle dans la tête ?

– Je n'hésiterais pas, mais ce n'est pas une bonne idée. Les gens comme Carvalho sont bien protégés, il a certainement pris des précautions au cas où quelqu'un réussirait à l'éliminer. Nous avons un autre moyen de le neutraliser.

Gregory était de plus en plus intrigué.

– Je vous écoute…

– À l'intérieur du cube, le vieux rabbin a trouvé une boîte en fer, marquée du sceau de Seth. C'était un signe de malédiction chez les anciens pharaons.

Il montra à Gregory une photo du couvercle. Le dieu Seth était une figure effrayante au long museau et aux oreilles dressées. L'image du sceau était simplifiée, réduite à un simple tracé.

– Il y avait dans la boîte un morceau de tablette gravée de hiéroglyphes. Nous avons fait traduire ce texte. Il émane directement du pharaon Akhenaton.

Décidément, ce cube est inépuisable, se dit Gregory.

– Nous estimons avec Yoël Cohen, ajouta le général, que cette tablette pourrait nous aider à contrecarrer les projets de Carvalho.

– Comment ?

– Yoël vous en dira un peu plus quand vous aurez accepté la mission.

– Quelle mission ?

– Je vous l'ai dit, cette tablette n'est qu'un fragment. Elle est cassée en deux, il nous manque la partie gauche pour en faire une preuve sérieuse. Sans cela, le texte peut être interprété de différentes manières, on nous accusera d'en livrer une version tendancieuse. Votre travail, monsieur Parker, sera de trouver la partie manquante et de faire traduire l'ensemble. Si notre intuition est juste, ce sera une découverte aussi importante que celle du cube de Salomon.

– Mais pourquoi moi ?

– Nous avons nos raisons.

– Général, je connais mal l'Égypte et je ne sais même pas lire l'écriture égyptienne.

– Ne vous en faites pas pour cela, vous aurez quelqu'un pour vous aider.

– Un égyptologue ?

– Un Allemand qui vit aujourd'hui au Caire. C'est un personnage un peu fantasque, mais un des plus grands spécialistes du règne du pharaon Akhenaton. Si quelqu'un peut mettre la main sur le morceau manquant, c'est bien lui. À vous de décider.

Gregory était un peu abasourdi par l'ampleur de la tâche.

– Ce n'est pas un travail facile, général.

– Pourquoi croyez-vous que nous vous payerons cinq cent mille dollars ?

44

Dans leur laboratoire, Natacha et Pellegrino scrutaient l'écran du chronoviseur. Peu à peu, la « neige » de l'écran céda la place à une image à peu près nette, comme si elle était vue du ciel. Tout en haut de l'actuelle colline des Mosquées, au centre d'une vaste esplanade, on voyait une grande construction.

– Approchez-vous, mon père, nous sommes trop loin.

En manipulant son levier de commande, le père Ernetti zooma vers le sommet de la colline.

– C'est le Temple de Salomon ?

Natacha secoua la tête.

– Non. À l'époque où nous sommes, le Temple de Salomon n'existe plus. Il a été détruit par les armées de Nabuchodonosor, les Juifs ont été déportés à Babylone. Quand ils sont rentrés au pays, cinquante ans plus tard, ils ont construit ce Second Temple avec les moyens du bord.

La bâtisse était grise et sans grand caractère, entourée d'une cour où se pratiquaient les sacrifices.

– Attendez que je comprenne bien, dit Pellegrino. Le Premier Temple était celui de Salomon, le Second Temple est celui que nous voyons. Et le grand temple d'Hérode, celui qu'a connu Jésus ?

– C'était toujours le Second Temple, mais agrandi et embelli par le roi Hérode. C'était le Temple 2A, si vous préférez. Les temples, chez les Hébreux, sont comptabilisés en fonction de la continuité du culte. Il n'y a pas eu d'interruption entre le 2 et le 2A.

– Que vous êtes compliqués ! soupira Pellegrino.

Il jeta un rapide coup d'œil à ses instruments.

– En tout cas, notre chronoviseur semble parfaitement fonctionner. On essaye de plonger à l'époque de Salomon ?

– Ce sera un nouveau saut de cinq cents ans en arrière, prévint Natacha.

– Essayons. Vous avez une date précise ?

Elle feuilleta sa documentation.

– Selon les historiens, le règne de Salomon s'étend de 970 av. J.-C. à 931 av. J.-C. Je vous propose d'opter pour un moyen terme, l'an 950 av. J.-C.

– Allons-y. Nous sommes aux limites de l'amplitude de la machine, mais ça peut marcher.

Il programma la nouvelle date et lança le chronoviseur. À nouveau, l'écran s'obscurcit… et resta noir.

– Un problème ? s'enquit Natacha.

Pellegrino procéda à quelques tests. Il fit la grimace.

– Oui, un collecteur de neutrinos qui a lâché.

Il arrêta la machine et regarda Natacha avec un sourire contraint.

– J'étais trop optimiste. Il me faut deux ou trois jours pour réparer.

Natacha se leva. Une idée lui avait traversé l'esprit.

– Vous aurez besoin de moi, père Ernetti ?

– Non, vous ne pourrez pas m'aider.

Elle sauta aussitôt sur l'occasion.

– Alors, j'irais bien passer un ou deux jours à Florence.

Il l'encouragea avec un grand sourire.

– Vous ne serez pas déçue, allez-y. Et quand vous reviendrez, la machine sera toute neuve !

45

Même s'il ne trouvait pas Elmer C. Swaggart très sympathique, Gregory Parker avait quitté Dallas en lui donnant un accord de principe. Le général semblait persuadé qu'il tenait le moyen de barrer la route à Carvalho. Gregory était sceptique, mais il tenait vraiment à réparer son erreur. Dès son arrivée dans sa chambre au Colony, le réceptionniste lui fit passer un appel. C'était Yoël Cohen.

– Je vous attends au bar, monsieur Parker.

– Je descends.

Yoël patientait en triturant une serviette en cuir. Il entraîna Gregory à l'abri des regards.

– Le général m'a mis au courant. Vous avez pris la bonne décision, pour vous et pour nous.

Il ouvrit sa serviette et en sortit une petite tablette en pierre de vingt-cinq centimètres de haut, couverte d'une cinquantaine de lignes de hiéroglyphes.

– Je vous ai apporté le fragment trouvé par mon père dans le cube.

– Une copie papier ne suffisait pas ?

– Non. Si vous devez trouver le complément, il devra s'ajuster parfaitement. Vous ne le saurez que si vous possédez l'original.

Gregory examina la tablette.

– Pour l'instant, que dit votre moitié de texte ?

Yoël sortit une feuille de papier dactylographié.

– J'ai ici un mot à mot proposé par le traducteur. Notre hypothèse est qu'il s'agit d'une confession faite par le pharaon à son grand vizir Aÿ, très peu de temps avant sa mort.

– Une sorte de testament ?

– Plutôt un aveu, en rapport avec la naissance du culte d'Aton. Mais nous devons en savoir plus. C'est pour cela que nous avons besoin de l'autre morceau.

Yoël tendit une carte de visite à Gregory.

– Voici l'adresse de votre contact au Caire, l'égyptologue allemand Gunther Kircher. Nous ne le connaissons que de réputation.

Gregory glissa la carte dans sa poche, mais la même question trottait dans sa tête.

– Je ne comprends toujours pas, monsieur Cohen. Pourquoi faites-vous appel à moi ? Après tout, vous auriez pu y aller vous-même ?

– Non. D'abord parce que je suis israélien. La guerre avec les Égyptiens est terminée, mais je ne serais pas le bienvenu là-bas…

– Et la deuxième raison, c'est qu'en m'engageant le général me tient en laisse ?

Yoël dodelina de la tête avec un léger sourire.

– Il y a peut-être un peu de ça.

L'homme est plutôt sympathique, se dit Gregory. Plus que son associé américain, en tout cas.

– Prenez soin de la tablette, monsieur Parker. Nous y avons joint un faux certificat de provenance *Made in Hong Kong*. Avec cela, les douaniers ne devraient pas vous embêter.

Il lui donna aussi une enveloppe.

– Vous trouverez ici votre billet aller-retour pour Le Caire, ainsi que vingt mille dollars pour vos frais et le salaire de l'égyptologue.

– Vous êtes très bien organisés.

– Le général ne laisse rien au hasard. Et l'enjeu est important pour lui comme pour nous… même si nous avons deux messies différents !

*

Pendant ce temps, à quatre mille kilomètres de Jérusalem, Natacha découvrait avec ravissement les merveilles exposées au musée des Offices de Florence.

Les collections de peintures italiennes de la Renaissance étaient éblouissantes. Comme tout le monde, elle avait vu des reproductions de *La Naissance de Vénus* de Botticelli ou de *L'Adoration des mages* de Léonard de Vinci, mais les originaux avaient quelque chose de magique.

Elle consacra l'après-midi à la visite de la majestueuse cathédrale Santa Maria del Fiore, coiffée de l'imposante coupole de Brunelleschi. Puis elle prit le temps de flâner dans les rues commerçantes et d'aller au cinéma voir le nouveau *Star Wars*, intitulé *L'Empire contre-attaque.* Le film était plutôt bien fait, mais assez infantile. Et que la science-fiction de cinéma faisait toc à côté de la vraie science, celle qui animait la machine du père Ernetti !

46

L'avion de Gregory Parker venait d'atterrir au Caire. Comme souvent, les files d'attente aux guichets des douanes étaient interminables. Gregory se présenta au douanier comme un Londonien passionné par les pyramides, puis récupéra sa valise sur le carrousel à bagages, alourdie par la tablette de pierre qu'elle contenait.

Il appela un taxi et donna au chauffeur l'adresse que Yoël lui avait indiquée. Une heure plus tard ils entrèrent dans Zamalek, un des quartiers chics de la capitale égyptienne. Le chauffeur le déposa devant le Deutsches Archäologisches Institut Kairo, l'Institut archéologique allemand.

À l'accueil, il n'y avait personne. Il attendit patiemment, ses voyages précédents lui avaient enseigné qu'il faut toujours être patient en Égypte. L'institut était un bâtiment à l'ancienne, avec un petit escalier en colimaçon permettant d'accéder à l'étage supérieur de la bibliothèque. Assis devant une longue table, deux étudiants et une jeune femme voilée consultaient des livres. Un vieil homme en costume vint à sa rencontre.

– En quoi puis-je vous aider ?

– Je viens voir le docteur Gunther Kircher.

– Vous avez rendez-vous ?

– Oui, à onze heures.

– Alors, il vous a déjà oublié !

L'employé se pencha pour poursuivre à voix basse :

– Vous le trouverez dans son « bureau », à deux cents mètres d'ici, au Pub 107.

Gregory ne comprenait pas.

– Au numéro 107 de l'avenue. Il y passe plus de temps que sur ses fouilles. Laissez votre valise ici, c'est juste à côté.

– Non, je préfère la garder.

Il se rendit à l'adresse indiquée. La salle, presque entièrement vide, empestait tout ce que les clients avaient fumé au cours de la nuit. Il avisa le barman.

– Je cherche le docteur Kircher.

– Ah, *Herr Doktor* ? dit l'homme avec un sourire moqueur. C'est lui.

Il indiqua un homme au fond de la salle, assoupi les coudes sur la table. Gregory s'approcha discrètement. L'homme puait l'alcool.

– Docteur Kircher, nous avions rendez-vous, lui dit-il en lui tapotant l'épaule.

Kircher ouvrit un œil. Il avait l'allure d'un égyptologue du siècle dernier. La soixantaine, petits lorgnons et barbichette, il semblait émerger d'un roman de Jules Verne. Il portait un gilet de randonnée aux poches innombrables et un pantalon large fait dans la même toile. L'une et l'autre n'avaient pas vu de blanchisserie depuis longtemps. Le barman apporta un verre empli d'un breuvage brunâtre.

– Donnez-lui ça, monsieur, c'est le seul moyen de le remettre debout.

Il fit boire Kircher, qui afficha une vilaine grimace. Mais le breuvage fit son effet. Une dizaine de minutes plus tard, l'homme s'était métamorphosé.

– À qui ai-je l'honneur ?

– Je suis Gregory Parker. Nous avions rendez-vous aujourd'hui pour parler.

– Eh bien, allez-y, parlez.

Gregory regarda autour de lui.

– Je préférerais un endroit plus discret. J'ai quelque chose à vous montrer.

– Allons à l'institut. À cette heure, il est presque désert.

Gregory l'aida à faire les deux cents mètres qui séparaient le pub de l'Institut.

– Alors docteur, lui lança le réceptionniste, la soirée a été agréable ?

– Je t'ai demandé, Mahmoud, comment tu as passé la tienne ? répliqua Kircher.

– Avec ma femme, devant la télévision, répondit Mahmoud.

– Eh bien, le Pub 107, c'est ma télé à moi.

La conversation sembla déranger les étudiants qui regardèrent Kircher sans aménité.

– Suivez-moi au premier étage, on sera plus tranquilles là-haut.

Ils entrèrent dans une pièce minuscule, envahie de livres.

– C'est mon bureau. Ou plutôt « c'était » quand j'écrivais encore des articles pour les revues savantes. Asseyez-vous où vous pouvez, monsieur Parker. Et dites-moi ce qui vous amène.

– Docteur Kircher, on…

– Laissez tomber le « docteur », appelez-moi Kircher. Ou, mieux, Gunther.

– Très bien, Gunther. On m'a dit que vous étiez un des meilleurs spécialistes de la dix-huitième dynastie égyptienne.

– On ne vous a pas menti.

– Je cherche des informations sur le pharaon Akhenaton.

– Oh, ce fou…

Kircher montra les livres qui s'accumulaient sur les rayonnages.

– Un bouquin sur deux, ici, lui est consacré.

– Akhenaton était fou ?

– C'était un type bizarre, en tout cas.

Gregory ouvrit sa valise et en sortit son fragment de tablette.

– J'aimerais que vous examiniez cet écrit. Il était conservé dans une boîte portant le sceau de Seth, comme s'il était maudit.

Kircher se saisit de la demi-tablette, intrigué.

– Où avez-vous déniché ça ?

– Peu importe. J'ai l'intuition que c'est peut-être une pièce importante.

Kircher essuya ses lunettes et commença à déchiffrer les hiéroglyphes.

– C'est un fragment de texte dicté par le pharaon Akhenaton, dit-il, mais il est incomplet.

Il se pencha pour examiner la tablette de près.

– Cette série de signes me dit quelque chose…

Il faisait allusion à un ensemble de petites barres et à d'autres caractères plus complexes.

Gregory fouilla dans son blouson et en sortit une liasse de dollars.

– Deux mille dollars pour vous, Gunther, si vous m'aidez à aller plus loin.

Kircher écarquilla les yeux.

– Cette tablette est si importante, monsieur Parker ?

– Pour mon client, oui.

– Qu'attendez-vous de moi exactement ?

– Que vous m'aidiez à retrouver la partie manquante. Sans elle, mon fragment ne vaut rien.

Kircher éclata de rire.

– Il y a beaucoup de tablettes en Égypte, vous savez !

– Les gens qui m'emploient estiment que ce texte apporte des révélations décisives sur le pharaon Akhenaton. Si vous parvenez à reconstituer la tablette, vous aurez *aussi* les honneurs de la découverte.

Cette perspective sembla séduire Gunther Kircher, au moins autant que les dollars. Il consulta son agenda.

– Je dois participer la semaine prochaine à une fouille dans la vallée des Rois. Allons-y ensemble, je vous montrerai une tombe abandonnée dans la colline. Pour moi, il n'y a aucun doute, c'est celle du pharaon Akhenaton. Elle contient de nombreuses inscriptions, dont une qui pourrait vous intéresser.

– Parfait, dit Gregory, mais partons aujourd'hui même. Je prendrai en charge vos frais de séjour.

Kircher se leva.

– Pourquoi pas ? Des avions font chaque jour le trajet Le Caire-Louxor. On louera une voiture à l'aéroport.

Était-ce l'argent ? Le goût de la recherche qui ne l'avait jamais vraiment quitté ? Gunther Kircher semblait subitement avoir trouvé une seconde jeunesse.

47

Natacha s'approcha à pas de loup du père Ernetti, occupé à régler un détail sur son pupitre de commandes. Elle l'embrassa sur la joue. Il était au paradis.

– Vous savez quoi, père Ernetti ?

– Dites…

– Je me demande si je ne préfère pas Florence à Venise.

– Que me dites-vous là, malheureuse, s'offusqua Pellegrino. Il n'y a rien de plus beau que Venise !

Elle avait froissé son patriotisme municipal. Elle n'insista pas.

– Comment se porte votre machine ?

– Au meilleur de sa forme ! Asseyez-vous et attachez votre ceinture, Natacha, nous partons pour le royaume de Salomon.

Il mit le chronoviseur en marche. Cette fois, sans balbutier, la machine plongea dans le gouffre du temps.

Sur l'écran on voyait une haute bâtisse de pierre, de marbre et d'or qui brillait au soleil.

– Le Temple de Salomon flambant neuf, s'émerveilla Natacha. Et à ses pieds, la cité de Jérusalem.

Ce n'était qu'une image en noir et blanc, vue sur un petit écran de trente et un centimètres, mais elle valait pour Natacha les plus beaux tableaux de maîtres. Au sud de la colline s'étendait une coulée de petites maisons rustiques faites de blocs de pierres empilées. La ville entière était entourée d'un épais mur de défense. C'était une cité antique typique, avec ses quartiers d'habitation et ses boutiques d'artisans, sillonnée par des ruelles de terre et protégée par ses hauts murs.

Le père Ernetti fut étonné.

– Quand on lit la Bible, on pense à une métropole comme Babylone.

Ce qu'ils avaient devant les yeux, en effet, ressemblait plus à un gros village qu'à la capitale d'un empire. Natacha essaya de corriger cette impression.

– Comme tous les peuples, les Hébreux se sont inventés un passé prestigieux. C'est assez classique, non ? Vous-même, les Romains…

– Natacha, je vous taquinais !

Elle sourit et s'approcha de l'écran pour examiner les détails.

– Pourriez-vous zoomer sur le Temple ?

– Je vais essayer.

Il manipula son levier de commande pour faire des gros plans.

– Vous voyez ? Une partie du Temple est en cèdre du Liban. Le roi de Tyr a vendu ses arbres à Salomon et lui a prêté aussi son architecte personnel, Hiram-Abi. C'est l'ancêtre des francs-maçons.

– Qu'est-ce que les francs-maçons ont à faire avec le Temple de Salomon ?

– C'est un de leurs secrets, mon père, et ces gens-là ont beaucoup de secrets.

Deux hautes colonnes dorées encadraient l'entrée du Temple. Sur le parvis, on voyait un autel destiné aux sacrifices d'animaux. À sa droite, la vasque d'airain servait aux ablutions des fidèles.

– C'est bien ce que vous attendiez ?

– À peu près, oui. Il ne manque que Salomon.

Elle indiqua un point sur l'écran.

– Pouvez-vous grossir ce bas-relief, mon père ? Il y a quelque chose d'écrit sur le marbre…

Le père Ernetti fit un zoom sur l'inscription.

– Je crois que c'est une bénédiction en paléo-hébraïque : « Le grand prêtre… Tsadok… appelle la bénédiction de Dieu sur… Shelomho. »

Natacha applaudit.

– C'est bien Salomon !

Sa joie amusa Pellegrino.

– Il vous aurait manqué, n'est-ce pas, s'il n'avait pas existé ?

– Un peu, avoua-t-elle.

– Moi, en revanche, quelque chose me chiffonne.

– Dites…

– Où est le cube ?

Sur la colline, en effet, il n'y avait rien d'autre que le Temple.

– Je ne vois rien, dit Natacha.

– Et si nous faisions fausse route ?

48

La ville de Louxor était en réalité un gros village, tout entier dévolu aux activités touristiques. Au milieu de la cité, il y avait cette merveille : le temple de Ramsès II, gardé par deux colosses assis à l'effigie du pharaon.

– Arrêtez-vous ici, ordonna Gunther Kircher.

– Je croyais qu'on allait dans la vallée des Rois ? s'étonna Gregory.

– Oui, mais on a besoin d'une clé et d'une bénédiction.

Gregory se gara tant bien que mal à côté du temple. Kircher sauta hors de la voiture et disparut dans la foule.

– Gunther, attendez-moi !

L'Allemand, qui était connu à Louxor comme le loup blanc, entra dans le temple sans passer par les caisses, avec Gregory à ses trousses. De sa démarche sautillante, il traversa la salle hypostyle aux imposantes colonnes, puis la grande cour d'Aménophis III. Il s'arrêta dans un petit enclos, tout au fond du bâtiment. Il posa son front et ses deux paumes contre la pierre et prononça des paroles inaudibles. Puis il revint vers Gregory.

– C'est le saint des saints du temple de Ramsès. Je ne viens jamais ici sans faire une petite prière aux dieux de l'Égypte. Parfois, j'apporte des offrandes.

– Ah bon ?

– Des fruits, des légumes, de la pâte d'amandes. Un jour, j'ai même déposé une boîte de choucroute garnie que j'avais rapportée de Munich. Les dieux ont adoré, elle a disparu quelques heures après.

– Vous êtes certain que ce sont les dieux qui ont fait le coup ?

– Qui d'autre ? Vous avez déjà vu des Égyptiens manger de la choucroute ? Maintenant, allons chercher la clé.

Il se rendit dans un baraquement où logeait un des concierges du temple qui acquiesça à sa demande.

– Et voilà ! Nous partirons demain, le site ferme tôt en hiver. Où avez-vos retenu nos chambres ?

– Au Old Winter Palace.

– Vous avez du goût, monsieur Parker, c'est le meilleur hôtel de la ville.

C'était en effet un hôtel magnifique, édifié au bord du Nil dans le style colonial anglais du dix-neuvième siècle. Gregory déposa ses bagages dans sa chambre, puis retrouva Kircher au bar.

– Et si vous me parliez de notre programme de demain, Gunther ?

L'égyptologue montra sa clé.

– Nous visiterons la tombe KV 55. Je pense que nous y dénicherons des renseignements intéressants pour trouver le reste de votre tablette.

Ils allèrent s'asseoir dans les confortables fauteuils en cuir.

– Savez-vous, demanda Gunther, que le Old Winter Palace était l'hôtel favori de lord Carnarvon, le mécène anglais qui a permis à Howard Carter de découvrir la tombe de Toutânkhamon ?

– Non, je l'ignorais.

– Le malheureux est mort ici même, à cause d'une infection due à une piqûre de moustique. On a parlé aussitôt de la vengeance des pharaons. Une idiotie qui nous rappelle que l'Égypte rend fou, monsieur Parker.

Gregory trouvait ce vieil homme un peu fantasque, mais attachant.

– Depuis quand faites-vous ce métier, Gunther ?

– Une bonne trentaine d'années. Je fais partie de ces égyptologues qui ont beaucoup cherché et n'ont rien trouvé.

– Vous, au moins, vous l'avouez.

– Parce que c'est vrai. Ce n'est pas une question de talent, mais souvent de chance. J'ai connu des types bien plus jeunes que moi, qui ne connaissaient rien à l'Égypte, et qui sont tombés, dès leurs premières fouilles, sur une découverte majeure. On les a applaudis, ils ont fait des conférences partout, et ont raflé des postes universitaires prestigieux. Pas moi. La vengeance des pharaons, peut-être ?

Il eut un rire triste, puis leva le bras pour commander un troisième verre, mais Gregory l'en dissuada.

– Connaissez-vous le général Swaggart, Gunther ?

– Non. Qui est-ce ?

– Celui qui m'a envoyé vers vous. Il m'a certifié que vous étiez le meilleur spécialiste d'Akhenaton au Caire. Vos collègues me l'ont confirmé.

– Ils sont trop aimables.

– Ils ont ajouté « quand il est sobre ».

– Ils ont raison.

Il commençait à sommeiller.

– Vous ne venez pas dîner ?

Le vieil homme ouvrit un œil.

– J'ai avalé tous les biscuits secs qu'il y avait dans le minibar de ma chambre.

En les arrosant copieusement, pensa Gregory. Mais lui non plus n'avait pas très faim.

– Bon, on se rattrapera demain, au petit déjeuner. Départ à sept heures ?

– Six heures trente, corrigea Kircher. Après, dans la vallée des Rois, il commence à faire très chaud. Prévoyez une bouteille d'eau et de bonnes chaussures, il faudra grimper. Prenez aussi un chapeau.

– Figurez-vous que j'y aurais pensé, Gunther !

49

Sur la place Saint-Pierre, malgré une petite pluie fine et froide, on entendait des chants de Noël. Un immense sapin avait été installé devant l'entrée de la basilique. Dans les rues voisines, les boutiques étaient illuminées.

– Noël, déjà ? s'écria Natacha.

– Mais oui, nous sommes le 17 décembre.

Ils cherchèrent à s'abriter dans un café où ils grignotèrent un flan avec un cappuccino.

– Nous pourrions quand même prendre le temps de déjeuner normalement, mon père.

– Cela vous tente ?

Elle réfléchit.

– Après réflexion, non.

– Cette exploration est si prenante, reconnut le père Ernetti, que nous en oublions le temps qui passe.

– C'est plus que ça, ajouta Natacha, cette machine nous projette hors de notre temps propre. À force de vivre dans d'autres époques, nous en oublions la nôtre. C'est troublant, parfois.

– J'avais ressenti cela il y a seize ans, pendant nos visites à l'époque évangélique. Quand je sortais du laboratoire, le monde extérieur me paraissait étranger.

– Il n'y a qu'une manière de lutter contre cette sensation d'irréalité, mon père, c'est de faire des coupures.

Il approuva, puis demanda :

– Vous avez envie, vous, de rentrer à Jérusalem pour Noël ?

– Pas vraiment. Et vous, de retrouver Venise ?

– Non, il faut d'abord résoudre ce mystère de l'absence du cube.

Ils éclatèrent d'un même rire.

– Vous voyez, dit Natacha, nous nous plaignons de perdre le contact avec la réalité, mais nous ne pouvons pas lâcher le chronoviseur.

– Ou alors, c'est lui qui ne nous lâche plus !

*

Dès leur retour aux archives, Pellegrino remit le cap sur l'époque de Salomon.

– Évitez de programmer la même année, mon père, ne « chatouillons » pas trop l'Histoire, comme dit le pape. Cela ne nous avait pas trop réussi, jadis.

– J'y ai pensé. J'ai visé une année plus tôt, en 951 av. J.-C. Le cube était toujours absent.

– Bizarre, nota Natacha. À moins que…

– Vous pensez à quelque chose ?

– Et si le cube était déjà enterré sous le Temple ?

– Nous serions arrivés trop tard ?

– Il n'y a qu'un moyen de le savoir : remonter à l'époque où le Temple de Salomon n'existait pas encore.

Pellegrino revint illico à son tableau de commandes.

– J'essaye quarante ans en arrière ?

– D'accord. Nous arriverons à l'époque de David, le père de Salomon.

Il commença à manipuler son pupitre de contrôle, mais Natacha l'arrêta.

– Attendez, il y a de l'agitation sur le parvis !

L'écran montrait des serviteurs déroulant de longs tapis sur l'allée menant à l'entrée du sanctuaire.

– Je pense qu'on attend une visite royale. Regardez…

Une procession, venant du palais royal, avait pris la direction du Temple.

– Vous voulez que je me rapproche d'eux ?

Elle approuva, les yeux brillants.

– On pourrait tomber nez à nez avec le roi Salomon ?

Pellegrino maîtrisait de mieux en mieux les évolutions du chronoviseur. En se servant de son levier de commande, il se rapprocha habilement du groupe qui conduisait le cortège.

– Pouvez-vous cadrer le roi en plan rapproché ?

Il serra sur le personnage central.

– C'est bon comme ça ?

– Parfait.

– Je le suis à présent en travelling arrière.

Le souverain était assis sur une chaise à porteurs. Il était coiffé d'une petite couronne d'or et son visage était à moitié dissimulé par une énorme barbe noire, bouclée à la manière babylonienne.

– C'est sûrement Salomon, il porte la couronne royale.

– Je ne voudrais pas vous décevoir, ma chère amie, chuchota Pellegrino à son oreille, mais votre Salomon ressemble beaucoup à un tyran oriental classique.

– Je reconnais qu'il est moins beau que Yul Brynner au cinéma[1].

– Il me paraît aussi très imbu de sa personne.

– Ils étaient tous pareils à l'époque. C'est parce qu'ils se savent filmés en gros plan que les hommes politiques ont pris l'habitude de sourire. Avant, ils n'avaient pas à se forcer, on ne les voyait que de loin.

---

1. Une allusion au film *Salomon et la reine de Saba*, où Yul Brynner incarnait le roi Salomon.

– Salomon était-il aussi sage qu'on le prétend, au moins ?

– Tout ce que je peux vous dire, mon père, c'est qu'il faisait du commerce, pas la guerre. C'est le commencement de la sagesse, non ?

Dans la procession, on distinguait un groupe différent des autres, à la peau noire et coiffés de turbans.

– Je pense qu'ils viennent du pays de Saba, dit Natacha.

– C'est donc vrai, cette histoire des amours de Salomon avec la reine ?

– Les historiens affirment que la reine Bilqîs a vraiment existé et que les deux pays échangeaient des marchandises.

– La reine était noire ?

– C'était une Éthiopienne. Comme les Sabéens adoraient des idoles, une légende dit qu'à son arrivée à Jérusalem, Salomon a voulu vérifier qu'elle n'avait pas les pieds fourchus, comme une diablesse. Il fit donc poser un miroir sur son chemin et découvrit qu'elle avait de très jolies jambes. Il en tomba amoureux et lui fit un enfant.

– Vos histoires bibliques se terminent souvent par des coucheries, protesta Pellegrino.

– Comme dans la vie, non ?

Il préféra changer de sujet et commença à reprogrammer la machine.

– On recule donc de quarante ans, en l'an – 990 ?

– Allons-y.

Le chronoviseur demanda quelques secondes pour faire la manœuvre. Dès qu'il fournit sa première image, Natacha pointa le doigt vers l'écran.

– Le cube. Il est là !

50

Après avoir fait un détour de quelques kilomètres pour traverser le Nil sur un grand pont, la Jeep de Gregory et Gunther Kircher fila droit vers la vallée des Rois.

– Ici, constata Gregory, même la montagne ressemble à une pyramide.

– C'est la montagne thébaine. Depuis la période du Nouvel Empire, les Égyptiens ont choisi cet endroit pour inhumer leurs morts illustres. Aujourd'hui, il est surtout fréquenté par les touristes.

Ils s'engagèrent sur une route de terre, qui rendait le voyage moins confortable. Gunther appuya sur l'accélérateur. La Jeep fit un bond en avant.

– Dites, cria Gregory, vous ne pourriez pas conduire un peu moins vite ? Personne ne nous attend.

– Vous avez raison, c'est un vieux réflexe d'égyptologue, la crainte que le collègue fasse une découverte avant moi.

Ils arrivèrent devant une barrière. Gunther fit un signe amical aux soldats égyptiens qui gardaient le site. Ils répondirent à son salut et les laissèrent passer.

– Ils ne demandent pas nos papiers ?

– Trente ans que j'explore la vallée des Rois, tout le monde me connaît. Je suis un VIP local !

À présent la Jeep avançait à petite vitesse, car la route était caillouteuse.

– La KV 55 est à cinq cents mètres devant, sur la colline. Il faudra grimper un peu.

– Que veut dire KV ?

– *King Valley*, c'est bête comme chou.

Il arrêta la Jeep.

– N'oubliez pas votre bouteille d'eau, le soleil tape fort par ici. La gourde et un chapeau à large bord sont les deux grands amis de l'égyptologue.

Ils gravirent la colline. Gunther traînait un peu en soufflant. Gregory l'aida à faire les derniers mètres.

– L'alcool, Gunther. Pas bon pour l'escalade.

– J'arrête demain.

– Vous le répétez depuis combien de temps ?

– Tous les jours que Dieu fait.

L'entrée de la tombe était fermée par une grille. Gunther fouilla dans sa poche et ouvrit la serrure avec la clé empruntée au gardien du temple de Louxor. Puis il alluma sa torche électrique.

– Suivez-moi et faites attention où vous mettez les pieds.

Ils progressèrent dans une semi-obscurité le long d'un couloir qui avait été garni, il y a bien longtemps, de marches creusées dans le roc. Elles étaient presque totalement érodées.

– J'ai du mal à respirer, constata Gregory.

– C'est le problème, avec ces tombes. La descenderie est tellement étroite et la chaleur si lourde que l'air y devient rare. Les morts s'en fichent, vous savez ?

Sur les parois, on distinguait des fresques presque effacées.

– On dirait que le visage du pharaon a été gratté, observa Gregory.

– C'est ce que les égyptologues appellent une *damnatio memoriae*, une damnation de la mémoire. On effaçait les noms et les visages des pharaons qu'on vouait à l'oubli.

– Je croyais qu'Akhenaton avait été inhumé dans sa capitale, à quatre cents kilomètres de Louxor ?

– Au début, oui, au temps de sa splendeur. Là-bas, il reposait dans un grand tombeau, très luxueux. Après sa chute, on l'a rapatrié ici. Il en avait le droit, il était de la famille. Mais comme on le détestait, on lui a attribué l'appartement le plus minable.

– C'est encore loin ?

– Non, on arrive.

Kircher et Parker orientèrent leurs torches devant eux.

– Quel capharnaüm ! s'écria Gregory.

– On peut le dire.

L'ensemble de la tombe semblait avoir été dévasté par une foule en colère.

– Il ne reste presque rien. Autrefois, il y avait un sarcophage qui contenait une momie. Pour moi, c'était celle d'Akhenaton[1]. Mais la foule a tout cassé quand ils ont restauré l'ancienne religion.

– Ils ont donc détruit la momie ?

– Ils l'ont pas mal amochée. Elle se trouve aujourd'hui au musée du Caire. Il ne reste que des bouts du sarcophage.

– Gunther, tout ce que vous me racontez est très intéressant, mais pourquoi m'avez-vous conduit ici ?

– À cause de ce qui est gravé sur les murs. Regardez.

Les parois étaient en effet couvertes de hiéroglyphes.

– Ce sont des textes d'exécration qui vouent le pharaon aux dieux infernaux. Je les connais par cœur. L'un d'eux renvoie directement à votre tablette. Vous voyez cette série de signes ? C'est une numération égyptienne qui signifie 1427. Vous avez emporté votre fragment ?

1. Des analyses ADN, en 2010, ont établi qu'il s'agissait bien de sa momie.

– Oui, dans mon sac à dos.

Ils examinèrent la demi-tablette. Elle portait le même numéro.

– Le texte sur le mur parle d'un écrit du roi « trois fois maudit ». C'est de la poudre à canon, votre machin. Hélas, il en manque la moitié.

– De quoi pouvait-il s'agir ? On m'a parlé d'une sorte de testament d'Akhenaton.

– Je n'en sais rien. Ce type était à moitié fou, il faut s'attendre à tout avec lui. Je vais mener mon enquête.

– Je rajouterai mille dollars, Gunther, si vous m'apportez une réponse dans deux semaines.

– Vous êtes si pressé que ça ?

– Très. Je travaille pour un collectionneur d'antiquités, mentit Gregory. Il veut tout très vite. Mais il est prêt à payer des fortunes pour ce qui l'intéresse.

– Alors je vais rameuter mes amis de l'Institut allemand. Si nous ne trouvons rien, monsieur Parker, c'est que cet écrit n'existe pas.

51

Cette fois, sur l'écran du chronoviseur, le cube était bien à sa place. Mais il était entouré par des centaines de terrassiers qui le recouvraient de terre.

– Que font-ils ? s'étonna Pellegrino.

Natacha, elle aussi, semblait intriguée.

– Je crois que… Je pense qu'ils ont enfermé le temple égyptien dans ce cube pour le retirer du monde des vivants. À présent, ils construisent une colline artificielle pour l'enterrer.

Le père Ernetti était incrédule.

– S'ils n'en voulaient plus, pourquoi ne l'ont-ils pas détruit ou brûlé ? C'était quand même plus simple !

– Nous sommes sur une colline sacrée de Jérusalem, expliqua Natacha. On ne fait pas ce qu'on veut. S'ils entendent construire un temple consacré à leur dieu national Yahvé, les Hébreux doivent suivre les indications des prêtres. Il faut annuler symboliquement le faux dieu pour laisser la place au vrai.

– Mais pourquoi l'enterrer ?

– Parce qu'ils avaient une psychologie différente de la nôtre. Même s'ils considéraient qu'Aton n'était qu'une idole, ils redoutaient sa vengeance et ont préféré l'enfouir.

– La Bible ne raconte pas du tout ça, s'étonna Pellegrino.

– Préparons-nous à d'autres surprises, père Ernetti. Il me semble que…

Quelque chose avait attiré son attention.

– Pourriez-vous élargir le cadre ? Un événement est survenu dans cette ville.

Pellegrino fit un zoom arrière.

Ils furent horrifiés.

Devant eux, sur toute l'étendue de la ville, s'étalait un champ de ruines.

– On dirait qu'ils ont subi un tremblement de terre.

– Ou une guerre, dit Natacha.

En faisant évoluer son chronoviseur, Pellegrino le dirigea au-delà des remparts. Des centaines de tentes étaient plantées autour de Jérusalem, avec des soldats en armes.

Natacha consulta son manuel.

– Sûrement les vainqueurs, dit-elle. Je pense que ce sont des Cananéens.

– C'est-à-dire ?

– Des tribus locales. Parmi eux, il y a les Hébreux de David, les Habirous.

– Comment dites-vous ?

– Habirous ou Apirous, c'est le mot qui a donné « Hébreux ». Ils ont mené un long siège contre les habitants de Jérusalem et ils ont gagné.

Le chronoviseur, en glissant le long des remparts, remonta vers une des portes de la cité. Des soldats évacuaient les femmes, les vieillards et les enfants. Les guerriers battus étaient désarmés et leurs mains étaient liées.

– Ces prisonniers que nous voyons, ce sont des Égyptiens ?

– On dirait. Les ruines de la ville semblent de style égyptien.

– Donc l'hypothèse du pape se confirme. Bien avant les Hébreux, la terre de Canaan fut occupée par des colons venant d'Égypte. Et Jérusalem elle-même…

– Jérusalem était une capitale égyptienne, poursuivit-elle. Elle ne s'appelait pas Jérusalem et portait sans doute un nom égyptien.

Ils étaient incrédules. Rien de ce qu'ils voyaient n'avait le moindre rapport avec les récits historiques de la Bible. Pellegrino retourna à ses manettes et orienta la machine au-dessus des quartiers d'habitation. Des soldats faisaient tomber les murs encore debout. D'autres pillaient les maisons et détruisaient les objets de culte.

– Que font-ils ?

– Ils font disparaître la Jérusalem égyptienne jusqu'à la dernière pierre, dit Natacha. Voilà pourquoi les archéologues n'en ont jamais trouvé la moindre trace.

– Comme nous, les Romains, avons rasé Carthage, dit Pellegrino. Et ensuite nous avons répandu du sel, pour que rien ne repousse.

Le chronoviseur revint vers les prisonniers qui étaient regroupés en plusieurs colonnes.

– Que va-t-il leur arriver ? s'inquiéta Pellegrino.

– Ce qui arrivait partout dans l'Antiquité. Ils devront accepter la domination et le dieu du vainqueur.

– Comme les Cananéens furent obligés d'accepter le dieu Aton des Égyptiens. Les hommes seront toujours les mêmes, Natacha !

Elle se leva, livide.

– Je crois que j'en ai assez vu pour aujourd'hui, père Ernetti.

– La suite ne vous intéresse pas ?

– Bien sûr que si, mais… il faut que je digère.

Pellegrino comprit que la séance l'avait bouleversée.

– Ça vous dirait d'aller manger quelque chose ?

– Non, je préférerais rentrer à mon hôtel.

Une fois dans sa chambre, Natacha appela la réception. Elle se fit monter un repas léger et prit un cachet pour dormir. Mais avant, elle téléphona à Tel-Aviv. Il fallait rendre compte à Zvi Eizer.

– QUOI ?!

Elle éloigna le combiné de son oreille tant il avait crié fort.

– Qu'est-ce que vous me racontez ?

– Je vous dis ce que j'ai vu, Zvi. Bien avant l'arrivée des Hébreux, Jérusalem était occupée par des colons égyptiens. Comme ils vénéraient le dieu Aton, je présume qu'ils sont arrivés dans la région à l'époque du pharaon Akhenaton, trois siècles auparavant.

Zvi Eizer essaya de se rattraper à une bouée de sauvetage.

– C'est encore votre chronoviseur qui vous joue des tours ?

– Je ne pense pas. Cette fois, nous avons découvert une face cachée de l'histoire biblique.

Elle le sentait désemparé.

– Mais qu'est-ce que je vais raconter, moi, à Menahem Begin ?

– Dites-lui ce que vous voulez. Pour l'instant, je vais me coucher.

Elle raccrocha.

52

À peine rentré d'Égypte, Gregory trouva à son hôtel un mot de Yoël Cohen. Il lui proposait de passer à son musée, dans la Vieille Ville de Jérusalem.

Ces gens m'épient en permanence, se dit Gregory.

Il se rendit à l'adresse indiquée. Après l'esplanade du *Kotel*, il longea les petites rues grouillantes de monde, où les fast-foods orientaux côtoyaient les magasins de souvenirs. Des antiquaires vendaient des articles religieux ou des vestiges archéologiques. C'était le quartier des *Yéchivas*, ces écoles juives où les ultra-orthodoxes passaient des heures à étudier la Torah et le Talmud.

Il arriva devant le musée de Yoël Cohen. Pour des raisons de sécurité, on n'y entrait qu'après avoir pressé le bouton d'un interphone. Yoël vint lui ouvrir.

– Bienvenue au Holy Temple Institute, monsieur Parker.

L'endroit était de taille modeste. Il se résumait à une salle principale, entourée d'armoires vitrées. Sur une longue table, on avait exposé une maquette détaillée du futur Troisième Temple. C'était une sorte de musée imaginaire, célébrant un édifice qui n'existait pas. Pas encore.

Yoël l'invita à boire un thé.

– Comment vont nos affaires, monsieur Parker ?

– Je n'ai pas téléphoné au général pour éviter les fuites, comme il me l'avait demandé.

– Et vous avez bien fait, j'ai un moyen de l'informer discrètement. Gunther Kircher est-il à la hauteur de la tâche ?

– Je le pense. Il va solliciter son cercle d'égyptologues pour mettre la main sur le fragment qui nous manque.

Yoël dodelina de la tête, méfiant.

– J'espère qu'il ne se montrera pas trop bavard.

– Ne vous inquiétez pas, il n'a pas envie de partager sa découverte avec ses collègues.

Gregory quitta son siège et s'approcha de la maquette installée au centre de la salle.

– Je peux jeter un coup d'œil ?

– Je vous en prie.

– Votre Troisième Temple est un véritable gratte-ciel !

– Il sera immense, mais ce n'est pas une fantaisie de notre part. Tout ce qui est exposé dans ce musée est parfaitement conforme à la description du prophète Ézéchiel, aux chapitres 40-48.

Entouré d'une haute muraille et de trois cours successives, le sanctuaire était constitué de plusieurs étages superposés, comme un empilement de cubes aux innombrables dorures. Dans la cour des prêtres, un grand autel en bronze était réservé aux sacrifices.

– Dans ces vitrines, commenta Yoël Cohen, nous avons reconstitué les costumes et les accessoires qui serviront dans le futur temple. Vous avez ici l'habit du grand prêtre, avec son pectoral composé de douze pierres précieuses, représentant les douze tribus d'Israël.

– Et ces trompettes ?

– Elles sont en argent et sonneront l'heure des prières. Je ne vais pas souffler dedans, mais elles sont parfaitement opérationnelles.

Il lui montra aussi une série de coupes, de plats et de gobelets.

– Cette vaisselle est en or et grandeur nature. Elle sera au service du culte.

Yoël et ses partisans avaient donc tout prévu, jusqu'au moindre détail. Mais ce projet semblait si loin des réalités politiques du moment.

– Pourquoi tenez-vous tant à construire ce Troisième Temple, monsieur Cohen ?

– Parce que le peuple juif, par deux fois, s'est vu privé de sa maison de prières par des envahisseurs étrangers. Le Troisième Temple sera le préalable nécessaire à la venue du Messie.

Exactement ce que m'a dit le général, se dit Gregory. Mais il parlait, lui, de la venue du Christ.

– Dans cette maison reconstruite, notre messie viendra annoncer une ère nouvelle de paix et de prospérité pour l'humanité entière, pas seulement pour les Juifs.

– D'accord, mais que ferez-vous des mosquées ? Si vous y touchez, vous déclencherez une guerre sainte.

– Dieu nous aidera à trouver le chemin, monsieur Parker, peut-être par la négociation.

Ce n'est pas un boutefeu, pensa Gregory. Plutôt le genre de type qui pourrait mettre le feu à toute la région sans le faire exprès.

– Il y a une chose qui m'intrigue, monsieur Cohen. Pour réaliser votre projet, vous vous êtes associé aux chrétiens évangélistes du général Swaggart. Mais eux croient que le Troisième Temple annoncera le retour du Christ.

– Nous verrons bien, monsieur Parker. Dieu, au dernier moment, fera le bon choix.

Voilà deux associés, se dit Gregory, qui prennent le risque de déclencher une guerre sainte sur un coup de dés, chacun poussant son messie et laissant au Ciel le soin de décider quel est le bon. Carvalho, de son côté, n'hésitera pas à faire exploser la foi chrétienne, sa foi de prêtre. Mais quelle mouche les a donc piqués, tous ? Il regretta à cet instant de ne pas avoir pris la suite de son père à la présidence de la Chambre de commerce et d'industrie de Plymouth.

53

– Enfin ! s'écria Dom Alberto Carvalho.

Le télégramme qu'il avait reçu venait du Vatican. Il était adressé à « Monseigneur Dom Alberto Pindare de Carvalho ». Si le Vatican lui donnait du « Monseigneur », se dit-il, c'est qu'on tenait à le ménager. Une demande du pape, sans doute. D'autant que le télégramme lui proposait un rendez-vous pour le lendemain, en début d'après-midi, pour « mettre fin une bonne fois pour toutes à cette situation néfaste pour tous les êtres de foi ». Il était trop tôt pour respirer le doux parfum de la victoire, mais la situation semblait évoluer dans le bon sens.

Le lendemain, la Mercedes conduite par Joaquin le laissa devant la place Saint-Pierre. En foulant le parvis du palais pontifical, Carvalho jubilait. Depuis sa mise à l'écart, chacun savait que le pape Jean-Paul II refusait obstinément de le recevoir. Ils ignoraient dans quelles conditions pitoyables le pontife était venu le trouver, déguisé en monsieur tout-le-monde, dans un hôtel du Trastevere. Aujourd'hui, enfin, il tenait sa revanche. Comme il était féru d'histoire, il se souvenait qu'en 1077 le souverain du Saint Empire romain germanique, Henri IV, était venu à Canossa s'agenouiller devant le pape Grégoire VII. Aujourd'hui, c'est le pape lui-même qui allait à Canossa.

– Je viens à la demande du Saint-Père, annonça-t-il d'une voix forte à l'accueil.

Le préposé – toujours le même freluquet, nota-t-il – examina une liste de rendez-vous.

– C'est exact, Excellence. J'appelle pour dire que vous êtes arrivé.

On le fit attendre une vingtaine de minutes, comme un visiteur ordinaire. Un prélat vint alors le chercher.

– Suivez-moi, Excellence.

À l'étage, l'ecclésiastique frappa à une porte voisine du bureau du pape, celle du cardinal Cipriano. Ce dernier l'accueillit avec un large sourire.

– Bienvenue, Alberto !

Carvalho eut un mouvement de recul.

– Je n'ai rien à te dire, Cipriano, je veux voir le pape.

– Hélas, Sa Sainteté a un emploi du temps très chargé, elle m'a demandé de déblayer le terrain avec toi. Veux-tu t'asseoir ?

Le sourire faussement bienveillant de Cipriano, qui avait été si grossier avec lui au téléphone quelques semaines auparavant, ne lui disait rien qui vaille.

– Pas question, je ne discuterai qu'avec Karol, pas avec un sous-fifre.

– C'est dommage, rétorqua le cardinal Cipriano en ignorant l'insulte. Nous avons pourtant bien des choses à nous dire.

Piqué par la curiosité, Carvalho fit l'effort de s'asseoir devant le secrétaire d'État.

– Le Saint-Père a-t-il réfléchi ? A-t-il une proposition à me faire ?

Le sourire feutré du cardinal disparut brutalement.

– Non, Alberto, le Saint-Père n'entend pas céder à ton marché. Il tient seulement à te montrer ceci.

Le secrétaire d'État ouvrit la chemise cartonnée qui reposait sur son bureau. Il en sortit une série de photos qu'il étala devant Carvalho.

– Et alors ? C'est moi qui les ai envoyées au pape.

– Justement non, le corrigea Cipriano. Aujourd'hui, avec l'informatique, les techniques de retouche d'images ont fait beaucoup de progrès. Ces photos sont faites par nous et sont truquées.

Carvalho n'y comprenait plus rien.

– Comment cela, truquées ?

– Ces photos sont des contrefaçons réalisées par le service des arts graphiques du Vatican !

Les graphistes du Saint-Siège avaient utilisé le *nec plus ultra* du graphisme informatique, un ordinateur Xerox Star et un logiciel de retouche d'images appelé Sketchpad. Cipriano en personne avait trouvé l'astuce. En premier lieu, il s'était adressé aux accessoiristes de Cinecittà. Depuis la mode des films péplum, ils avaient l'habitude de confectionner toutes sortes d'antiquités. Ils avaient donc reconstitué en studio les vestiges du Temple de Salomon, le cube et le temple égyptien. Quant à l'Arche d'alliance, Cipriano précisa qu'elle était en polystyrène et venait d'un vieux film, *Samson contre Hercule* !

Une fois les décors montés en studio, ils avaient été photographiés en adoptant les mêmes angles de prises de vue que les photos de Gregory Parker. Puis les services du Vatican avaient retravaillé les clichés pour les rendre identiques à ceux de Carvalho.

Celui-ci était stupéfait, il commençait à deviner l'incroyable perfidie du pape.

– Si tu convoques la presse, Alberto, si tu produis publiquement les photos avec lesquelles tu nous menaces, nous répondrons qu'il s'agit de trucages et nous publierons les nôtres.

Il plaça côte à côte deux clichés. L'un envoyé au pape par Carvalho, l'autre réalisé par le service des arts graphiques du Vatican.

– C'est à s'y méprendre, non ?

Carvalho en eut le souffle coupé.

– Nous avons même pris soin de réaliser un petit reportage documentaire sur la fabrication des photos, que nous mettrons à la disposition des agences de presse et des chaînes de télévision. Nous « révélerons » ensuite que tu comptais nous vendre tes faux clichés pour une somme exorbitante, ce qui fera de toi un faussaire doublé d'un escroc. Pas joli pour ta réputation !

Dom Alberto inspira profondément pour tenter de contenir sa colère. Il se leva lentement.

– Très bien, Cipriano, je sais reconnaître mes défaites.

Arrivé à la porte, il se retourna vers le secrétaire d'État, l'air menaçant.

– Dis à Wojtyla qu'il a sans doute gagné cette première manche. Mais rappelle-lui que je ne renonce jamais !

54

Quand Natacha retourna au laboratoire du Vatican, le père Ernetti l'attendait avec impatience pour repartir en exploration. Mais il se maîtrisa pour respecter son émotion de la veille.

– Vous avez réussi à dormir ?

– Mal.

En soupirant, elle retira son manteau.

– Allons-y.

Le père Ernetti remit la machine en marche.

– Je vous propose d'avancer de six mois dans le temps pour voir ce qu'ils vont faire du cube.

– Entendu.

Jérusalem était toujours en cendres, mais quelque chose avait changé.

– Le cube a été enfoui, observa Pellegrino.

En s'approchant de la colline, ils virent les terrassiers creuser ce qui ressemblait aux fondations d'une vaste demeure.

– Ils construisent déjà le Temple ? s'étonna le père Ernetti.

– Non, ils bâtissent le palais du roi David. Jusque-là, il vivait dans une tente. Celle qu'on voit, là-bas.

Au loin, on apercevait une tente plus spacieuse que les autres. À l'entrée étaient accrochés deux panneaux ronds portant des inscriptions.

– C'est de l'hébreu archaïque : *« Beth David »,* la Maison de David. Il s'agit bien de la tente du roi.

– Il y a du monde sur le chantier, nota le père Ernetti.

– Oui, vous avez raison. Pouvez-vous faire un zoom ?

Un groupe d'une dizaine de personnes discutait avec animation.

– Celui qui porte une armure est sûrement David, dit Natacha.

Elle désigna un personnage encore jeune, à l'allure martiale et autoritaire. Comme tous les hommes de cette époque, son visage était dissimulé par une épaisse barbe noire.

– Ce n'est pas l'éphèbe blond de Michel-Ange, mais il a belle allure, non ? Pouvez-vous capter leurs paroles, père Ernetti ?

– Je vais essayer.

Pellegrino répéta les mots qu'il lisait sur leurs lèvres. Ils parlaient en hébreu ancien. La discussion, menée d'une main de fer par le roi, avait l'allure d'une négociation entre le souverain, le prêtre Tsadok (qui n'était pas encore devenu le grand prêtre du futur roi Salomon) et le prophète Nathan.

– Je pense qu'après avoir enterré le cube, ils se préparent à promulguer leur nouvelle religion, celle de Yahvé.

– Enfin on s'y retrouve, dit Pellegrino, un peu rassuré de revenir sur le terrain connu de la Bible. Savez-vous pourquoi ils ont choisi Yahvé ?

– Parce que c'était un dieu impressionnant, le dieu des volcans. Il y a beaucoup de séismes dans la région. Les archéologues pensent qu'à l'origine ce dieu était adoré par les Bédouins du Sinaï.

– Un dieu local, donc ?

– Au départ. Mais une fois choisi par David et ses prêtres, je suppose que Yahvé va acquérir toutes les caractéristiques du dieu égyptien Aton. Ce sera un dieu universel, unique, impossible à représenter.

– Aton avec un autre nom ?

– Plutôt un mélange d'Aton et de Yahvé, la tradition égyptienne plus la tradition sémitique. Ainsi tout le monde s'y retrouvera, les vainqueurs comme les vaincus.

Le père Ernetti se leva, profondément troublé.

– Mais c'est de la politique, tout ça. Où est Dieu, Natacha ? Le vrai dieu ? Celui qui a créé le monde et les hommes ?

Elle sentit chez lui un profond désarroi.

– Quand j'étais au séminaire, reprit-il, on nous disait que l'Éternel s'était révélé aux prophètes en songe ou pendant un état de grâce. Mais ce que je vois là, c'est un... une sorte d'arrangement : l'échange d'un dieu contre un autre !

– Votre chronoviseur n'est pas un poète, mon père. Il nous montre crûment comment naît une religion. Au cours d'une discussion serrée, sur le chantier d'un palais, entre un prêtre, un prophète et le pouvoir, en mariant les considérations théologiques aux nécessités politiques. Le christianisme s'est « bricolé » de la même manière, vous le savez comme moi.

Il refusa de l'entendre.

– Non, Natacha, le christianisme n'est pas un « bricolage » !

Elle insista :

– C'est un compromis, comme le sont toutes les religions. Il a fallu des semaines de discussion, au concile de Nicée[1], pour que les chrétiens se mettent d'accord sur une doctrine qui contentait tout le monde, celle de la Trinité. C'était un arrangement politico-théologique, comme celui que nous voyons à Jérusalem avec David.

– Admettons, Natacha. Mais où est Dieu ?

Elle eut un geste d'impuissance.

– Je n'ai pas la réponse, père Ernetti.

1. Concile réuni en 325 à l'initiative de l'empereur Constantin dans la ville de Nicée, en Bithynie, pour jeter une fois pour toutes les bases de la religion chrétienne.

55

Après sa piteuse rencontre au Vatican, le premier réflexe de Dom Alberto Carvalho fut de tout abandonner et de repartir pour le Brésil. Il s'était enfermé dans sa belle villa de la Via Antica, persuadé que le Vatican tout entier riait de bon cœur après le tour que le pape lui avait joué. « Ne sous-estime jamais tes ennemis », lui répétait souvent son père[1]. Il avait raison. En plus d'être supérieurement intelligent, ce pape était malin, il venait encore une fois de le prouver. Le plus pervers était sans doute Cipriano, son secrétaire d'État. Ah, celui-là, il l'aurait volontiers étranglé !

– Vous avez besoin de quelque chose, Dom Alberto ?

C'était Joaquin, un des derniers à lui rester fidèles, le seul en qui il avait gardé une totale confiance, à qui il pouvait ouvrir son cœur sans fausse honte.

– J'ai échoué, Joaquin. Il ne nous reste plus qu'à faire nos bagages et à rentrer au Brésil.

– Et que ferez-vous au Brésil, Dom Alberto ?

– Ce que je ferai ? Je me reposerai, Joaquin, je ne suis plus tout jeune.

– Cela ne vous ressemble pas. Mon père, qui vendait des légumes à São Paulo, est mort deux mois après avoir pris sa retraite.

1. Voir le tome 1, *La Machine Ernetti*, *op. cit.*

– Eh bien… j'écrirai mes Mémoires, le roman de ma vie.

Un tel livre ferait rire tout le monde, songea-t-il amèrement, sa vie n'était qu'une suite d'échecs, une poursuite du vent.

– Il y a la famille, ajouta Joaquin, rien n'est plus précieux que la famille. Vous pourriez…

– Tu veux parler de mon neveu ?

Un sinistre imbécile, le seul membre de sa famille qui pourrait hériter de lui. Cette seule idée lui soulevait le cœur. Il se rappela alors qu'il avait pris la décision de consacrer sa fortune, jusqu'au dernier dollar, à sa vengeance contre le Vatican. Il s'en tiendrait à cette décision.

Il ouvrit son coffre-fort et en sortit les photos qu'il avait achetées à Gregory Parker. Il les examina une par une. Comment abandonner le combat avec de tels atouts entre les mains ? Pour l'instant, il est vrai qu'il se trouvait dans une impasse. Ses photos étaient authentiques, il n'y avait aucun doute là-dessus. Mais comment le prouver ? Impossible de vérifier sur place, il savait que les Israéliens avaient bouché le passage menant aux vestiges du Temple de Salomon. Il essaya alors une stratégie toute nouvelle. Lui qui, d'ordinaire, aimait forcer le destin, décida de s'en remettre à la chance.

Et la chance fut au rendez-vous.

56

Quand le père Ernetti se rendit le lendemain au laboratoire, il découvrit un sapin de Noël.

– Qu'est-ce que… ?

Natacha le regardait en souriant.

Mais oui ! se dit Pellegrino. Comment, lui, un prêtre, avait-il pu oublier ce jour ? C'était le 24 décembre.

– Le garde suisse de l'entrée, confia Natacha, m'a trouvé l'arbre.

Il l'embrassa chaleureusement. Il remarqua alors une belle boîte fermée par un ruban.

– J'ai honte, Natacha, j'étais tellement préoccupé par ce que nous avons vu à Jérusalem que je n'ai pensé ni à Noël ni à votre cadeau.

Il en avait les larmes aux yeux.

– C'est un comble. C'est vous, venue d'Israël, qui me rappelez de fêter la naissance de notre Seigneur !

– Le vrai cadeau, père Ernetti, c'est d'être là, ensemble, après tout ce temps. Je vous autorise à ouvrir la boîte dès maintenant, dit Natacha en souriant.

Il défit le ruban avec beaucoup d'émotion. Dans la boîte, il y avait un magnifique pull-over en cachemire.

– Pour nos longues soirées d'hiver devant le chronoviseur, dit-elle.

Il l'essaya, il était parfaitement à sa taille.

– J'ai aussi apporté du champagne, ajouta-t-elle en montrant une bouteille.

– Quelle bonne idée ! Je vais demander aux gardes suisses de le mettre au frais.

Il alla vers la porte, puis se ravisa et se tourna vers elle.

– Natacha, on ne va pas travailler la veille de Noël. Enfilez votre manteau, allons faire un tour dans le centre de Rome !

Elle accepta avec joie. Ils avaient besoin, l'un comme l'autre, de cette pause pour se remettre les idées en place.

– Couvrez-vous bien, il neige.

Il neigeait en effet, c'était assez rare à Rome. La place Saint-Pierre était quand même noire de monde, un sapin géant avait été dressé devant la basilique. Ils prirent un taxi qui les emmena Via del Corso, une des rues les plus commerçantes de la capitale italienne.

– Toutes ces boutiques illuminées, dit Natacha, on ne sait plus où regarder.

Les Romains se pressaient dans les magasins pour acheter les derniers cadeaux. Pellegrino ne fut pas en reste et entraîna Natacha dans une boutique qu'il connaissait.

– C'est un vieil ami, un artisan vénitien qui n'a pas son pareil à Rome.

La boutique vendait des objets manufacturés inspirés des tableaux de maîtres. Il y en avait de toutes sortes, mais les plus réussis étaient des miroirs demi-sphériques imités du célèbre tableau du peintre Jan Van Eyck, *Les Époux Arnolfini*. Il en acheta un pour Natacha.

– C'est magnifique !

– À l'époque, dit l'artisan, on les appelait « œil de sorcière ». On pensait que les sorcières se cachaient dans les recoins des maisons et que ce miroir, grâce à sa vue en biais, permettait de les dénicher.

Après avoir passé deux heures Via del Corso, ils allèrent à la patinoire Re di Roma, dans le quartier de San Giovanni.

– Quand j'étais gamin, dit Pellegrino, je venais ici toutes les semaines.

Natacha était rompue à nombre de sports, mais elle n'avait jamais fait de patin à glace, Jérusalem n'était pas l'endroit le plus indiqué pour ça.

– C'est pourtant simple, regardez…

Il virevolta devant elle, avec une souplesse et une grâce qu'elle ne lui connaissait pas. Elle en resta ébahie.

– À votre tour.

Elle y alla doucement, eut un peu de mal à conserver son équilibre, mais trouva assez vite le bon moyen d'y prendre du plaisir.

– Venez, dit Pellegrino, donnez-moi la main.

Le haut-parleur diffusait *La Valse des patineurs* de Waldteufel, sur laquelle ils exécutèrent quelques figures en riant.

– Mais vous êtes un vrai Fred Astaire, mon père !

Vers six heures du soir, ils reprirent un taxi pour le Vatican.

– Rentrez à votre hôtel et retrouvons-nous devant les archives secrètes vers vingt-deux heures, nous irons à la messe de minuit dans la basilique.

Elle accepta bien volontiers.

À vingt-deux heures trente, le pape Jean-Paul II apparut à sa fenêtre afin d'allumer une bougie et de saluer les fidèles venus assister à l'inauguration de la crèche monumentale installée sur la place Saint-Pierre. Puis, grâce aux relations de Pellegrino, ils trouvèrent le moyen d'entrer dans la basilique et d'assister à la messe dite par le Saint-Père. Qu'on soit croyant ou non, pensa

Natacha, il est impossible de ne pas être ému par tant de chaleur humaine.

En sortant de la basilique, un peu avant une heure du matin, ils firent le tour de la place qui se vidait, mais restait illuminée par la crèche géante.

– Je suis heureuse, père Ernetti, de voir que toutes nos pérégrinations n'ont pas entamé votre foi.

– C'est ma raison de vivre, Natacha. Mais il est vrai que les derniers événements ne nous ont pas épargnés.

Elle hésita, puis se décida :

– Puis-je vous poser une question assez personnelle ?

– Vous me faites peur, là. Mais allez-y.

– Quand nous avons fait cette découverte, dans le cube du Temple de Salomon, j'ai bien vu que vous étiez un peu troublé.

– Troublé ? Pire que ça ! Après notre compte rendu au pape, j'ai regagné mon monastère à Venise. J'étais comme un somnambule.

– Vous aviez perdu la foi ?

Il ne répondit pas tout de suite. Leurs pas crissaient dans la neige accumulée qui, avec le froid de la nuit, commençait à durcir.

– Je l'ai perdue, oui, pendant deux ou trois jours.

Il laissa résonner ces mots.

– Dans ces moments terribles, je me suis dit qu'au-delà du bleu du ciel, il n'y avait rien. Rien du tout. Et vous savez…

– Oui ?

– D'un certain point de vue, j'ai trouvé la paix.

– La paix des enfants, ajouta Natacha.

– Ou des méchants. Je me souviens d'un psaume qui dit : « Les méchants n'ont aucun souci, puisqu'ils ne croient pas au Ciel. »

– Carvalho ?

– En voilà un, c'est sûr, qui ne craint pas le Jugement dernier ! Mais cette paix est une tentation du Diable, Natacha.

– Qu'est-ce qui vous a rendu votre foi en Dieu ?

– Oh, trois fois rien. Un petit moine qui faisait le ménage. Il me voyait abattu et cela le désolait. On ne s'était pourtant jamais parlé. Je souffrais et il souffrait pour moi. C'était un moment de partage, de pure charité chrétienne. Je me suis dit que le Christ, comme ce petit moine, continuait à nous aimer, même dans la solitude et dans le doute.

Une heure du matin sonna à la basilique.

– Si nous restons sur cette place, Natacha, nous serons transformés en glaçons.

Ils se firent la bise.

– On se retrouve donc le 26 décembre ?

– Oui, mais pour préparer notre compte rendu au pape. Je pense que le chronoviseur nous en a assez montré.

– Vous avez raison. Toute cette affaire, finalement, se résume à l'échange d'un dieu contre un autre.

Pellegrino haussa les épaules.

– Prenons cela du bon côté, Natacha. Aton, Yahvé, Allah sont des noms différents pour un même dieu. Tout dépend de la foi qu'on leur porte.

Natacha admira la faculté de résilience du père Ernetti. Il voyait toujours le bon côté des choses.

– Contente de vous voir ainsi, mon père !

57

Dom Alberto Carvalho, lui, avait oublié jusqu'au sens du mot « Noël ». Il s'ennuyait ferme en essayant de progresser dans la lecture d'un roman à succès, *Le Nom de la rose*. Finalement, il l'abandonna avant la moitié. Il n'aimait pas le héros, ce Guillaume de Baskerville qui se croit plus malin que les autres. Il détestait le style affecté du livre et plus encore son auteur, cet Umberto Eco qui lui avait tourné le dos, jadis, quand il avait voulu le gagner à ses projets théologico-politiques, comme d'autres intellectuels bien-pensants de la gauche italienne.

Joaquin, son homme de main, vint le trouver dans le salon :

– Il y a quelqu'un, dehors, qui demande à vous rencontrer.

– Sois plus précis, Joaquin.

– Un grand type, genre baroudeur. Il dit qu'il est un ami de Gregory Parker.

– Son nom ?

– Il m'a juste donné son prénom, Arnaud.

– Connais pas. Fais-le entrer.

Arnaud Deloffre s'avança. Joaquin avait raison, ce type avait sûrement pas mal bourlingué.

– Gregory n'est pas avec vous ? demanda Dom Alberto.

– Il est resté en Israël. Nous étions associés, nous ne le sommes plus.

– Un désaccord ?

– On peut le voir comme ça.

Arnaud eut un regard vers Joaquin.

– Je peux vous parler en privé ?

– Non, il reste avec nous. Parlez sans crainte, Joaquin est un autre moi-même. Si vous venez pour me proposer d'autres photos, ne vous fatiguez pas, je n'en ai plus besoin.

– J'étais avec Gregory quand il a fait les photos. Mais… il ne s'est pas limité aux clichés.

Arnaud conta à Carvalho le vol de l'Arche d'alliance dans le cube et son transfert dans un entrepôt du Néguev.

Gregory Parker s'était approprié l'Arche ! Décidément, se dit Carvalho, cette histoire est pleine de surprises.

– Pourquoi Parker ne m'en a-t-il rien dit ?

– Il se méfiait de vous. Gregory est un homme de principes.

Carvalho eut un sourire entendu.

– Vous beaucoup moins ?

– Je ne m'intéresse qu'à ce qui peut me rapporter de l'argent. Je lui ai reproché de ne pas vous avoir vendu l'Arche, puis la discussion a dégénéré. Greg avait une arme, je n'ai pas insisté.

– Où se trouve l'Arche à présent ?

– Pour la trouver, il faudrait le pister.

Carvalho réfléchissait. L'existence de l'Arche était la meilleure réponse au sale coup du pape et de son âme damnée, Cipriano. C'était la preuve dont il avait besoin pour démontrer à la presse que ses clichés étaient authentiques.

– Il me la faut, dit-il.

Arnaud eut un sourire.

– J'étais certain que vous seriez intéressé. Confiez-moi deux ou trois hommes et je vous retrouverai l'Arche d'alliance.

Les yeux de Dom Alberto scrutèrent le visage d'Arnaud Deloffre. C'était un voyou, sans nul doute. Mais l'avantage des voyous, c'est qu'ils ont un prix. Les autres, comme Parker par exemple, sont encombrés par leurs valeurs morales.

– Arnaud, vous aurez toute l'aide nécessaire. Et cent mille dollars de prime si vous me rapportez l'Arche. Mais surtout, surtout…

– Oui, Dom Alberto.

– Ne me trahissez pas. Mes hommes vous surveilleront en permanence. Et ce ne sont pas des tendres !

58

Depuis son nouveau QG, le bar du Old Winter Palace à Louxor, Gunther Kircher avait remué ciel et terre pour résoudre l'énigme que lui avait proposée Gregory Parker : quelle pouvait être la nature de cet écrit « trois fois maudit » du pharaon Akhenaton ? Il s'agissait certainement d'un texte important, car plusieurs inscriptions y faisaient allusion. Il avait donc faxé à tous ses contacts une copie du texte gravé en hiéroglyphes sur la stèle de Parker en leur demandant s'ils connaissaient un autre fragment pouvant compléter le sien. Il les avait rappelés ensuite.

– Non, je ne vois pas, lui répondit un vieil ami autrichien. Il est bizarre, ton texte. De toute évidence, c'est un écrit du pharaon lui-même. Mais tant de choses ont été détruites après sa mort. Désolé, Gunther.

Kircher raccrocha. C'était prodigieusement irritant de se trouver face à un mur. Comment avancer ? En y réfléchissant, il pensa à une solution. La meilleure.

Il sortit de l'hôtel et longea le Nil pour se rendre au temple de Ramsès II, à cinq cents mètres de là. Il entra dans le sanctuaire en ignorant la caisse et se dirigea droit vers le saint des saints, au fond du bâtiment. Il posa ses mains sur la paroi et commença à prier les dieux à voix haute.

– Ô dieux de l'Égypte, c'est…

Il s'interrompit. Non, il ne prierait pas *tous* les dieux, cela fait trop de monde. Je vais me limiter à un seul. Mais lequel ? Horus le faucon ? Sobek le crocodile ? Sekhmet avec sa face de lionne ? Il choisit Khépri, moins populaire mais tout aussi puissant. Il était affreux avec sa tête de scarabée et semblait sortir d'un film d'épouvante genre *L'Invasion de l'homme-insecte.* Mais peut-être serait-il touché de voir qu'on pensait enfin à lui ? Gunther l'invoqua à voix haute :

– Ô Khépri, tu sais l'immense respect que je voue aux dieux de l'Égypte. Je ne viens jamais ici sans leur laisser une offrande. Aujourd'hui, c'est toi que j'invoque, toi seul. Aide-moi, je t'en prie, à trouver ce que je cherche. Les égyptologues que j'ai consultés sont des ânes, mais toi tu sauras. Voici mon offrande…

Il fouilla dans sa vareuse. Il était parti si vite qu'il n'avait pas pensé à un cadeau ! Il se maudit intérieurement. Dans la poche de son pantalon, il trouva un canif. C'était mieux que rien.

– J'ai acheté ce canif en Suisse, ô Khépri. Les Suisses sont les rois du canif, il est presque neuf. Je le dépose ici pour toi.

Une petite voix interrompit sa prière :

– *Herr Doktor ?*

C'était Selim, le gardien du temple.

– Je vais être obligé de fermer, *Herr Doktor.*

– Très bien, Selim, je m'en vais.

Il retourna au Winter Palace. Le concierge lui tendit un mot. Un collègue français, Benjamin Lenoir, lui demandait de l'appeler. Il téléphona de sa chambre.

– Benjamin ? C'est Gunther.

– J'ai peut-être quelque chose pour toi, mon vieux. Je ne te garantis rien, mais tu peux venir demain au Centre ?

– Et comment ! À demain, Benjamin.

Il raccrocha et regarda vers le plafond.

– Merci, Khépri !

Le lendemain, à la première heure, Gunther Kircher se présenta au Centre franco-égyptien de Karnak où travaillait Benjamin Lenoir. Son bureau était encombré de tables à dessin et de relevés topographiques. Les égyptologues français avaient entrepris de répertorier tous les bas-reliefs du temple de Karnak avec le projet d'en restaurer quelques-uns. Benjamin lui montra un épais cahier.

– J'ai trouvé plusieurs fragments de textes, recopiés à la plume, qui pourraient compléter le tien.

Gunther, intéressé, commença à feuilleter le cahier.

– Ne t'embête pas, j'ai photocopié les fragments qui t'intéressent.

– Formidable ! Merci, mon ami.

Benjamin lui tendit les feuillets.

– Je te laisse, Gunther, j'ai un travail à terminer pour ce soir.

Fébrilement, Kircher entreprit d'associer les photocopies de Benjamin avec celle du fragment de tablette de Gregory. C'était comme un puzzle de photocopies couvertes de hiéroglyphes. Il batailla pendant plusieurs heures, disposa les reproductions dans un sens, puis dans un autre, mais rien ne collait.

Vers la fin de la matinée, Benjamin Lenoir vint aux nouvelles.

– Alors, tu avances ?

La mine découragée de Kircher était éloquente.

– Non, les photocopies que tu m'as données semblaient convenir, mais je n'obtiens rien.

Benjamin lui tendit un autre classeur.

– Regarde aussi là-dedans. Je l'ai trouvé dans nos archives. Il y a une vingtaine de photocopies dedans.

Gunther examina les nouvelles reproductions.

Nom d'un petit bonhomme ! se dit-il intérieurement.

Le puzzle prenait forme. L'écrit « trois fois maudit » d'Akhenaton devint lisible dans sa totalité. Gunther le déchiffra.

Il était stupéfiant.

– Je rêve, ce n'est pas possible, je rêve !

– Tu as trouvé quelque chose ? demanda son ami.

– Non, rien de probant. Merci quand même, Benjamin, je chercherai ailleurs.

– Dommage, j'aurais voulu t'aider.

Pour une fois, Gunther avait décidé d'être prudent. Lui qui n'avait jamais rien découvert dans sa carrière d'égyptologue mettait enfin la main sur un texte de première importance. Un écrit qui changeait de fond en comble l'idée que les historiens se faisaient du pharaon Akhenaton.

– Je rentre à mon hôtel, je dois libérer ma chambre avant midi.

– Bonne chance, l'ami !

Gunther était fou de joie. Sa trouvaille lui vaudrait ce qui lui avait toujours échappé : l'admiration de ses collègues, des conférences un peu partout dans le monde, des articles dans la presse savante. Et en plus, trois mille dollars !

59

Dans son petit hôtel de la banlieue de Rome, Arnaud Deloffre travaillait à présent pour Dom Alberto Carvalho. Où Parker avait-il caché l'Arche d'alliance ? Il n'avait pu la sortir d'Israël, un tel objet aurait été immédiatement repéré par la police des frontières. Mais où le trouver ? Le problème, dans ce pays, c'est que les hôtels étaient aussi nombreux que les cars de touristes. Et s'il avait loué un appartement ? C'était comme chercher une aiguille dans…

Une idée lui traversa l'esprit. Les photos.

Il appela Dom Alberto.

– Oui, Arnaud ? Du nouveau ?

– Je cherche à localiser Gregory. Les photos qu'il vous a envoyées sont-elles près de vous ?

– Dans un tiroir. Pourquoi ?

– Vous pouvez aller les chercher, s'il vous plaît ?

– Je les ai devant moi. Que voulez-vous savoir ?

– Le nom du laboratoire qui a développé les photos.

Dom Alberto examina la pochette qui contenait les tirages.

– Patterson Labs, Jérusalem, 16 Mazaryk Street.

– Merci. Je les appelle, Gregory leur a certainement donné un moyen de le contacter.

– J'ai compris. Bonne chance.

Arnaud raccrocha et composa le numéro de Patterson Labs, à Jérusalem.

– Bonjour, je vous appelle de Rome. Il y a quelques semaines, le 28 novembre, vous avez développé une série de photos pour un de vos clients, M. Gregory Parker.

– C'est possible, en effet.

– M. Parker est journaliste, ces photos sont importantes pour lui. Or, en prenant ce matin l'avion pour rentrer à Rome, il a découvert qu'il lui manquait la moitié de ses négatifs. Selon lui, la personne qui les lui a envoyés aura confondu avec ceux d'un touriste qui a photographié sa petite famille.

L'employé était sincèrement étonné.

– Ah bon ?

– M. Parker ne s'en est pas rendu compte plus tôt parce qu'il n'avait regardé que les tirages. Mais, comme il travaille pour un journal, il a besoin des négatifs.

– C'est évident.

– M. Parker est à présent dans l'avion qui le ramène à Rome. Il m'a demandé de vous appeler d'urgence avant que ces négatifs soient égarés.

– Je suis quand même très surpris, monsieur, tous nos négatifs sont numérotés.

– Pourriez-vous tout de même vérifier, s'il vous plaît ?

– Bien entendu.

Arnaud attendit quelques minutes.

– J'ai vérifié, monsieur. Nous avions sept rouleaux de négatifs que nous avons tous expédiés le 29 novembre par coursier spécial à M. Gregory Parker à…

Il consulta son registre.

– … à l'American Colony, à Jérusalem Est, chambre 232.

– Vous êtes certain de ce que vous dites ?

– Absolument certain, monsieur… ?

– Aucune importance, c'est certainement un malentendu, dit Arnaud. Pardon de vous avoir dérangé.

Il raccrocha. Il avait l'adresse de Gregory.

60

Peu de temps après son retour au Colony, Gregory trouva un télégramme. Il venait du Caire. C'était Gunther :

« AI TROUVÉ CE QUE VOUS CHERCHEZ – STOP – UNE DÉCOUVERTE INATTENDUE – STOP – VAUT BIEN TROIS MILLE DOLLARS – STOP – VAIS ME SAOULER POUR FÊTER ÇA. »

Bravo, Gunther, se dit Gregory, vous êtes vraiment le meilleur !

Il gagna Le Caire au plus vite et se fit conduire en taxi à l'Institut allemand. Le préposé à l'accueil lui adressa un sourire complice et lui indiqua la direction :

– Au 107 !

Dans l'arrière-salle du pub, Gregory trouva Gunther attablé derrière un bourbon. Fort heureusement, il n'avait pas encore trop bu.

– Gunther ! C'est moi, Gregory Parker.

– Ah, monsieur Parker, fit Kircher, surpris. Vous avez fait vite.

Il y eut un silence. Kircher semblait attendre quelque chose.

– Eh bien ? s'impatienta Gregory.

– Ma récompense d'abord !

L'avance de vingt mille dollars que lui avait donnée Yoël couvrait largement la dépense. Gregory sortit une enveloppe de sa poche. Mais quand Kircher tendit la main, il ne lui céda rien.

– Votre information d'abord.

Gunther eut une hésitation, puis il déballa plusieurs documents de son vieux cartable en cuir. Il désigna d'abord la demi-tablette que lui avait donnée Gregory.

– Tel qu'il est, votre fragment est incompréhensible. J'ai donc essayé de le recouper avec d'autres textes existants. J'ai mis du temps, mais j'ai fini par trouver, car l'autre fragment était cité dans plusieurs écrits recopiés par les égyptologues. En faisant des recoupements, j'ai réussi à reconstituer l'ensemble. Et voici le résultat…

Il lui tendit une feuille avec la transcription.

– Gunther, lui rappela Gregory en souriant, je ne sais pas lire les hiéroglyphes.

– Ah oui, c'est vrai, je vais vous les traduire. Nous ne nous sommes pas trompés, c'était bien une confession…

Il lut le texte égyptien en le traduisant mot à mot :

« Moi, Akhenaton, souverain de basse et haute Égypte, j'arrive à présent au soir de ma vie… »

Deux minutes plus tard, Gregory triomphait. Cette découverte, comme il l'espérait, offrait une arme de choix contre Carvalho.

– Vous avez bien mérité votre argent, dit Gregory en posant l'enveloppe devant Gunther. Je peux garder votre transcription ?

– Prenez-la, j'ai un double.

Gregory la mit dans la poche de sa chemise.

– À présent que nous avons l'information, il faut reconstituer la tablette originale.

– J'y ai pensé, monsieur Parker. Laissez-moi votre moitié de tablette, je crois savoir où se trouve l'autre moitié.

– Cinq mille dollars supplémentaires, proposa Gregory, si vous mettez la main dessus.

– J'empocherai l'argent avec plaisir. Mais cette affaire est devenue pour moi un défi personnel. Ce sera le couronnement de toute ma carrière d'égyptologue !

61

Dans son bureau du palais du Vatican, le pape Jean-Paul II visionna attentivement les cassettes vidéo que Natacha et Pellegrino avaient rapportées de leurs explorations du passé. Tour à tour, l'un et l'autre commentaient les images et accéléraient certains passages pour en arriver plus vite à l'essentiel.

Le pape garda le silence. À la fin de la séance, il se retira quelques heures pour méditer et prier dans la petite chapelle près de ses appartements. Natacha, elle, téléphona en Israël pour tenir au courant son supérieur du Mossad, Zvi Eizer. Pellegrino alla se recueillir dans la basilique Saint-Pierre. Elle était si immense que l'afflux des touristes, qui allaient et venaient, pouvait se faire oublier.

Quelques heures plus tard, ils se retrouvèrent tous les trois dans le bureau papal. Jean-Paul II parla sans ambages.

– Si je résume, les Hébreux du temps de David ont choisi de substituer leur dieu Yahvé au dieu Aton des Égyptiens. À partir de là, j'imagine, l'Histoire redevient celle qui est contée dans les Écritures.

– Je le pense, approuva Natacha. Après le règne de Salomon, tout rentre dans l'ordre.

Le pape se leva et inspira à pleins poumons.

– On pourrait en rester là…

Natacha et Pellegrino se regardèrent et attendirent la suite.

– Mais c'est impossible, ajouta le pape. D'abord parce que nous restons sous la menace de Carvalho. Nous avons monté un stratagème pour le décourager, mais il reviendra à la charge, n'en doutez pas. S'il révèle ce que nous savons, ce sera un choc pour des millions de croyants. Quand ils apprendront que leur dieu n'est pas issu d'une révélation, mais le résultat d'un compromis politique à l'époque de David, beaucoup perdront la foi.

– Que pouvons-nous faire de plus, Saint-Père ? demanda Pellegrino.

– Si nous étions la CIA ou le KGB, nous enverrions un tueur pour réduire Carvalho au silence. Mais nous sommes au Vatican et cette voie m'est interdite.

– Nous pourrions laisser agir le Mossad, ou la CIA, ou les deux, proposa Natacha.

Le pape laissa échapper un cri de colère.

– Non ! Le Saint-Siège n'est pas la Mafia. Je m'y oppose formellement. Je m'adresse particulièrement à vous, Natacha, qui êtes en relation avec le Mossad. Je suis certain que Carvalho a pris ses dispositions au cas où il lui arriverait malheur. Si le monde apprenait que le pape a été mêlé à son élimination, le remède serait bien pire que le mal. Il faut trouver un autre moyen.

Il se leva et se mit à marcher de long en large, les mains dans le dos.

– Le vrai problème est théologique, encore plus que politique. Si Dieu existe, ce que je crois au plus profond de ma conscience, à qui s'est-il révélé en premier ? Aux Hébreux, comme l'affirme la Bible ? Mais votre machine, père Ernetti, semble montrer que le dieu unique venait d'Égypte. Alors s'est-il révélé au pharaon Akhenaton sous la forme du disque solaire ? Cela non plus, je ne peux le croire. Dieu n'est pas un astre. Ni le Soleil, ni la Lune !

– Mais comment le prouverons-nous, Saint-Père ? demanda Pellegrino. Quand Carvalho parlera à la presse, tout le monde le croira.

Le pape Jean-Paul II se retourna vers eux et leur parla avec une ardeur qui tranchait avec son flegme habituel. Cette fois, il avait décidé de mener l'offensive.

– Reprenez votre chronoviseur, père Ernetti, c'est votre pape qui vous l'ordonne ! Plongez dans le temps à l'époque du pharaon Akhenaton, fouillez les origines de ce culte d'Aton et apportez-moi la preuve que cette pseudo-révélation était une mascarade, une imposture. Ce n'est pas possible autrement !

Puis il se calma, s'épongea le front et reprit sa place derrière son bureau.

– Et…

Il hésitait à continuer :

– … et si vous trouvez autre chose, mes amis, prévenez-moi.

– Comptez sur nous, Saint-Père, dit Natacha.

– Merci, madame, répondit celui-ci avec un regard reconnaissant. Nous avons le même dieu, vous et moi, j'ai la certitude qu'il nous enverra un miracle.

Le pape s'était montré si véhément que Natacha et Pellegrino gardèrent le silence un moment. Puis le père Ernetti prit la parole :

– Puis-je faire une requête, Saint-Père ?

– Oui ?

– Natacha et moi avions anticipé votre demande, nous sommes d'accord pour engager une nouvelle enquête dans l'Égypte d'Akhenaton. Mais nous avons besoin d'un nouveau collaborateur.

Le pape fronça les sourcils. Natacha expliqua :

– Il nous faut un égyptologue qui parle couramment la langue des Égyptiens de l'Antiquité. Sans quoi, nous ne comprendrons rien aux images que nous verrons. On m'a parlé du *dottore* Battista del Drago, le conservateur du Musée grégorien égyptien.

Le visage du pape s'éclaira.

– Je le connais, c'est un véritable érudit. Engagez-le, mais ne lui parlez ni de Carvalho ni du cube. Nous lui ferons signer un serment de confidentialité. Je vais l'appeler immédiatement pour qu'il vous reçoive dans les plus brefs délais.

62

Même pour les plus audacieux, certains fardeaux sont lourds à porter. C'était ce que ressentait Gregory Parker. Les idées se bousculaient dans son esprit. D'abord la découverte du cube, avec ses immenses conséquences, puis la révélation de Gunther Kircher sur le pharaon Akhenaton.

À peine revenu du Caire, il avait essayé de dormir. En vain. Vers quatre heures du matin, il se leva. Il avait pris sa décision. À présent qu'il possédait une arme sérieuse contre Dom Alberto Carvalho, il devait choisir son camp. Son inconscient l'avait déjà fait pour lui, mais il fallait mettre ses actes en conformité avec ses pensées.

Il fit une rapide toilette et alla prendre un petit déjeuner copieux dans la salle à manger. Son esprit ne cessait de travailler. Même si le général Swaggart et le groupe de Yoël Cohen menaient un combat contre Carvalho, il ne pouvait s'associer à eux. Ces illuminés, chrétiens ou juifs, maniaient des bâtons de dynamite comme on joue aux quilles. Comme Dom Alberto, ils pouvaient embraser le monde.

Il décida de leur écrire pour renoncer à la mission qu'ils lui avaient confiée. Il leur rendrait leur argent, puis irait tout raconter à la conservatrice du musée d'Israël, Natacha Yadin-Drori.

Elle seule lui inspirait confiance, c'était une vraie responsable. Peu après la communication au pape de ses premières photos, elle avait cherché à le joindre par l'intermédiaire du consulat du Royaume-Uni à Jérusalem. Mais Gregory n'avait pas répondu, il redoutait une avalanche de reproches. Cette fois, elle comprendrait vite, surtout s'il lui apportait cet objet inouï : l'Arche d'alliance.

Il paya sa note d'hôtel et prit la route du Néguev. Après une heure de trajet, il se gara dans la cour principale d'un grand kibboutz où il avait séjourné lors de sa première visite en Israël.

– Simon Benchetrit est là ?

– Dans la cave à vin, dit quelqu'un.

Simon était une vieille connaissance, un ancien paysan français de la région de Digne, qui avait fait son *alya*[1] et produisait aujourd'hui du vin casher dans le Néguev. Gregory n'avait jamais compris comment le vin pouvait être casher, mais du moment que c'était noté sur l'étiquette, les clients religieux le buvaient en toute confiance. Trois semaines auparavant, soucieux de ne pas se faire voler l'Arche, Gregory l'avait soigneusement emballée dans une caisse qu'il lui avait confiée.

– Hello, Simon !

– Salut, Greg.

– Finalement, je viens chercher ma caisse.

– Suis-moi.

Simon le conduisit vers la grange où il l'avait cachée.

– Tu l'emportes avec toi ?

– Oui, je vais la charger dans la voiture.

– Laisse-moi faire, c'est lourd.

Simon avait des muscles que seul le travail aux champs procure. Il déposa la caisse dans le coffre, pendant que Gregory fouillait dans ses poches.

1. Acte, pour un jeune Juif, d'émigrer en Israël.

– Merci pour ton aide, mon ami. Voilà les cent dollars que je t'ai promis.

– Merci. Il y a quoi, dans ta boîte ?

– Simon, même si je pouvais te le dire, tu ne me croirais pas !

63

Dès le lendemain de leur conversation avec le pape, Natacha et Pellegrino se rendirent au Musée grégorien égyptien. Auparavant, le père Ernetti était passé par le bureau du secrétaire d'État, qui avait rédigé un serment de confidentialité à l'intention du conservateur.

– Vous lui ferez signer les deux exemplaires et en conserverez un. Les conditions sont très rudes, mais le pape tient à garder le secret du chronoviseur.

– Que risque-t-il ? L'excommunication ? demanda Pellegrino en riant.

– Pire que ça, lui répondit le secrétaire d'État, très sérieux.

Le Musée grégorien égyptien était l'un des douze musées situés dans l'enceinte du Vatican. Après s'être signalés à l'accueil, Natacha et Pellegrino allèrent rejoindre leur interlocuteur dans la salle d'exposition principale. Celui-ci les salua d'un grand geste enjoué.

– Il ne ressemble pas à une vieille barbe, commenta Natacha à mi-voix, c'est déjà ça.

Battista del Drago avait en effet le charme et l'allure raffinée d'un aristocrate italien. Bel homme, des cheveux bouclés poivre et sel, l'œil rieur, la cinquantaine soignée et un petit côté Marcello Mastroianni, selon Natacha.

– Vous êtes Mme Yadin-Drori, n'est-ce pas ? Et vous le père Ernetti ? Je vous avouerai que si le pape en personne ne m'avait pas parlé, j'aurais cru à une mauvaise plaisanterie. Vous pouvez vraiment visualiser le passé sur un écran de télévision ?

Il avait dit cela à voix haute, sans se soucier de la présence des visiteurs dans le musée. Natacha lui fit signe d'être plus discret.

– Oh, pardon !

Il continua à voix basse :

– Donc c'est vrai, vous le pouvez ?

Le père Ernetti approuva.

– Oui, mais il ne faut pas l'ébruiter, monsieur le conservateur.

Battista avait encore du mal à y croire.

– Mais c'est merveilleux, votre machine va renouveler tout ce que nous savons sur l'Égypte ancienne !

Le père Ernetti s'employa à calmer son enthousiasme.

– Je crains que vous ne puissiez révéler ce que vous verrez, monsieur le conservateur, en tout cas pas avant longtemps.

Il lui tendit le serment de confidentialité. Le professeur Battista le lut et fit les yeux ronds.

– Eh bien ! Moi qui suis bavard comme une pie, j'ai vraiment intérêt à tenir ma langue.

Il signa néanmoins les deux exemplaires.

– Comment puis-je vous aider, mes chers amis, et que cherchez-vous en Égypte ?

– Nous nous intéressons au règne d'Akhenaton et à sa révolution théologique.

Battista manifesta sa réprobation.

– Akhenaton, Néfertiti, Ramsès II, voilà ce qui passionne le public quand on évoque l'Égypte ancienne. Mais il y a tant d'autres souverains moins connus, qui sont tout aussi fascinants.

– Sans doute, mais notre choix est guidé par de bonnes raisons, répondit Pellegrino. Il m'est difficile d'entrer dans le détail, je le regrette.

– Bon. Suivez-moi.

Battista les entraîna dans une salle voisine. Sur une table étaient exposées les maquettes, fidèlement reconstituées, de plusieurs temples égyptiens. Il désigna l'une d'elles.

– Vous avez là une reconstitution du temple de Karnak, celui que tous les touristes vont visiter lorsqu'ils arrivent à Louxor. Mais quand Akhenaton est monté sur le trône, il a fait construire un autre temple, juste à côté. Et il l'a consacré à son nouveau dieu, Aton.

– Je suis souvent allée à Louxor, dit Natacha, je n'ai jamais remarqué ce temple.

– Parce qu'il a été entièrement rasé au cours de la contre-révolution qui a suivi la mort d'Akhenaton et…

Il se pencha vers eux et murmura :

– Vous dites que votre machine peut voir dans le passé ?

Natacha acquiesça. Le conservateur était aussi fébrile qu'un gamin.

– Alors ce temple… si nous allions le voir ?

64

Une fois l'Arche bien calée dans sa Pajero, Gregory prit à nouveau la route de Jérusalem. Il comptait se rendre au musée d'Israël et demander à parler d'urgence à la conservatrice. Il la conduirait au parking et lui montrerait ce qu'il y avait dans le coffre. Après, ils pourraient discuter.

À quelques kilomètres à peine du kibboutz, il entendit un claquement sec. Sa voiture fit une embardée mais Gregory parvint à l'arrêter en limitant la casse. Il descendit pour aller voir. Son pneu arrière gauche avait éclaté. Il jura entre ses dents et ouvrit le coffre pour changer le pneu. Mais une voix menaçante l'arrêta :

– Ne bouge plus, Gregory.

Arnaud était armé d'un fusil d'assaut. C'est lui, se dit Gregory, qui a fait un carton dans mon pneu.

– Tu aurais mieux fait de me tuer, Greg.

Une Jeep freina en faisant crisser ses pneus, occupée par trois hommes. Parker s'en voulut d'avoir été imprudent. Arnaud était redoutable. Il aurait mieux valu, en effet, l'éliminer. Il avait tiré sur Tom par réflexe, pour se défendre, il n'avait pas eu le courage de tuer Arnaud de sang-froid.

– Voyons un peu ce que tu transportes.

Il appela Lucca, le seul des Brésiliens qui comprenait l'anglais.

– Dis aux autres de le surveiller.

On colla le canon d'un revolver sur la gorge de Gregory tandis qu'Arnaud ouvrait la caisse et l'inspectait.

– Elle est bien là.

Puis il fouilla les poches de Gregory.

– Et ce papier, c'est quoi ?

C'était une photocopie de la transcription en hiéroglyphes reconstituée par Gunther. Il en avait conservé un exemplaire, mais garda le silence. Arnaud n'insista pas et rangea le papier dans sa poche.

– Comment m'as-tu trouvé, Arnaud ?

– Un peu d'astuce, c'est tout. Quand j'ai su où tu logeais, il m'a suffi de te surveiller et d'attendre le bon moment. La bonne nouvelle, pour toi, c'est que nous n'aurons pas à te torturer pour te faire avouer où tu as caché l'Arche.

– Et la mauvaise ?

– Tu as rendez-vous avec Dom Alberto Carvalho. Et je peux te dire qu'il n'est pas content.

Il ordonna aux autres de lui lier les membres et de transférer la caisse dans sa Jeep. Il donna un coup de pied dans le pneu crevé de la Pajero.

– Lucca, change le pneu, installe notre ami à l'arrière et suis-nous.

– Où m'emmènes-tu, Arnaud ? demanda Gregory.

– À la plage.

65

Le conservateur Luigi Battista n'était jamais entré dans le bâtiment très fermé des archives secrètes du Vatican. En évoluant dans l'enfilade de couloirs, il fut émerveillé par la quantité invraisemblable de documents classés sur des rangées d'étagères. Ils traversèrent ensuite une salle où étaient conservées des caisses de toutes les tailles. Quelques-unes semblaient très anciennes.

– Ce sont des caisses de documents ?

– Je ne sais pas, répondit Pellegrino. Seul le pape a l'autorisation de les faire ouvrir. Le Vatican est un lieu rempli d'énigmes, monsieur le conservateur.

– Oubliez le « conservateur », mon père. Appelez-moi Luigi. Vous aussi, Natacha.

Quand Pellegrino ouvrit la salle où se trouvait le chronoviseur, Luigi en resta bouche bée.

La machine était en mode veille, mais les quelques éléments lumineux en activité dans la semi-pénombre, ajoutés au bourdonnement permanent qui emplissait la pièce, rendaient l'ensemble très intimidant, presque inquiétant.

– On se croirait dans un film.

– Espérons que le nôtre se terminera bien, souffla un Pellegrino désenchanté.

– Quelque chose vous inquiète, mon père ?

– Avec votre aide, Luigi, nous éclaircirons la situation.

Battista ne comprenait pas de quoi il parlait, mais il était fasciné.

– J'ai l'impression de me trouver dans un vaisseau spatial.

– Ne vous laissez pas impressionner, toute cette complexité est due à une accumulation de bricolages.

– Et si nous nous mettions au travail ? proposa Natacha.

– Que puis-je faire pour vous aider ?

– Eh bien, dit Pellegrino, quelles sont les coordonnées géographiques de ce fameux temple d'Aton à Karnak ?

– Les coordonnées ? hésita Battista.

– Pour que la machine puisse le visualiser, il nous faut la latitude et la longitude du lieu que nous visitons.

Battista ne savait quoi répondre.

– Hélas, mon père, ce temple a été entièrement rasé après la mort du pharaon.

Natacha intervint :

– Il se trouvait près de l'actuel temple de Karnak, n'est-ce pas ?

– Oui, juste derrière.

– Eh bien, proposa Natacha, nous irons à Karnak. Le père Ernetti fera un joli vol plané vers le temple d'Aton.

Luigi était complètement perdu.

– Comment ça, un vol plané ?

Il vit Pellegrino mettre la machine en marche, tandis que Natacha fouillait dans un guide emprunté à la bibliothèque.

– J'ai trouvé ! Le temple de Karnak se trouve en 25° 43′ 06″ Nord, 32° 39′ 30″ Est.

– Et la date ?

Luigi comprit qu'on s'adressait à lui. Un peu troublé, il répondit :

– Je vous propose l'an 1350 avant notre ère. *Grosso modo*, c'est le début de la grande réforme religieuse d'Akhenaton. Pouvez-vous aussi programmer un jour en particulier ?

– Bien sûr.

– Alors, ce sera un 23 avril, au lever du jour.

– Vous avez une raison particulière ?

– Oui, vous verrez.

Quelques secondes plus tard, comme s'il était vu depuis un hélicoptère, le grand temple de Karnak apparut sur l'écran.

– Incroyable ! s'enthousiasma Luigi. Aujourd'hui, Karnak est encore une belle ruine, mais jadis c'était une merveille.

Pellegrino manipulait avec dextérité le levier de guidage qui lui permettait d'évoluer au-dessus des paysages.

– Je vois l'autre temple, s'écria Luigi. Il est encore plus gros, il est même énorme !

Le temple d'Aton, flambant neuf, était en effet immense. Situé à l'est du temple de Karnak, il faisait face à la direction dans laquelle le soleil se lève. Dans une vaste cour à portiques, on pouvait voir deux statues géantes à l'effigie du jeune souverain et de son épouse Néfertiti. Luigi en profita pour proposer quelques commentaires, il se retrouvait dans son élément.

– Peu de temps après son accession au trône, Akhenaton décréta qu'il n'y avait plus qu'un seul dieu, si puissant qu'on ne pouvait même pas le regarder en face : Aton, le disque solaire.

– Le pharaon a pris sa décision seul ? interrogea Pellegrino.

– Sans doute. Et ne me demandez pas pourquoi, je l'ignore.

– Il savait qu'il se ferait beaucoup d'ennemis ?

– Il se heurtait forcément aux habitudes du peuple et au pouvoir des prêtres, qui se trouvaient dépossédés de leur autorité. Mais Akhenaton n'a pas reculé, c'était un homme têtu. Et son épouse, Néfertiti, était aussi entêtée que lui.

– Était-elle aussi belle que son buste ? demanda Natacha.

– Encore plus, attendez de la voir.

– Pour l'instant, il n'y a personne.

– Faites-moi confiance. D'après les textes, le pharaon et son épouse venaient chaque matin rendre hommage au dieu Aton au lever du soleil. Le 23 avril, le soleil se lève à Louxor à cinq heures vingt précises. Quelle heure est-il ?

Pellegrino se pencha sur son tableau de bord.

– Cinq heures dix-sept.

– Dans trois minutes, ils seront là.

– Je ne savais pas que les Égyptiens avaient des horloges, s'étonna Natacha.

– Mais si ! Savez-vous, ma chère, qu'une des premières clepsydres fut installée ici, dans le temple de Karnak ? C'était une vasque en albâtre, une merveille de précision. Les anciens Égyptiens étaient des gens très ponctuels. D'ailleurs, regardez sur votre écran, ils arrivent !

66

La Jeep d'Arnaud, suivie par la Pajero, traversa le désert du Sinaï en direction du sud. Arnaud connaissait les astuces qui permettaient de passer la frontière israélo-égyptienne sans encombres. Ils arrivèrent à l'extrême sud de la péninsule dans la petite ville de Charm-el-Cheikh, redevenue égyptienne.

Ils entrèrent dans le parking d'un grand hôtel. Sans ménagement, ils firent descendre Gregory de la voiture et lui ôtèrent son bâillon. Très affaibli par le voyage dans le désert, assoiffé, Gregory reconnut à peine l'homme qui venait à lui.

– *Filho da puta*[1] !

L'insulte fut suivie d'une claque retentissante.

Cette fois, Gregory Parker avait vraiment peur, la colère de Carvalho était celle d'un dément. L'évêque alla vers la Jeep. Arnaud lui montra la caisse qui contenait l'Arche.

– C'est bien elle…

Il caressa l'objet en tremblant d'émotion, puis souleva le couvercle. Les deux grandes tablettes de pierre vues sur les photos étaient bien là.

– Cette relique est inespérée, ils ne pourront rien faire contre ça. Bravo, Arnaud, vous avez tenu parole, vous ne le regretterez pas !

1. « Fils de pute ! »

Puis il referma le couvercle, revint vers Gregory Parker et lui parla d'un air menaçant :

– Pourquoi ne m'avez-vous rien dit à propos de l'Arche ?

Gregory se mura dans le silence.

– Et pourquoi vous êtes-vous rendu plusieurs fois en Égypte, à l'Institut allemand ? Ne niez pas, Arnaud vous a suivi à la trace !

Nouveau silence. Cette fois, Arnaud intervint. Il montra à Carvalho le texte en hiéroglyphes reconstitué par Gunther Kircher.

– Je ne sais pas si c'est important, mais il avait ce papier sur lui.

Carvalho jeta un coup d'œil au texte.

– C'est quoi ? demanda-t-il à Gregory.

Celui-ci ne répondit pas, il ne voulait pas mettre la vie de Kircher en danger, en plus de la sienne. Carvalho lui asséna une nouvelle claque, puis se tourna vers Arnaud.

– Cet homme vous appartient, Arnaud.

Il lui chuchota quelque chose à l'oreille.

– Comptez sur moi, dit Arnaud qui donna un ordre à Lucca :

– Remettez-le dans la Pajero !

Gregory fut de nouveau coincé à l'arrière de sa propre voiture pendant un trajet inconfortable d'une trentaine de minutes. Quand le véhicule s'arrêta, ils étaient sur un héliport.

– Monte là-dedans ! ordonna Arnaud.

Toujours menotté, Parker fut traîné à l'intérieur de l'hélicoptère. Puis Arnaud se mit aux commandes et s'adressa à Lucca :

– Va dire à Dom Alberto que je m'envole avec lui.

Il fit tourner le moteur.

– Où allons-nous ? demanda Gregory, qui craignait d'entendre la réponse.

– Les ordres de Carvalho sont de t'emmener à la « corvée de bois ». Tu sais ce que ça veut dire ?

– Aucune idée.

– Un mercenaire m'a raconté que pendant la guerre d'Algérie, quand ils voulaient faire un exemple avec un chef du FLN, ils l'emmenaient dans un hélicoptère et le balançaient sur un village de rebelles. Le corps était retrouvé dans un sale état, ce qui produisait beaucoup d'effet sur les locaux.

L'hélicoptère décolla. Gregory ferma les yeux. Arnaud allait-il vraiment l'exécuter ? Il scruta son visage, qui restait obstinément fermé. Pendant que l'engin survolait les crêtes colorées du désert, il se sentait dans la peau d'un condamné conduit vers le poteau d'exécution. C'était le moment ou jamais de dire une prière. Il le fit intérieurement, mais sans grande conviction. Enfin, le pilote se tourna vers son prisonnier.

– Le désert de Chour, tu connais ?

– Mon futur tombeau ?

– On peut le voir comme ça.

67

Dans son laboratoire, en manipulant habilement son levier de guidage, le père Ernetti s'approcha des souverains égyptiens : Akhenaton et Néfertiti, deux légendes.

– Heureusement que leur temple est à ciel ouvert, précisa Pellegrino, car notre machine ne peut pas percer les murs.

– C'est une caractéristique des temples d'Aton, expliqua Luigi. Leur dieu étant identifié au soleil, ils ne construisaient pas de toit pour lui interdire le passage. Fermeriez-vous la porte à Dieu ?

– Mon Dieu, qu'il est laid ! s'écria Natacha.

Son cri venait du cœur. Elle se sentit gênée quand elle vit les sourires de Pellegrino et de Luigi.

– Il avait en effet, commenta Luigi, un physique assez… particulier.

Akhenaton portait une haute coiffe et avait le torse nu. Son visage exagérément étroit et long, avec un menton en galoche, contrastait avec ses lèvres charnues, ses hanches larges et son ventre proéminent. Son crâne semblait étiré vers l'arrière, comme celui d'un dolichocéphale. Son cou était interminable et ses yeux, mi-clos, semblaient habités par un rêve intérieur.

– En découvrant les statues qui nous restent d'Akhenaton, beaucoup d'égyptologues ont douté de leur ressemblance, pensant que l'art de cette époque déformait volontairement les traits des visages, comme l'expressionnisme moderne. Votre machine démontre que la statuaire montrait la vérité. C'est étonnant !

– Souffrait-il d'une maladie ?

– On a proposé tous les diagnostics, comme un trouble endocrinien ou une maladie génétique rare appelée le syndrome de Marfan, ou encore celui de Barraquer-Simons. N'oubliez pas que les mariages consanguins étaient fréquents chez les pharaons, un terrain fertile pour les maladies héréditaires.

À mesure que l'ombre du temple faisait place à la lumière dorée de l'aube, les visages du roi et de la reine s'illuminèrent eux aussi, comme en proie à une sorte de transe. Le pharaon se mit à psalmodier un hymne religieux, puis il fut relayé par la reine.

– Que disent-ils ? s'enquit Natacha.

– Ils prient le disque solaire.

– Voulez-vous que je capte leurs mots pour que vous puissiez les traduire ? demanda le père Ernetti.

– Inutile, répondit Luigi, toutes ces prières se ressemblent. Elles célèbrent la splendeur et la puissance du dieu.

Natacha s'approcha de l'écran.

– Pouvez-vous zoomer sur Néfertiti ?

– Je vais essayer.

– J'imaginais la reine plus grande, dit Natacha.

– Ce qui la fait paraître petite est la taille de son époux qui, lui, est démesurément grand.

Natacha trouvait que la beauté de cette femme était fascinante, presque irréelle.

– Elle est vraiment éblouissante !

À la différence du buste exposé au musée de Berlin, la reine ne cachait pas ses cheveux longs sous une toque rigide. Le noir et blanc de l'écran peinait à lui rendre justice car ils étaient d'un noir de jais, avec des reflets sans doute bleutés.

– Quel couple bizarre, observa Natacha. Un tel contraste…

– Néfertiti n'était pas seulement belle, commenta Luigi, elle avait aussi un fort caractère. Regardez-la.

La reine semblait mettre dans sa prière une ferveur plus puissante encore que celle de son époux.

– Néfertiti a vraiment cru que ce nouveau dieu, Aton, était le seul et unique dieu. Certains égyptologues ont parlé d'un couple de fanatiques mystiques, précisa Luigi.

– À ce point ? s'étonna Pellegrino.

– Il le fallait pour imposer à toute l'Égypte l'adoration d'un nouveau dieu, si différent de tout ce qu'ils connaissaient. En plus, ils ont interdit tous les autres cultes.

– Comment peut-on interdire une croyance ? s'indigna Pellegrino.

Luigi eut un geste fataliste.

– En utilisant l'arme classique des dictateurs : la censure. Akhenaton et Néfertiti ont fait fermer tous les autres temples et ont obligé le clergé à payer un tribut au nouveau dieu.

– C'est un aspect d'Akhenaton qui le rend moins séduisant, dit Pellegrino.

– C'est vrai. En Occident, il suscite beaucoup d'intérêt parce qu'on voit en lui l'inventeur du monothéisme. Mais il était aussi autoritaire que Napoléon !

Natacha commençait à trouver Luigi Battista franchement sympathique. Il n'était pas empêtré, comme beaucoup d'égyptologues qu'elle connaissait, dans des idées convenues.

– C'est la face cachée de la médaille monothéiste : si la vérité est une, malheur aux incroyants. Et je vais vous dire…

Il baissa la voix comme s'il craignait d'être entendu par les personnages sur l'écran.

– Oui ? chuchota Natacha, amusée.

– Néfertiti était pire que lui. Ne vous laissez pas attendrir par sa beauté, elle était véritablement tyrannique.

– Les hommes ne changeront jamais, déplora le père Ernetti. Au lieu de convaincre, ils répriment.

– Akhenaton et Néfertiti voulaient persuader le peuple qu'à partir d'eux une ère nouvelle s'ouvrait pour l'Égypte, précisa Luigi. Et ils l'ont prouvé.

– Comment ?

– En abandonnant leur ancienne capitale de Thèbes pour en bâtir une nouvelle au milieu du désert : Akhet-Aton, la cité du Soleil.

LA CITÉ DU SOLEIL

68

Le désert de Chour, aux confins sud-ouest de Canaan, est un des endroits les plus arides de la planète, où ne survivent que les scorpions, les lézards et les serpents. Gregory se prépara à l'inévitable. Dans une ou deux minutes, son corps disloqué reposerait sur la rocaille.

Subitement, l'engin perdit de l'altitude et atterrit en souplesse sur un site quasiment lunaire. Quand Arnaud ouvrit la porte de la cabine, une forte bouffée de chaleur les frappa au visage.

– Sors de là !

Gregory montra ses mains et ses pieds liés.

– Avec ça ?

– Sors de là, je te dis, répéta Arnaud d'une voix menaçante.

Gregory s'éjecta comme il put hors de la cabine et roula par terre.

– Tu vas m'abattre ?

– Non. Il y a quelques semaines, tu m'as épargné. Je vais en faire autant.

Gregory se souvint qu'Arnaud était un ancien militaire. Il avait gardé le sens de l'honneur des soldats. Étonnant.

Arnaud envoya à ses pieds la clé des menottes et une petite gourde.

– Libère-toi. Si tu t'en sors dans ce putain de désert, c'est que ton dieu d'Anglais est avec toi. Bonne chance !

Il remit les gaz et s'éloigna dans le ciel.

Gregory rampa vers les clés et parvint à se libérer les mains, puis les pieds. Il était assoiffé. Il prit la gourde d'Arnaud et avala une gorgée d'eau tiède qui lui permit de retrouver un peu de forces. Contre toute attente, il était vivant. Au milieu du désert, sous un soleil d'enfer, avec juste assez d'eau pour tenir quelques heures.

Il se leva et regarda autour de lui. Au loin, vers le sud, il devinait la bande bleue de la mer. Il marcha dans la direction opposée, vers le nord. Avec un peu de chance, il croiserait une patrouille israélienne, une de celles qui surveillaient encore la partie nord du désert depuis que le Sinaï avait été rendu à l'Égypte, l'année précédente, contre un accord de paix.

Il retira sa chemise, en déchira une partie pour se confectionner un turban et enfila ce qui restait. Le sol caillouteux ne facilitait pas la marche.

Il songea au général Swaggart et à son associé, Yoël Cohen. Alors qu'ils le surveillaient en permanence à Jérusalem, personne ici pour venir à sa rescousse ! Sans doute avaient-ils perdu sa trace. Les pensées se succédaient dans son esprit, comme si elles voulaient occuper la place pour l'empêcher de se coucher au sol et d'attendre la mort.

Il pensa à ce vieux film, *Les Dix Commandements*, et à cette scène où Moïse-Charlton Heston, abandonné comme lui dans ce même désert par Ramsès II-Yul Brynner, marchait jusqu'à l'épuisement avant de s'effondrer dans la poussière. Il avait atteint le pays de Madian, dans la région du mont Sinaï, où les filles de Jethro lui avaient donné de quoi boire et se nourrir. Hélas, on n'était pas au cinéma. Y avait-il seulement une oasis dans ce coin perdu ?

Il est toujours étonnant de découvrir comment la vie s'accroche au corps jusqu'aux dernières limites. Pourtant, le désert ne le ménageait pas. Brûlant au cours de la journée, il devenait glacé quand la nuit tombait. Il se blottissait alors au creux d'un rocher et dormait quelques heures en croisant les bras pour se réchauffer. Le lendemain, à l'aube, il reprenait sa marche vers le nord. Le soleil redevenait aussitôt la boule de feu qu'il était la veille. Il erra ainsi pendant deux jours. Affamé, déshydraté, il sentit ses forces l'abandonner. Même s'il savait que cette faiblesse pouvait lui être fatale, il se laissa tomber dans une anfractuosité et ferma les yeux.

– Qui es-tu ?

La question fut posée en hébreu, en arabe, puis en anglais. Le soldat l'accompagna d'un léger coup de pied. Son compagnon, méfiant, pointait son M16 sur lui. Sa bouche était tellement sèche que Gregory eut du mal à répondre :

– Anglais… touriste… perdu.

Un touriste anglais perdu dans le désert ? Les soldats n'y croyaient guère. On lui passa des menottes et on le releva. Un des militaires le fit boire lentement. Puis ils l'installèrent à l'arrière de leur véhicule blindé et prirent la route. Pendant que l'un conduisait, l'autre téléphonait.

– Où allons-nous ?

– Beer-Sheva, répondit le soldat.

Retour au point de départ, pensa Gregory qui sombra à nouveau dans le sommeil.

*

Il reprit ses esprits dans une pièce aveugle. Il se leva avec difficulté et frappa à la porte de sa cellule. Il dit qu'il avait soif.

Quelques minutes plus tard, un soldat lui apporta un plateau-repas plus que sommaire, sur lequel il se jeta.

Bizarrement, pendant des heures, personne ne vint l'interroger. Il demanda à parler à un officier, mais on lui ordonna d'attendre. Il patienta, donc. Peu à peu, grâce à la nourriture qu'il avait avalée, ses forces revinrent. Il aurait aimé se raser, il avait une barbe de plusieurs jours. Mais ses gardiens semblaient avoir pour instructions de le tenir au secret.

En fin de journée, on ouvrit la cellule. Un petit homme au crâne chauve, vêtu d'une chemise grise et d'un pantalon de toile, lui parla en anglais.

– Un moment qu'on vous cherchait, monsieur Parker.

Son regard trahissait une détermination sans faille.

– Comment connaissez-vous mon nom ? demanda Gregory.

– Depuis votre visite au Temple de Salomon, votre photo est affichée dans tous les postes de police.

– Qui êtes-vous ?

– Je m'appelle Eizer, Zvi Eizer. Et je travaille pour le Mossad.

69

Enthousiasmé par sa première rencontre avec le chronoviseur, le professeur Battista était reparti dans son musée chercher de la documentation. Il trouva sur son bureau un mot du pape qui souhaitait le voir. Il se présenta aussitôt devant le Saint-Père.

– Alors, *dottore* ? Que pensez-vous de notre machine à remonter le temps ?

– C'est la plus extraordinaire invention de ce siècle, Saint-Père. Une vraie manne pour un historien. Grâce à elle, nous remettrons à plat toutes nos connaissances sur l'Égypte ancienne.

– Je suis content que vous participiez à cette aventure, Luigi.

Jean-Paul II et l'égyptologue se connaissaient depuis longtemps. Luigi était en confiance.

– Le père Ernetti et Natacha sont des personnes délicieuses, mais je n'ai pas bien compris ce qu'ils cherchent.

– Tout ce que je peux vous dire, mon ami, c'est que Natacha et Pellegrino ont une mission qui doit rester secrète. Pour vous aussi, hélas !

Le *dottore* hocha la tête.

– Je dois les aider à trouver quelque chose que je dois ignorer. Ce n'est pas facile, ce que vous me demandez, répliqua-t-il avec son éternel sourire.

Le visage du pape se fit plus grave.

– C'est que les enjeux sont immenses. Puis-je compter sur vous, *dottore* Battista ?

– Bien sûr, Saint-Père. Mais c'est comme si vous me faisiez lire un roman policier en me cachant le début et la fin !

*

Dès le lendemain matin, Natacha et Pellegrino virent arriver Luigi avec de nombreux livres dans les bras. Il étala une carte sur la table.

– Voici l'Égypte sous la dix-huitième dynastie, à l'époque d'Akhenaton.

Il indiqua un point, au bord du Nil.

– Au sud, vous avez Thèbes, la capitale, où se trouvent les temples de Karnak et de Louxor. À quatre cents kilomètres vers le nord, en suivant le Nil…

Il indiqua un autre point, en plein désert.

– Akhet-Aton, « l'horizon d'Aton ». C'est le nom que le pharaon a donné à sa nouvelle capitale. Dans l'Égypte moderne, il s'agit de Tell el-Amarna.

– Il en reste quelque chose ? demanda Natacha, intéressée.

– Presque rien. Tout a été rasé après la mort du pharaon, la ville a été abandonnée. Mais puisque nous avons votre machine…

– Il faut quand même me donner les coordonnées géographiques de votre cité, demanda le père Ernetti.

– Essayez 27° 38′ 00″ Nord, 30° 55′ 00″ Est.

– Une date en particulier ?

– La dernière fois que nous avions vu le pharaon, nous étions en – 1350. Laissons-lui temps de construire sa capitale. Disons… 1346 avant notre ère.

Ce qu'ils virent sur l'écran les laissa sans voix. Une immense agglomération, d'une blancheur immaculée, semblait se livrer lascivement aux feux sacrés du dieu Soleil Aton.

– La cité du Soleil ! lança Luigi sur le ton d'un bateleur présentant à la foule la merveille des merveilles.

La ville était traversée en son centre par une large avenue parallèle au Nil, bordée de temples, de quartiers d'habitation, de rues commerçantes, de palais plantés de jardins.

– Que de monde ! s'étonna Pellegrino. D'où sont venus les habitants ?

– De tout le pays. Certains étaient des adeptes du nouveau dieu, d'autres sont venus par opportunisme, pour se rapprocher du nouveau régime.

– Et dans les autres villes d'Égypte ? demanda Natacha.

– Ailleurs, le peuple ne savait plus quoi penser, d'autant que les prêtres ne se privaient pas de protester contre la brutalité de la réforme religieuse.

Luigi indiqua un point sur l'écran.

– Père Ernetti, pourriez-vous grossir sur ce quartier ?

Pellegrino zooma dans la direction indiquée.

– C'est le quartier des artistes. Et l'atelier que vous voyez est celui de Thoutmôsis, le sculpteur qui a confectionné le buste de la reine exposé au musée de Berlin.

– On connaît même son nom ? s'étonna Pellegrino.

– Oui, le site d'Amarna a été fouillé avec minutie par des générations d'égyptologues. Le sculpteur faisait partie des notables de la Cour.

Pellegrino fit planer le chronoviseur au-dessus du bâtiment. Luigi eut soudain une idée qui semblait beaucoup l'amuser.

– Pourriez-vous regarder par la fenêtre ?

– Je vais essayer.

Pellegrino fit descendre sa « caméra » à la hauteur de l'ouverture. Il n'y avait pas de vitres. On voyait une silhouette assise qui semblait poser pour le sculpteur. Hélas, contrairement à ce qu'espérait Luigi, ce n'était pas Néfertiti avec sa coiffe bleue, mais un notable âgé et ventripotent.

– On ne gagne pas à tous les coups, dit Pellegrino.

Il fit reprendre de l'altitude à son chronoviseur, afin d'explorer le reste de la cité.

– À cette date, précisa Luigi, la ville d'Akhet-Aton comptait cinquante mille habitants, ce qui était beaucoup pour une ville égyptienne.

– Où résidait le pharaon ? s'enquit Pellegrino.

– À l'extrémité nord du site, que les archéologues appellent le « palais fluvial nord ».

La résidence privée du souverain était un véritable paradis aux nombreuses essences exotiques, où des animaux s'ébattaient en toute liberté.

– L'adoration du Soleil allait avec le respect de la nature, ajouta Luigi. Comme vous le voyez, les adorateurs d'Aton étaient aussi des écologistes avant l'heure.

– On peut aimer Dieu et la nature en tyrannisant les hommes, lança Pellegrino sur un ton désabusé. Et ces maisons, autour du palais ?

– Ce sont les demeures des privilégiés du régime. Akhenaton et Néfertiti avaient besoin d'alliés, ils se sont montrés très généreux avec les familles les plus influentes.

Une foule nombreuse s'était rassemblée sur la grande avenue qui traversait la ville.

– Que se passe-t-il ? s'étonna Natacha.

– C'est la tournée quotidienne du roi, répondit Luigi. Le pharaon estimait qu'il était le représentant unique d'Aton sur Terre, mais un dieu doit être adoré. C'est pourquoi, chaque matin, il sillonnait la ville du nord au sud. Vous le voyez ?

Sur le petit écran en noir et blanc du chronoviseur, on apercevait le char du pharaon, d'apparence dorée, tiré par deux chevaux blancs. Devant l'équipage du souverain, un esclave libérait des colombes.

– Non, mais quel cinéma ! commenta Natacha.

Le char s'arrêta devant un palais bordant l'avenue. Akhenaton, d'un pas solennel, entra dans le bâtiment.

– Où va-t-il ? La foule semble attendre quelque chose.

– Il s'est arrêté devant le palais de la reine. C'est un rituel quotidien. Chaque jour, le roi va s'unir à son épouse.

– Symboliquement ? demanda Pellegrino.

– Non, pourquoi ?

70

Dom Alberto examinait l'Arche sous toutes ses coutures. Pour le moment, il l'avait posée sur une table dans la grande suite qu'il occupait au sommet d'un hôtel de luxe à Charm-el-Cheikh.

– Magnifique ! murmura-t-il en tournant autour.

Mais le précieux objet avait souffert. Par endroits, la peinture s'était écaillée et le bois avait été rayé. La relique biblique n'était pas faite pour supporter de telles tribulations, il fallait la transporter chez lui, en Italie, et la conserver dans une chambre forte. Mais comment la sortir d'Égypte sans se faire prendre ? Il en parla avec Joaquin.

– Je pourrais l'emporter avec moi en passant par la route du trafic de drogue. Je connais les filières, il suffit de payer le prix.

Carvalho accepta. Entre les mains de Joaquin, il en avait la certitude, l'Arche arriverait en bon état à Rome. Puis il examina le papier couvert de hiéroglyphes qu'Arnaud avait trouvé dans la poche de Gregory Parker.

Et ça, c'est quoi ? se demanda-t-il.

Le papier était noté « synthèse » au stylo à bille. C'était peut-être la raison pour laquelle Gregory s'était rendu plusieurs fois dans un institut au Caire. La partie est si serrée, songea Carvalho, qu'il ne faut négliger aucun détail. Il décida donc de faire traduire le texte par un spécialiste. Il décrocha son téléphone et appela un ami universitaire qui lui proposa de contacter un égyptologue du service des Antiquités égyptiennes.

– Surtout pas ! Je voudrais quelqu'un qui sache tenir sa langue.

– Alors, engage le professeur Tadeusz Marian, c'est un Polonais. Il a toujours besoin d'argent.

Carvalho n'eut aucun mal à obtenir – contre une généreuse rétribution – que le professeur Marian accepte de venir à Charm-el-Cheikh. Il lui envoya un de ses chauffeurs brésiliens.

Une fois arrivé, son invité eut un mal fou à s'extraire de la voiture, le trajet l'avait épuisé. Tadeusz Marian était un homme âgé, d'allure plutôt ronchonne. Il s'aidait d'une canne pour marcher.

– Merci d'avoir accepté ce voyage, professeur, je suis le père Carvalho. Si vous voulez bien me suivre, le texte sur lequel vous aurez à travailler se trouve dans ma suite.

Le professeur lui répondit sans aucun sourire :

– Je vais d'abord faire une sieste, nous nous verrons après.

Il alla à l'accueil où on lui donna la clé de sa chambre.

Dom Alberto le regarda faire, il n'aimait pas l'arrogance de cet homme.

Deux heures plus tard, le professeur frappa à sa porte.

– Ah, professeur, j'espère que vous êtes bien reposé ?

– Ces voyages ne sont plus de mon âge, grommela-t-il.

– N'exagérons rien, Le Caire n'est pas si loin de Charm-el-Cheikh !

Le professeur jeta des coups d'œil autour de lui.

– Votre air conditionné est trop fort. Je ne peux pas travailler dans ce froid.

C'en était trop pour Carvalho.

– Tadeusz, tu es venu pour l'argent ?

Le professeur fut surpris qu'on lui parle avec tant de familiarité.

– Oui, mais...

Carvalho lui montra une enveloppe pleine à craquer de dollars.

– Alors, mets-toi au boulot sans me casser les pieds et tu empoches les dollars. Sinon, tu rentres au Caire à pied !

Le professeur changea illico de comportement.

– Que… quel est le texte que je dois traduire ? demanda-t-il, intimidé par cette brutalité inattendue.

Dom Alberto jeta le document de synthèse sur la table devant lui. Tadeusz Marian l'examina un moment.

– C'est un texte qui date de la dix-huitième dynastie, n'est-ce pas ?

Carvalho n'en savait fichtre rien. Mais il se disait que si Gregory Parker avait fait plusieurs voyages au Caire pour récupérer cet écrit, c'est qu'il était important.

– À vous de me le dire.

– Je vois.

Tadeusz Marian fronça les sourcils.

– Ce que je lis est… inhabituel. Puis-je avoir un crayon et du papier, s'il vous plaît ?

Dom Alberto les lui apporta.

Le vieux professeur commença à reconstituer le texte, mot après mot. Puis il s'interrompit et regarda Carvalho, incrédule.

– Cet écrit, c'est une blague ?

– Pourquoi dites-vous ça ? grogna Carvalho.

– Parce que ça n'a pas de sens ! s'indigna Tadeusz Marian.

– Traduisez-moi le texte en entier.

– Donnez-moi mon argent avant, rétorqua l'autre, méfiant.

Carvalho lui tendit l'enveloppe.

– Alors ?

– C'est une lettre. Ou plutôt une confession, supposée écrite par le pharaon Akhenaton lui-même.

– Lisez !

Quelques minutes plus tard, immobile, Carvalho écouta le professeur Marian répéter :

– Ce texte, c'est une farce, n'est-ce pas ?

Cet écrit était explosif. Si Parker est allé en Égypte, songea-t-il, ce ne pouvait être que pour trouver l'original. Mais oui, bien sûr, c'était un nouveau stratagème, comme celui des photos truquées, pour contrecarrer ses plans. Il regarda sa montre. À cette heure, Arnaud avait certainement balancé Parker par-dessus bord.

Cette fois, se reprocha-t-il, j'ai réagi trop vite, j'aurais dû le faire parler sous la torture avant de l'exécuter. Il ne me reste plus qu'une ressource : interroger l'égyptologue qu'il a consulté au Caire.

– Je vous ai posé une question, mon père, insista Tadeusz, redevenu désagréable.

– Joaquin ! Ramène cet abruti à l'arrêt du car, je l'ai assez vu.

71

Tout au long de la journée, Luigi Battista fit découvrir à Natacha et Pellegrino d'autres aspects de la vie quotidienne des Égyptiens dans l'orgueilleuse capitale d'Akhenaton. Ils virent des bateaux débarquer de lourdes charges dans le port, parfois même des épices qui arrivaient du lointain pays de Pount[1] ; ils virent le roi rendre la justice, assis sur son trône dans une des cours de son palais inondée par la lumière sacrée du soleil. Ils le virent aussi, en compagnie de la reine et de leurs enfants, déguster des quartiers de poulet rôti ou procéder à leur toilette et à leur habillement[2].

Le moment le plus solennel fut celui où les souverains, suivis par leur progéniture, firent leur entrée dans le grand temple d'Aton, dressé au centre de la ville.

– C'était le plus vaste lieu de culte construit en Égypte, précisa Luigi.

Comme le temple d'Aton à Karnak, plusieurs cours à ciel ouvert se succédaient, séparées par des pylônes. La procession s'arrêta enfin dans une enceinte où étaient érigées quatre immenses statues du pharaon et de sa reine.

1. Sans doute la Somalie, où les Égyptiens allaient acheter leurs épices.

2. Toutes ces scènes de la vie quotidienne sont visibles sur un mur du musée actuel de Louxor.

– On les voit vraiment partout ! dit Natacha.

– Partout, approuva Luigi. Le culte de la personnalité était une composante indissociable de la nouvelle religion d'Aton. À côté d'Akhenaton et Néfertiti, Staline et Mao étaient des amateurs !

Les deux souverains offrirent leurs sacrifices à Aton, deux colombes promptement égorgées. Puis le pharaon écarta solennellement les bras, imité par Néfertiti.

– Que font-ils ?

– Ils adressent leur salut au dieu Soleil.

Pellegrino se mit à lire les paroles sur les lèvres. Luigi ferma les yeux et traduisit presque instantanément :

« Tu te lèves beau dans l'horizon du ciel,
Soleil vivant, qui vis depuis l'origine.
Tu es beau, grand, brillant.
Tes rayons embrassent les pays, jusqu'aux confins de ta création.
Toi qui es Rê, tu les soumets tout entiers. »

Natacha et Pellegrino se regardèrent. C'était le même texte qu'ils avaient trouvé gravé sur les tablettes de l'Arche d'alliance. Natacha voulait s'en assurer.

– Ces paroles, Luigi, c'est l'hymne à Aton ?

– Bien vu, répondit Luigi. On dit que c'est le pharaon lui-même qui l'aurait composé. C'était un peu le Notre Père de la nouvelle religion. Savez-vous que l'on retrouve des paroles presque identiques dans le psaume 104 de la Bible ?

– Non, répondit Pellegrino, à moitié étonné après ce que le chronoviseur avait découvert à Jérusalem.

– Les ressemblances sont très troublantes, ajouta Luigi. Comme si le psalmiste hébreu s'était inspiré, je ne sais comment, de la religion d'Aton pour composer sa prière. Je sais que cela peut vous paraître choquant, père Ernetti…

– Oh, vous savez, lâcha Pellegrino, faussement fataliste, plus rien ne m'étonne !

Quand la cérémonie prit fin, le roi et la reine traversèrent un pont couvert qui leur permettait de franchir l'avenue principale. Ils s'arrêtèrent à un balcon. La foule, au-dessous, les acclamait.

– On raconte que chaque jour, commenta Luigi, le couple royal se montrait à cette fenêtre, qu'on appelait la « fenêtre d'apparition ».

– Apparemment, ils sont très aimés par le peuple, remarqua Pellegrino.

– Il faut préciser, ajouta Luigi avec malice, qu'ils terminaient souvent leur apparition en lançant à la foule des poignées de pièces d'or !

Natacha se servit une tasse de thé.

– On se demande vraiment qui est le vrai dieu, Aton ou le pharaon ?

– Les deux. La théocratie d'Akhenaton a débouché sur une vénération absolument délirante de la famille royale.

Un garde suisse frappa à la porte. Un appel urgent de Tel-Aviv pour Natacha.

– C'est sûrement Zvi ! s'exclama Natacha. Je le prends.

Elle sortit de la pièce.

– Qui est ce Zvi ? demanda Luigi à Pellegrino. Son mari ?

– Pas vraiment, plutôt quelqu'un avec qui elle travaille.

La réponse laconique du père Ernetti fit penser à Luigi qu'il touchait là aux aspects secrets de leur mission. Il n'insista pas. Au bout d'un moment, Natacha se montra à l'entrée et fit signe à Pellegrino de la rejoindre. Ils parlèrent à voix basse.

– Je dois rentrer à Tel-Aviv, mon père. Ils ont retrouvé Gregory Parker.

– C'est plutôt une bonne nouvelle, non ?

Natacha était dubitative.

– Il a quelque chose de grave à nous apprendre.

72

Si le pape Jean-Paul II avait un physique de battant, il était au fond de lui un pessimiste. Était-ce une manière de conjurer le destin ? Certainement pas, car le Saint-Père n'était pas superstitieux. La superstition, avait-il l'habitude de dire, est un reste d'idolâtrie. Nous croyons à tort que nous pouvons influencer Dieu, mais Dieu est libre. C'est sa liberté qui nous fait peur, et parfois nous sauve. Non, si Karol Wojtyla s'attendait toujours au pire, c'est parce qu'il avait constaté que le pire, statistiquement, arrivait souvent !

Contrairement à son secrétaire d'État, il ne pensait pas que Dom Alberto Carvalho était définitivement vaincu. Il détenait entre ses mains un secret redoutable. Les stratèges du Vatican avaient tort de croire que l'astuce des photos retouchées suffirait à le faire renoncer. Carvalho trouverait autre chose, mais quoi ?

La réponse à sa question arriva quelques minutes plus tard quand le cardinal Cipriano frappa à la porte. Il semblait ennuyé.

– Saint-Père, un homme vient d'apporter un message personnel pour vous. Je crois qu'il s'agit d'un envoyé de Carvalho.

Jean-Paul II eut un frisson.

– Dois-je prendre l'enveloppe qu'il vous destine ou faut-il le renvoyer ?

– On ne supprime pas les ennuis en leur fermant la porte, répondit le pape. Prenez l'enveloppe.

En attendant le retour de son secrétaire d'État, le pape se mit à trembler, comme lors des crises d'angoisse qui l'avaient tant fait souffrir adolescent. Quelques minutes plus tard, Cipriano lui remit le courrier. Il demanda s'il devait sortir.

– Non, restez, Cipriano. Votre départ non plus ne changera rien à la réalité.

C'était une grande enveloppe, identique aux précédentes envoyées par Carvalho. À l'intérieur, il n'y avait qu'une photo. Mais elle était terriblement explicite.

Carvalho tenait d'une main *La Stampa* de la veille, pour authentifier la date.

Son autre main était posée sur l'Arche d'alliance.

73

Depuis le début de la matinée, le général Swaggart ne décolérait pas. Lui aussi avait appris par son informateur au Vatican que Dom Alberto Carvalho possédait à présent l'Arche sacrée. Le pape, à ce qu'on lui avait dit, était dévasté. Et Yoël qui ne répondait pas !

Depuis plusieurs heures, le général appelait le Holy Temple Institute, mais personne ne décrochait. Ce n'était pas habituel. Jérusalem n'est tout de même pas la brousse africaine, il y a des téléphones !

Il semblait cette fois que la situation lui échappait. Son infirmité lui paraissait d'autant plus insupportable. Comment rester cloué dans un fauteuil roulant quand tout paraissait s'effilocher ? Il allait et venait en poussant à droite et à gauche le moteur électrique, comme si ces minuscules trajets pouvaient calmer sa nervosité.

– Général, lui dit son secrétaire, un appel de Jérusalem.

– Passez-le-moi et disparaissez.

– Enfin ! Depuis des heures, Yoël, votre téléphone sonne dans le vide. Où étiez-vous passé ?

– J'étais dans la région du Sinaï, je ne pouvais pas vous appeler. La situation est grave, général.

– Que se passe-t-il ?

– Nous avons perdu la trace de Gregory Parker.

– Comment ça, « perdu » ? dit Swaggart, furieux.

– Évaporé dans la nature. Nous l'avons cherché partout, même dans une partie du désert.

– Donnez-moi des détails, Yoël. Comment est-ce arrivé ?

– Nous avons mené une surveillance discrète. À son second retour du Caire, Parker a rencontré un paysan dans un kibboutz, près de Beer-Sheva. Nous avons interrogé le paysan qui n'a rien voulu dire. Je pense, moi, qu'il a caché l'Arche chez cet homme pendant ses déplacements en Égypte. Depuis, il a disparu. C'est pourquoi je ne vous appelle que maintenant, général.

Swaggart avait peur de trop bien comprendre. Il devint cassant, comme s'il parlait à un subordonné, non à son associé.

– Je vais vous dire, moi, ce qui est arrivé. Il s'est fait enlever par les hommes de Carvalho, il est sans doute mort à présent. Car le pape a reçu une nouvelle photo de l'évêque, posant à côté de l'Arche d'alliance.

Yoël était sidéré.

– Dans cette affaire, Yoël, vous avez été en dessous de tout !

– Je le reconnais.

Il le reconnaît, pensa le général. Comme si cela pouvait changer quoi que ce soit. À moins que…

– Il nous reste une ressource : l'égyptologue, Gunther Kircher. Si Parker est allé le revoir au Caire, c'est que Kircher a trouvé quelque chose. Peut-être l'autre fragment de tablette que nous cherchons. Il nous le faut, Yoël, nous aurons un argument solide contre Carvalho.

– Je le trouverai.

– Prenez contact avec lui et cuisinez-le. Vous irez avec un de mes hommes.

– Qui, général ?

– Un Texan, un professionnel. Je vous l'envoie par le premier avion.

Yoël n'aimait pas ça. Mais le général avait raison, la situation devenait très dangereuse.

74

La tâche de Zvi Eizer, au Mossad, était de se renseigner et d'agir. Pendant qu'il attendait Natacha à l'aéroport de Tel-Aviv, il résuma la situation à sa manière.

Un : le pape avait tout faux. Compte tenu de la situation, il aurait fallu se débarrasser de Carvalho. Un agent du Mossad s'en serait chargé en douceur, le service était habitué à ce genre de mission. Mais le pape s'y était refusé, il avait même appelé le Premier ministre, Menahem Begin, pour obtenir sa parole de ne rien tenter. Begin s'était incliné, pourtant ce n'était pas son genre. Résultat : la veille, le cardinal Cipriano l'avait appelé, affolé, pour lui apprendre que Carvalho était à présent en possession de l'Arche. Beau résultat !

Deux : une patrouille israélienne avait recueilli Gregory Parker à demi mort dans le désert. Zvi savait par Natacha que l'Anglais était entré en contact avec Carvalho et ses sbires. De toute évidence, leurs relations avaient mal tourné. Parker pourrait-il leur livrer des informations permettant de redresser la situation ? Pour l'instant, le prisonnier refusait de parler.

Trois : l'exploration du passé avec le chronoviseur avait conclu, selon Natacha, à un « échange de Yahvé contre Aton » sous le règne de David qui pouvait être de nature à bouleverser les croyants, juifs comme chrétiens. C'est pourquoi le pape avait ordonné de poursuivre l'enquête en Égypte. Il voulait en savoir plus sur le pharaon Akhenaton et, si possible, prouver que sa révolution théologique n'était qu'un attrape-nigaud.

Zvi leva les yeux au ciel. En plus d'avoir été naïf avec Carvalho, le pape croyait-il au père Noël ?

– Zvi, je suis derrière vous !

– Ah, bonjour, Natacha. Je réfléchissais à toute cette histoire, je ne vous ai même pas entendue arriver.

– Parlez-moi de Parker. Où est-il ?

– Venez, je vous emmène. Nous l'avons transféré à la prison d'Abu Kabir, dans une cellule isolée. Il accepte de coopérer, mais seulement en votre présence. Il pense que vous seule pourrez le comprendre.

Natacha haussa les épaules.

– Jouons le jeu, Zvi, il sait peut-être quelque chose d'utile.

Le chef du Mossad se mit au volant et fonça vers Tel-Aviv.

– Vous avez laissé votre ami Ernetti devant le chronoviseur ?

– Oui, il travaille sur les débuts du règne d'Akhenaton. Pour l'instant, nous n'avons rien appris de décisif. Dites-moi plutôt comment vous avez mis la main sur Parker ?

– Par hasard, dans le désert du Sinaï. C'est une patrouille de Tsahal qui l'a récupéré, en assez mauvais état. Depuis la fermeture du puits de Warren, les militaires avaient son signalement, ils n'ont pas tardé à l'identifier.

– Il n'avait rien sur lui ?

– Juste sa chemise. Ah, j'ai encore une mauvaise nouvelle. Le cardinal Cipriano m'a appelé du Vatican : le pape a reçu une photo de Carvalho posant avec l'Arche d'alliance.

Natacha accusa le coup en laissant échapper un juron qui choqua Zvi Eizer, il avait pourtant le cuir épais. Puis elle ajouta :

– Une jolie manière de commencer la journée, Zvi. Rien d'autre ?

– Non. *Welcome home, dear !*

– On arrive, dit le responsable du Mossad. Donnez-moi vos papiers.

Après quelques formalités au poste de garde, il proposa à Natacha de patienter dans une pièce fermée.

Quand Gregory entra, elle eut du mal à reconnaître le bel Anglais qu'elle avait rencontré au musée. Il devina sa surprise.

– J'ai une barbe de quatre jours, madame. Je n'ai même pas pu prendre une douche !

– Question de sécurité, précisa Zvi.

– Oh, je n'ai aucune intention de me donner la mort, je l'ai frôlée d'assez près dans le désert. Franchement, je n'ai pas aimé ça.

Son éternel sourire de séducteur donnait à Natacha une forte envie de lui administrer une claque. Cet imbécile les avait tous mis dans une situation intenable. Mais elle sentit qu'elle avait une autre carte à jouer.

– Monsieur Parker, vous n'avez pas écouté mes conseils, vous êtes allé fouiller sous la colline des Mosquées et vous avez mis en branle une machine infernale. En êtes-vous conscient ? gronda-t-elle.

Gregory baissa la tête, comme un adolescent.

– Je n'imaginais pas faire une découverte pareille, madame. Qui l'aurait imaginé ? Je voulais juste honorer la mémoire de mon grand-oncle, finir ce qu'il avait commencé.

Elle décida de pousser ses pions sur le même ton.

– Pourquoi avez-vous montré vos photos à Dom Alberto Carvalho ?

– Je savais qu'il me les paierait cher, j'avais besoin d'argent pour monter une expédition. Je le prenais pour un collectionneur de curiosités archéologiques, mais j'ai vite compris qu'il était fou.

– Vous vous trompez, monsieur Parker, Carvalho n'est pas fou.

– Vous le connaissez ? demanda Gregory, étonné.

– Nos routes se sont croisées il y a quelques années. Carvalho est mégalomane, atteint de la folie des grandeurs. Et paranoïaque, certainement. Mais fou, non. Il sait ce qu'il fait et fait ce qu'il dit.

– Ses projets m'ont paru si dangereux, continua Gregory, que j'ai très vite regretté de lui avoir cédé mes clichés.

– Pour les photos, répondit Natacha, les services du pape avaient trouvé une parade. Ce qui complique tout, à présent, c'est que Carvalho possède l'Arche.

Gregory eut un mouvement de surprise. Zvi, qui écoutait sans rien dire, décida d'intervenir :

– Monsieur Parker, comment êtes-vous entré en possession de l'Arche ?

Spontanément, Natacha et Zvi s'étaient partagé les rôles. Lui se montrait dur et cassant, tandis qu'elle se montrait plus compréhensive. Il fallait au moins cela pour troubler cet Anglais arrogant.

– J'ai bien conscience, monsieur, d'avoir involontairement déclenché des catastrophes…

– Répondez à ma question !

– Quand je suis retourné dans le cube pour faire une nouvelle série de photos, je savais que l'armée israélienne bouclerait le souterrain. J'ai donc emporté l'Arche, c'était l'occasion ou jamais.

– Et vous êtes allé la vendre à Carvalho ? s'exclama Zvi, consterné.

– Non, se défendit Gregory. Quand j'ai compris qui était Carvalho, j'ai fait marche arrière. Mes complices n'étaient pas d'accord et m'ont menacé avec une arme. L'un d'eux a donné l'Arche à Carvalho, puis m'a abandonné dans le désert.

– Monsieur Parker, reprit Natacha, vous connaissez assez l'archéologie pour comprendre pourquoi l'Arche est dangereuse…

– À cause de ce qu'elle contient ?

– Pas seulement. L'Arche est en bois. Elle peut donc être datée au carbone 14 et authentifiée. Elle permettra à Carvalho de valider son récit et ses photos.

Gregory soupira profondément en enfouissant son visage entre ses mains. Il sanglotait.

– Quand je vous dis que tout s'est retourné contre moi !

Natacha jeta un coup d'œil à Zvi. Le jeune homme était-il en train de craquer ? Il essuya ses larmes et releva la tête.

– Madame, je… j'ai une solution à vous proposer.

Parker eut un regard appuyé vers Zvi Eizer qui prenait des notes.

– Je voudrais en parler avec vous et seulement vous, en tête à tête.

– Zvi ? interrogea Natacha.

Gregory comprit alors que Natacha et l'homme du Mossad se connaissaient.

– L'avantage à mon âge, c'est qu'on n'a plus d'ego, lâcha Zvi en se levant de son siège. Je m'en fiche, si ça peut nous permettre d'avancer. Mais avant…

Il menotta Parker à un pied de la table, elle-même soudée au sol.

– Pour votre sécurité, Natacha. Et reculez-vous d'un mètre, je vous prie.

75

Un appel téléphonique du cardinal Cipriano apprit au père Ernetti que Carvalho était en possession de l'Arche d'alliance.

– Les ennuis s'accumulent !

– Une bonne raison pour accélérer votre enquête, mon père, car le temps presse.

Pellegrino alla rejoindre Luigi Battista qui était pensif.

– Puis-je vous parler ouvertement, père Ernetti ?

Les états d'âme aussi s'accumulent, se dit le prêtre.

– Je vous écoute, Luigi.

– Je ne suis pas sot, je vois bien que votre but dans ce laboratoire n'est pas seulement l'information historique. À présent, Mme Yadin-Drori est retournée en urgence en Israël et vous-même semblez très inquiet. Que se passe-t-il ? Et quel rôle me faites-vous jouer ?

Pellegrino lui toucha le bras, affectueusement.

– Luigi, j'ai une obligation de secret. Je vous en dirai plus dès que je le pourrai. Pour le moment, nous avons encore besoin de votre aide.

Battista était de plus en plus intrigué, mais il trouvait l'aventure excitante et avait envie d'avancer.

– Que voulez-vous savoir, à présent ?

– Comment s'est terminé le règne d'Akhenaton ?

– À dire vrai, personne n'en sait rien. Les chroniques sont très confuses, les égyptologues s'envoient à la figure les hypothèses les plus invraisemblables. Ce qui est certain, c'est que la période fut chaotique.

– Allons voir. Quelle date me proposez-vous ?

– Essayez l'an 1338 avant notre ère, c'est le moment où la situation se détériore.

Les premières images montrèrent une cité presque vide, balayée par le vent du désert. Des détritus jonchaient les rues. Pellegrino et Luigi découvrirent qu'il s'agissait de traces de destructions.

– Qu'est-il arrivé ici ? On dirait que tout le monde s'est volatilisé.

– Pas tout le monde. Il y a un rassemblement sur la gauche de l'écran, observa Luigi.

Ils étaient une centaine, harangués par un prêtre. Pellegrino prit de la hauteur pour obtenir un plan d'ensemble.

– Les prêtres de l'ancienne religion font de la résistance. Pouvez-vous approcher, mon père, qu'on puisse lire sur leurs lèvres ?

Non sans mal, le père Ernetti répéta les mots en égyptien ancien qu'il avait réussi à capter. Luigi traduisait.

– Il dit que le pharaon a attiré le malheur sur le pays, que les dieux se sont détournés de l'Égypte.

– Pourquoi ce retournement ? s'étonna Pellegrino.

– La nouvelle religion est très mal acceptée par le peuple. Les prêtres ont semé le désordre et des armées ennemies, comme les Hittites, se massent aux frontières.

La foule commença à se disperser. Surgissant de plusieurs côtés en petites brigades, des policiers armés de bâtons délogèrent les manifestants. Ceux qui résistaient étaient soit battus, soit traînés en prison.

– Compte tenu de la situation dans la capitale, ajouta Luigi, imaginez le désordre dans les autres villes, à Thèbes ou à Memphis. Et le pire n'est pas encore arrivé.

– Le pire ? Que voulez-vous dire ?

– La plus terrible des plaies dans le monde antique, la peste !

76

Dans la prison d'Abu Kabir, Natacha était seule à présent avec Gregory.

– Je vous écoute, monsieur Parker.

– Une question, avant cela. Vous travaillez pour le Mossad ?

Natacha se raidit.

– Je suis conservatrice au musée d'Israël. Mais si mon pays fait appel à moi, je ne recule pas. Et votre aventure dans les sous-sols du mont du Temple a fait beaucoup de dégâts, monsieur Parker.

– Mon seul but est de réparer mes erreurs, dit Gregory.

– Alors ne perdons pas de temps, s'énerva Natacha.

– Quand j'ai exploré le souterrain, lors de ma première visite, j'ai eu le sentiment que quelqu'un m'épiait. Il s'est fait connaître peu de temps après, c'était un membre du Holy Temple Institute.

Natacha ferma les yeux en soupirant.

– Oh non, pas eux !

– Vous les connaissez ?

– Tout le monde les connaît. Ils ne sont pas nombreux, mais ils font beaucoup de bruit. Ils veulent construire un Troisième Temple à Jérusalem.

– Ils se sont associés à un groupe d'Américains créationnistes, lui apprit Gregory.

Il raconta son voyage à Dallas, sa rencontre avec le général Swaggart et son expédition au Caire. Il lui parla aussi de la tablette contenant la confession d'Akhenaton.

Natacha était de plus en plus intéressée.

– Gunther Kircher, mon égyptologue, pense avoir élucidé le mystère de cet écrit du pharaon. Il a réussi à le retranscrire en le recoupant avec d'autres textes.

– Où est cette retranscription ?

– Entre les mains de Carvalho, malheureusement. Gunther m'en avait donné une copie qu'ils ont trouvée en me fouillant.

À nouveau cette envie de gifler cet abruti, mais Natacha réussit à conserver son calme.

– Que dit ce texte, monsieur Parker ?

– Quelque chose d'incroyable. Peu avant sa mort, le pharaon a avoué à son grand vizir que le culte du dieu Aton était…

Il chuchota la suite, comme s'il s'agissait d'un secret d'État :

– … un stratagème politique.

– Quoi ?

Natacha n'en croyait pas ses oreilles.

– Il admet avoir utilisé la nouvelle religion pour libérer son pays du pouvoir des prêtres qui étaient devenus un État dans l'État. Le culte d'Aton n'était pas issu d'une révélation divine, comme il l'a fait croire, mais une manœuvre délibérée contre les prêtres. Akhenaton n'était pas un visionnaire, mais un manipulateur.

– J'ai du mal à le croire, objecta Natacha, le pharaon est allé si loin…

– Gunther m'a traduit cet écrit mot à mot, madame. Avec son nouveau dieu et sa nouvelle capitale, le pharaon accaparait tous les pouvoirs, ce qui lui a permis de gouverner en monarque absolu pendant une quinzaine d'années.

– Alors, pourquoi avoir écrit cette confession ?

– Parce qu'il se sentait mourir. Il voyait bien que son initiative avait plongé son pays dans le chaos, mais il n'avait plus la force physique de redresser la situation. Il a donc révélé le stratagème à son grand vizir, qui lui était entièrement dévoué. Il voulait qu'il aide son successeur à ramener le calme en amorçant le retour à l'ancienne religion. Tout est révélé dans cette fameuse tablette.

Le pape voulait un miracle, songea Natacha, en voilà un. Dieu n'y est sans doute pour rien, mais il faut reconnaître que cette nouvelle tombe à pic.

– Où est le premier fragment, celui que vous a confié Yoël Cohen ?

– Je l'ai laissé à Gunther Kircher pour qu'il trouve le morceau complémentaire.

– Il nous faut les deux fragments ! s'enflamma Natacha. Sans cela personne ne nous croira, on dira que nous avons inventé cette pseudo-confession d'Akhenaton. Votre égyptologue sait-il où se trouve le deuxième morceau ?

– Il suppose qu'il est rangé dans les réserves du musée du Caire.

– Alors, il faut faire vite.

Elle frappa à la porte. Le garde l'interrogea du regard.

– Demandez à Zvi Eizer de nous rejoindre.

Une fois Zvi informé, elle lui proposa d'aller au Caire.

– Si nous reconstituons la tablette, nous aurons une arme décisive contre Carvalho. La confession d'Akhenaton prouvera que sa nouvelle religion n'était qu'une manœuvre politique.

– Encore faut-il mettre la main dessus avant Carvalho, objecta Zvi.

– Pour le moment, intervint Gregory, il n'a que la transcription qu'il m'a volée. Il ignore qu'il s'agit de deux fragments de tablette, mais il le saura s'il fait parler Kircher.

– Alors, il faut appeler l'égyptologue et lui dire de se méfier.

– Je m'en occupe, proposa Gregory. Il a confiance en moi, il nous aidera.

Natacha était surprise par ce « nous ». Elle échangea un regard avec Zvi.

– Je crains que votre place ne soit ici, monsieur Parker, et pour un bon bout de temps.

– C'est aussi mon avis, renchérit Zvi.

Gregory, qui ne quittait pas Natacha des yeux, se fit presque implorant.

– Aidez-moi à sortir, madame. J'ai une revanche à prendre sur Carvalho et sur ce salaud d'Arnaud, je vous serai utile. Laissez-moi vous accompagner !

Il avait l'air sincère, l'air de celui prêt à tout pour réparer ses fautes. Comme toujours, Natacha se fia à son intuition et décida de plaider sa cause auprès de Zvi.

– Le père Ernetti est à Rome et j'ai besoin de quelqu'un avec moi. On ne peut pas mettre un autre agent sur l'affaire pour des raisons évidentes de discrétion. Mais c'est vous, Zvi, qui décidez.

L'homme du Mossad scruta Gregory.

– Vous croyez vraiment qu'on peut lui faire confiance ?

– Je le pense, oui.

– Très bien, trancha Zvi. Je vais donner des ordres.

– Dites-moi où je peux téléphoner, ajouta Natacha, il faut que j'informe le père Ernetti de ce que nous avons appris. Puis nous irons au Caire.

77

Un garde suisse vint chercher Pellegrino dans son laboratoire.

– Un appel d'Israël, mon père.

Il alla au poste de garde. C'était Natacha.

– Bonjour, mon père. Luigi est avec vous ?

– Non, il est resté dans le laboratoire.

– Faites-le venir, il y a du nouveau.

Le garde suisse se chargea d'aller le chercher.

– J'ai une information stupéfiante, qui va peut-être nous aider. Nous aurons besoin de ses compétences.

Quand Luigi entra dans la loge, Pellegrino demanda au garde suisse de sortir et posa le combiné sur la table.

– Natacha, je mets le téléphone sur haut-parleur. Luigi est à côté de moi. Nous vous écoutons.

– Luigi, dit Natacha, nous avons décidé de vous informer, parce que la situation a changé. Tout ce que je m'apprête à vous révéler est strictement confidentiel.

– Vous pouvez compter sur moi, dit Luigi, de plus en plus intrigué.

Elle raconta toute l'histoire avec méthode, en la réduisant à ses traits essentiels, jusqu'aux derniers développements.

– Voilà où nous en sommes. Maintenant, il faut agir. Dès demain, je pars pour l'Égypte avec Gregory pour récupérer le premier fragment de la tablette et tenter de trouver le second. Nous devons faire vite, Carvalho aura certainement la même idée que nous.

– Et nous, dit le père Ernetti, comment pouvons-nous vous aider ?

– Je pense que vous devriez utiliser le chronoviseur pour élaborer un plan B. Si Carvalho nous devance, tous nos efforts n'auront servi à rien. Il détruira la tablette et nous n'aurons plus rien à lui opposer.

– Vous avez raison, il nous faut un plan B. Nous explorerons tous les aspects du passé d'Akhenaton pour trouver d'autres preuves de sa manipulation.

– À nous deux, mon père, nous serons plus forts. Et nous finirons par trouver le moyen de confondre Carvalho.

– Comme il y a seize ans, Natacha !

Ils eurent un rire complice. Pour autant, le père Ernetti n'était guère rassuré de la voir partir en Égypte avec Gregory Parker.

– Prenez garde à vous, Natacha, ne faites confiance à personne, surtout pas à ce voyou anglais.

– Je serai armée, mon père, ne craignez rien. Restons en contact.

Elle raccrocha.

Luigi était abasourdi par le récit qu'il venait d'entendre.

– J'ai vraiment du mal à croire à cette histoire, mon père. On peut parfois douter de la santé mentale d'Akhenaton, mais comment imaginer qu'il a inventé ce culte d'Aton comme une bonne astuce ? Et la reine ? Sa ferveur semblait si sincère !

Le père Ernetti s'éloigna de quelques pas. Lui aussi était troublé. Des années de prêtrise et son activité de psychiatre-exorciste lui avaient permis de distinguer au premier coup d'œil la vraie foi des simagrées des affabulateurs. Luigi avait raison, la reine au moins elle, était animée d'une foi authentique. Mais en quel dieu ?

Car une nouvelle question se posait, à présent. Si le vrai dieu ne s'était révélé ni en Terre sainte ni en Égypte, d'où venait-il ?

Luigi le fixait, attendant une décision.

Une chose à la fois, se dit Pellegrino. D'abord parer au plus pressé, trouver un plan B en fouillant dans la vie d'Akhenaton.

– Luigi, reprenons notre enquête. Je veux savoir quand et dans quelles conditions le pharaon est mort.

78

Les nouvelles images captées par le chronoviseur étaient effrayantes : la capitale d'Akhenaton était en feu. Ce n'était pas un incendie accidentel, mais les maisons des pestiférés qu'on brûlait. Dans certains quartiers, les habitants avaient allumé des bûchers où ils jetaient les cadavres des malades. Ailleurs, des pillards vandalisaient les habitations. Il n'y avait plus de police, la cité entière semblait livrée au chaos et au brigandage.

– Regardez, dit Luigi, ils ont ressorti les anciennes idoles.

Toutes n'avaient pas été détruites, contrairement à ce qu'avait exigé la loi du pharaon. Les artisans, les commerçants, le petit peuple des paysans les avaient conservées et cachées en attendant des jours meilleurs. Horus à la tête de faucon, Anubis au museau de chacal, Amon-Rê au long chapeau de plumes, Thot et son bec d'ibis, Bastet à la face de chat, chacun cherchait du secours auprès des dieux d'autrefois, ce bestiaire sacré qui rassurait.

– Ils ne se cachent plus, les jours d'Akhenaton sont comptés.

– Est-il seulement encore vivant ? interrogea Pellegrino.

– Allons au palais royal, proposa Luigi.

Le père Ernetti fit évoluer sa machine jusqu'au balcon du palais.

– Il est là.

Le pharaon semblait à l'agonie. On l'avait allongé sur une couche. Un prêtre nettoyait les bubons blanchâtres qu'il avait aux aisselles et à l'aine, un autre lui faisait respirer des fumigations émanant d'une coupe où brûlaient des végétaux de toutes sortes.

– Comment guérissait-on la peste à cette époque, Luigi ?

– Par la résignation et en implorant les dieux. La médecine ne pouvait combattre une bactérie, elle n'en avait pas les moyens. Certains chanceux avaient une immunité naturelle, les autres succombaient.

Un jeune homme, près d'Akhenaton, avait revêtu la double couronne et le pectoral du pharaon.

– Sauriez-vous identifier ce garçon ? questionna le père Ernetti.

– Je me suis posé la question dès que je l'ai vu. Sur un bas-relief de l'époque, les archéologues ont découvert deux pharaons assis sur le trône. On suppose que lorsqu'il ne fut plus en mesure de gouverner, Akhenaton a pris un co-régent qui s'appelait Smenkharê. C'est sans doute ce tout jeune homme qui est en train de le veiller.

– Un favori ?

– Possible. Ou bien un fils qu'il aurait eu avec une concubine.

– Et Néfertiti, qu'est-elle devenue ?

– C'est un des grands mystères de l'Histoire. Elle a disparu des chroniques, comme si elle s'était évaporée.

– Morte de la peste ?

– Nous n'en savons rien. Depuis des lustres, les égyptologues se crêpent le chignon sur cette étrange disparition. Ce serait merveilleux si votre machine nous apportait enfin la réponse. Puis-je vous faire une proposition ?

– Allez-y.

– Avancez dans le temps d'une quinzaine de jours. Dans l'état où il est, Akhenaton ne restera pas vivant bien longtemps. Les funérailles sont des moments où toute la famille se retrouve.

En s'appuyant sur la documentation qu'il avait rapportée de son musée, le *dottore* Battista aida le père Ernetti à viser le jour exact de la mort d'Akhenaton. Il savait l'année et le mois, ils sondèrent le passé en tâtonnant pour trouver le bon jour. Et ils firent mouche.

Une nouvelle image apparut, sur l'écran du chronoviseur, de son cadavre face à la ville en feu. Le pharaon, allongé sur une couche, était entouré de prêtres.

– Le corps du pharaon a été transporté sur son balcon, commenta Luigi. C'est à cause de l'odeur et de la contamination. Ces prêtres sont des prêtres-embaumeurs.

– Ils vont donc le momifier, dit le père Ernetti. Combien de temps pour ça ?

– Environ une quarantaine de jours.

– Passons directement aux funérailles, proposa Pellegrino. C'est ce qui nous intéresse.

En procédant à nouveau par une succession de petits sauts, ils arrivèrent un mois et demi plus tard, au moment où le sarcophage du roi était hissé sur un char traîné par des bœufs.

– Je présume qu'ils vont transporter le pharaon vers une nécropole. Savez-vous où elle se trouve ?

Luigi semblait avoir la tête ailleurs.

– Oh, pas très loin, à environ cinq kilomètres de la ville. Mais...

Quelque chose intriguait le conservateur.

– Un problème, *dottore* ?

– Non, rien. Suivons-les.

Le cortège, précédé d'une cohorte de pleureuses, prit solennellement la route de la nécropole royale. Le char portant le sarcophage était suivi par la famille du roi, ses multiples épouses et les notables proches du palais.

– Je vois bien Smenkharê, le nouveau pharaon, mais pas Néfertiti, fit remarquer Pellegrino.

– Quelque chose m'inquiète, marmonna Luigi. Ils ont fait accompagner le cortège funéraire par la moitié de l'armée.

En effet, le détachement qui suivait était impressionnant, faisant se succéder des centaines de cavaliers, d'archers et de soldats d'infanterie.

– Et alors ? Il faut bien protéger la procession, non ?

– Oui, mais elle vide la ville de ses défenses. Mon père, pourriez-vous avancer dans le temps d'une petite heure ?

Pellegrino s'exécuta.

– Ne suivez pas la procession, revenez vers la capitale. J'ai un pressentiment…

Le chronoviseur visualisa la capitale à moitié déserte. Ils observèrent des mouvements de troupes.

– Vous voyez ? s'anima Luigi. Le reste de l'armée encercle le palais du roi.

– Vous pensez à un coup d'État ?

– On le dirait bien.

On vit alors arriver un char de guerre.

– Voici le responsable, celui qui a tout monté. Ou plutôt celle…

Une femme, habillée en soldat, tenait les rênes du char. Pellegrino écarquilla les yeux.

– Néfertiti ?

– Elle-même, confirma Luigi. Elle a profité des obsèques du roi pour faire son grand retour.

Entourée par ses gardes du corps, la reine entra dans le palais.

– Quand la procession reviendra de la nécropole royale, ils auront une surprise : la reine Néfertiti a pris le pouvoir par la force !

79

Yoël Cohen attendait à l'aéroport du Caire.

– Vous le reconnaîtrez au premier coup d'œil, Tyler est nettement plus grand que la moyenne, lui avait dit le général Swaggart.

Il avait raison. En dépit de son nom, Tyler Buchinsky était un pur Texan qui frôlait les deux mètres. Son gabarit et la largeur de ses paumes le rendaient évidemment inquiétant, n'était ce sourire permanent – une vraie publicité pour une marque de dentifrice, se dit Yoël – qu'il affichait en toutes circonstances.

Dès qu'il eut passé la douane, Yoël lui fit signe et résuma la situation. Mais Tyler n'écoutait pas, le général lui avait déjà expliqué ce qu'il devait savoir, il n'aimait pas les complications. Il proposa d'aller sans tarder chercher Gunther Kircher dans son appartement du quartier de Zamalek. Yoël jeta un coup d'œil à sa montre, il était presque vingt-trois heures.

– On ne pourrait pas attendre demain matin ?

Tyler ne répondit pas.

Ils firent chou blanc. Gunther avait passé toute la soirée dans les bars du Caire. Son petit renseignement lui avait rapporté trois mille dollars. Ce n'était pas une fortune, mais c'était bien payé pour une semaine de travail. Il faut dire que l'information en valait la peine. Qu'allait-il faire de cet argent ? Il n'était pas homme à économiser. Et pourquoi donc, grands dieux ? Sa modeste retraite lui suffisait, puisqu'il vivait seul. Depuis longtemps, il rêvait d'aller visiter l'Islande. Les images qu'il avait vues l'avaient enchanté et le changeraient de l'Égypte. Des glaciers, un froid vif, des montagnes de lave, des plages de sable noir, des cascades et du hareng mariné à l'orange au petit déjeuner. Le rêve !

En titubant, il sortit du Pub 107 et se dirigea vers son immeuble, à deux cents mètres de là. La nuit était tombée, le quartier était presque désert. Il ouvrit le portail, monta au premier étage…

Sa porte avait été fracturée. Il l'entrouvrit prudemment.

– Il y a quelqu'un ?

L'homme qui l'attendait derrière faisait au moins deux mètres de haut. Il tenait un revolver à la main. Kircher se traita d'idiot, il avait gardé les trois mille dollars sur lui. Adieu l'Islande !

Pourtant, l'intrus ne lui réclama pas d'argent. Il l'entraîna dehors et le força à monter dans une voiture qui stationnait devant l'immeuble.

– *Go, Yoël !* cria le grand type.

La voiture démarra à grande vitesse.

– Que voulez-vous ? implora Gunther. Je ne suis pas un homme riche, vous savez ?

Pas de réponse. Le colosse ne cessait de regarder derrière lui. Quelque chose l'inquiétait. Tous feux allumés, une autre voiture arriva à leur hauteur. Le conducteur donna un grand coup de volant sur sa droite. Un choc. La voiture de Yoël heurta une benne à ordures et se renversa sur le toit. Gunther était sonné, les deux autres inanimés. Des ombres jaillirent de l'autre voiture et tirèrent Gunther à l'extérieur. C'était un peu trop pour le vieil archéologue qui sombra dans l'inconscience.

*

Gunther Kircher reprit ses esprits sur le fauteuil de son salon. Autour de lui, trois hommes s'agitaient. Quelqu'un frappa à la porte. Bizarrement, il était vêtu comme un ecclésiastique. Et encore plus bizarre, il s'adressa à Kircher d'un ton bienveillant :

– Vous pourriez nous dire merci, *Herr Doktor*. Nous vous avons tiré d'un mauvais pas.

Gunther fouilla dans ses poches, son argent était toujours là.

– Nous n'en voulons pas à votre argent, monsieur Kircher, nous voudrions juste vous poser quelques questions. Où se trouve l'original de l'écrit d'Akhenaton que vous avez trouvé ?

Ils savent tout, se dit Kircher. Finie, mon exclusivité !

Il essaya de faire l'idiot.

– Je ne vois pas de quoi vous parlez.

L'évêque en oublia son sourire.

– Ça suffit !

Aussitôt, un de ses gardes du corps lui asséna une gifle magistrale qui le fit tomber au sol. Gunther porta la main à sa bouche. Il saignait.

– Vous m'avez cassé une dent !

– Tu n'es qu'une brute, Joaquin, dit Carvalho avec un faux air de reproche. Tu lui as vraiment fait mal.

Un autre homme de main attrapa Gunther par sa chemise et le balança dans son fauteuil.

– Alors ? Où se trouve cette tablette ?

– Je n'ai eu accès qu'à des copies, Monseigneur. Je vous le jure.

Son tortionnaire s'avança avec, semble-t-il, l'intention de le malmener une nouvelle fois. Carvalho le retint.

– Attends, Lucca. Combien M. Parker vous a-t-il payé, Gunther ?

– Trois mille dollars.

– Tant d'argent pour un simple renseignement ? Je serai plus généreux que lui, *Herr* Kircher, je vous en propose six mille. C'est une bonne affaire, non ?

Gunther se demandait s'il n'était pas en train de cauchemarder.

– Mais si vous refusez, ajouta Carvalho, je vous laisse entre les mains de mes trois gars. Ils vont salement vous amocher, Gunther.

Kircher se reconnaissait quelques qualités, mais certainement pas celle du courage. Quant à accepter la souffrance en refusant de parler, c'était bon pour les héros de cinéma. Lui n'était le héros de rien du tout.

– Si je vous révèle ce que je sais, vous me ficherez la paix ?

– Oui, et vous aurez vos six mille dollars.

Gunther se dit que la journée ne se terminait pas si mal, finalement.

80

Luigi Battista jubilait.

– Est-ce que vous réalisez, mon père, que nous sommes en train de découvrir un pan ignoré de l'histoire de l'Égypte ancienne ? Aucun des événements auxquels nous avons assisté n'est relaté dans les chroniques de l'époque.

Pellegrino était perdu dans ses pensées.

– Je pensais à ce pauvre jeune homme, Smenkharê, que le pharaon a mis sur le trône. J'imagine qu'il ne va pas régner longtemps ?

– Je vous parie même qu'il a été exécuté dès le retour de la procession, en même temps que les proches d'Akhenaton.

Le père Ernetti semblait perplexe.

– Il y a quelque chose que je ne comprends pas, Luigi. Le pharaon Akhenaton est mort, sa réforme religieuse a été un échec. Pourquoi ce coup de force de Néfertiti ?

– Sans doute pour empêcher tout retour en arrière. Regardez...

La reine s'adressait au peuple. Pour l'occasion, elle avait revêtu sa robe de grande prêtresse d'Aton.

– Elle prêche, elle les exhorte à garder la foi.

– Mais tout cela n'a aucun sens ! s'écria Pellegrino. Elle sait forcément que le dieu qu'exhibait son époux n'était qu'un stratagème politique, un faux dieu. Et pourtant, elle ameute ses partisans au nom de ce dieu fantôme.

– Vous avez raison, on a du mal à comprendre, reconnut Luigi.

– Sauf si…

– Vous avez une autre hypothèse ?

– Je ne sais pas, Luigi, j'ai besoin d'en savoir plus.

*

Dans les jours qui suivirent, la capitale de Néfertiti devint une dictature de fer. Des brigades de policiers sillonnaient la ville, comme au temps d'Akhenaton. Mais ils étaient cette fois armés d'épées et de lances, non de simples bâtons en bois.

– La situation devient tendue, observa Pellegrino. Et dans les autres villes du pays ? Memphis, Thèbes ?

Le chronoviseur leur livra des images de Thèbes. L'ancienne capitale semblait en effervescence, des cohortes de soldats patrouillaient la cité.

– On dirait que les dirigeants préparent le peuple à une guerre civile, remarqua Luigi.

– Pire, une guerre de religion, précisa Pellegrino.

Ici et là, des prêtres aux longues tuniques et aux crânes rasés excitaient la foule en exhibant des effigies des anciens dieux.

– À la mort d'Akhenaton, expliqua Luigi, le grand vizir Aÿ a exécuté son vœu. Il a déménagé à Thèbes et proclamé le retour aux dieux d'autrefois. Il a emmené avec lui Toutânkhaton, le jeune fils d'Akhenaton. Il en est devenu le tuteur.

– Les prêtres ont pris leur revanche…

– Avec leur accord, Aÿ a placé l'enfant sur le trône et l'a rebaptisé Toutânkhamon : l'ancien dieu Amon a remplacé le dieu Aton. Mais le malheureux garçon n'avait que neuf ans.

– C'est donc le régent Aÿ qui occupe le pouvoir ?

– Sur le papier. Car le véritable homme fort du nouveau régime est le général Horemheb, le chef de l'armée. C'est quelqu'un de très dur, un vrai militaire. C'est lui qui va mener la bataille contre l'usurpatrice : son ancienne souveraine, Néfertiti.

81

À dix heures du matin, à peine arrivé au Caire, Gregory téléphona à Gunther Kircher. À ses premiers mots, il comprit qu'il était arrivé quelque chose.

– On va chez lui directement, dit-il à Natacha.

Ils sautèrent dans un taxi qui les conduisit dans le quartier de Zamalek.

– Vous pensez que Carvalho est arrivé avant nous ?

– J'en ai peur, il savait que j'étais en relation avec un égyptologue. Kircher est encore vivant, c'est au moins ça.

La porte de l'appartement de Gunther, dont la serrure avait été fracturée, était restée entrouverte. Un peu saoul, à moitié sonné par les coups, l'Allemand avait dormi à même le sol.

– Gunther, c'est moi, Gregory Parker.

– Ah, Gregory…

Kircher observa Natacha avec méfiance.

– Natacha travaille avec moi, Gunther. Vous pouvez lui faire confiance.

– Tant mieux. Aidez-moi à me relever, s'il vous plaît.

Ils l'installèrent dans un fauteuil du salon. Il se tenait la mâchoire. Il saignait.

– Que s'est-il passé ?

– Je ne sais pas, ils sont venus hier soir. D'abord, un grand bonhomme à l'accent américain, qui a essayé de m'enlever. Mais une voiture nous a percutés. Elle était conduite par trois types qui m'ont ramené ici. Il y avait aussi un prêtre, une ordure.

Le vieil homme eut une crise de larmes.

– Il est choqué, dit Natacha, ils lui ont cassé une dent. Je vais voir ce que je trouve dans la salle de bains.

Il n'y avait pas grand-chose, juste un peu d'aspirine qu'elle lui fit avaler. Elle pansa ses plaies, tandis que Gregory préparait un café fort.

– Que voulaient-ils ?

– Les types ? Que je leur dise où se trouve l'original de la confession d'Akhenaton. Quant à l'Américain, je l'ignore.

– C'est certainement un homme de Swaggart, dit Gregory à Natacha, les autres sont avec Carvalho.

– Donc, ils sont au courant ? demanda Natacha.

– Carvalho veut la tablette pour la détruire, dit Gregory, il a compris qu'elle ficherait son plan par terre.

Il insista pour faire parler Kircher.

– Que leur avez-vous raconté, Gunther ?

Il ne répondit rien. Gregory répéta sa question.

– Avez-vous révélé où se trouve la tablette ? Celle de la confession du pharaon ?

– Je leur ai parlé des réserves du musée du Caire, comme à vous. Mais vous savez, ce n'est qu'une hypothèse.

Natacha était fébrile.

– Et l'autre fragment ?

– Oui, ajouta Gregory, le fragment que je vous ai laissé, Gunther ?

Kircher indiqua une direction dans la pièce.

– Dans mon armoire à souvenirs.

Dans son salon il y avait, en effet, une armoire vitrée où le vieil homme conservait quelques-unes de ses découvertes. Des photos d'expéditions, des lampes à huile, des morceaux de jarres et le fragment de tablette.

Gregory se précipita.

– C'est bien lui. Merci, mon Dieu !

Il prit le fragment et le donna à Natacha.

– Pour mériter votre confiance, madame.

– Je vous l'aurais réclamé, mais j'apprécie que cela vienne de vous.

Elle le rangea soigneusement dans son sac à dos.

– Par chance, dit Gregory, Carvalho ignore que la confession d'Akhenaton se décompose en deux fragments. Il va chercher l'original pour le détruire, il ne trouvera au mieux que l'autre fragment.

– Mais s'il le détruit, répliqua Natacha, le premier ne servira à rien. Nous devons donc le devancer.

– Allons au musée du Caire, décida Gregory, nous aviserons après. Et vous venez avec nous, Gunther !

Le Musée égyptien du Caire se trouvait sur la place Tahrir, à trente minutes en taxi. Pour limiter les démarches, Natacha avait téléphoné au cardinal Cipriano, qui avait prévenu le musée de leur visite. Quand ils se présentèrent, le conservateur vint à leur rencontre.

– Je suis le docteur Hassan. Si vous voulez me suivre, les réserves sont au sous-sol.

Ils descendirent deux étages et arrivèrent dans une enfilade de grandes salles où étaient entreposés une multitude d'objets étiquetés.

– Nous avons en réserve un grand nombre de tablettes de l'époque d'Akhenaton. Que cherchez-vous exactement ?

Kircher montra le texte en hiéroglyphes qu'il avait reconstitué.

– La tablette qui nous intéresse est un écrit du pharaon adressé à son grand vizir. Voici le texte…

En examinant la transcription de Kircher, le docteur Hassan eut un mouvement de surprise.

– Vous aussi ?

– Pourquoi cette question ?

– Ce matin même, des hommes m'ont présenté le même texte. Celui qui m'a parlé était un évêque brésilien.

– Ce texte est à nous, assura Natacha, ces hommes nous l'ont volé.

Le conservateur fit les yeux ronds.

– Mais qu'a-t-elle de si important, cette tablette ?

– Ce serait trop long à vous expliquer. La tablette est cassée en deux. Nous possédons une moitié, nous cherchons l'autre moitié pour reconstituer l'original.

– Je vous ferai la même réponse qu'à l'évêque : nos annales mentionnent l'existence de ce fragment, mais il n'est pas ici. Vous le trouverez dans une ville de Haute-Égypte, à Nag Hammadi.

Gregory nota.

– Nag… ?

Natacha connaissait le nom de cette ville.

– Nag Hammadi. On y a retrouvé en 1945 des papyrus coptes, datant de l'époque du Christ.

– En plus des papyrus, il y avait ce fragment de tablette, ajouta le conservateur. Il se trouvait à l'intérieur d'une boîte scellée. À l'époque, les représentants du musée du Caire ont essayé de l'acheter, mais les responsables du village ont refusé. Si jamais…

– Comment va-t-on à Nag Hammadi ? demanda Gregory.

Le conservateur parut choqué par son attitude fiévreuse. Natacha prit le relais :

– Pardonnez notre hâte, docteur, il y a vraiment urgence.

– Je vois ça. Prenez l'avion pour Louxor, Nag Hammadi est au nord-ouest, à une centaine de kilomètres.

– Un grand merci, docteur, dit Natacha.

– Direction l'aéroport, dit Gregory.

82

Ce matin-là, Rome était presque déserte. Et pour cause : c'était le 1er janvier de l'année 1981. Malgré le froid, le père Ernetti avait senti le besoin de s'aérer. Il avait gagné le cirque du Colisée, presque vide à cette heure matinale. Perdu dans ses pensées, il longeait les vastes allées circulaires. Était-ce cette enquête qui n'en finissait plus ? Le sentiment de s'embourber dans la situation intérieure égyptienne, qui devenait de plus en plus opaque ? Il avait la sensation d'étouffer.

– Père Ernetti !

C'était Luigi Battista à qui il avait donné rendez-vous au niveau des premiers gradins.

– Je ne m'attendais pas à vous voir arriver si tôt, *dottore* !

– J'ai eu la même idée que vous. À cette heure, sans la foule, l'amphithéâtre est une splendeur.

Il remarqua les traits tirés du prêtre.

– Toute cette affaire vous empêche de dormir, n'est-ce pas ?

– Il y a de quoi, non ?

– Avez-vous des nouvelles de Natacha ?

– Elle m'a téléphoné hier soir. Ils étaient du côté de Louxor. Mais Carvalho ne doit pas être très loin, je lui ai rappelé de se méfier.

Luigi secoua la tête, comme s'il venait de s'éveiller.

– Ces deux enquêtes enchevêtrées… J'ai l'impression, père Ernetti, d'évoluer dans un film !

Pellegrino prit Luigi par le bras.

– Venez voir, mon ami…

En s'accoudant sur la grille de protection, il désigna le cirque.

– Il y a dix-neuf siècles, à l'époque de Néron, des chrétiens sont morts ici. On les a livrés aux fauves ou transformés en torches vivantes, mais ils n'ont pas hésité. Ils sont morts en martyrs, pour leur foi.

Battista ne voyait pas où le prêtre voulait en venir.

– Néfertiti et ses partisans, eux aussi, se préparent au martyre. Comme les premiers chrétiens, ils veulent défendre leur foi contre toute l'Égypte réunie.

Son interlocuteur ne comprenait toujours pas. Le prêtre expliqua :

– Ce que je veux dire, c'est qu'on ne va pas au sacrifice pour un attrape-nigaud politique ! La reine et ceux qui la suivent *croient vraiment* en ce dieu, Aton. Son époux s'en est peut-être servi à des fins politiques, mais je pense que l'idée existait avant lui.

– Et qui, selon vous, l'aurait importée en Égypte ?

– Dites-moi d'où venait Néfertiti…

Le conservateur commençait à saisir.

– Pour vous, elle serait à l'origine de tout ?

– Probable, sans cela cette histoire n'aurait aucun sens.

Luigi glissa ses mains dans ses poches pour se réchauffer. Il réfléchissait…

– C'est étrange, vous n'êtes pas le premier à le penser.

– Ah bon ?

– Certains égyptologues ont suggéré que Néfertiti n'était pas égyptienne. Son nom en égyptien ancien signifie *« la belle est venue »*. Ils en ont déduit que la reine venait d'ailleurs.

Fébrile, le père Ernetti avait le sentiment d'approcher de la réponse.

– D'où, Luigi, *d'où* ?

– On a parlé du Mitanni, une région de la Syrie actuelle. Mais peut-être sa famille avait-elle des origines encore plus lointaines, au nord de l'Asie Mineure.

Le père Ernetti prit sa décision en une fraction de seconde.

– Retournons au chronoviseur, vite !

Il pressa le pas le long des coursives, Luigi à ses trousses.

– Mon père, pourquoi est-ce si important ?

Pellegrino s'arrêta et lui fit face.

– Parce que nous cherchons à présent la vraie patrie du dieu unique, voilà pourquoi. Si ce n'est ni la Terre sainte ni l'Égypte, d'où vient-il ?

– Quelle drôle de question ! s'étonna Battista.

– Oui, le pape serait fâché de m'entendre la poser d'une manière si brutale. Mais je pense que nous brûlons, Luigi. D'où vient Néfertiti ? Et d'où vient Dieu ?

UN DIEU INCONNU

83

Dans le clair-obscur de leur laboratoire, Luigi Battista et le père Ernetti scrutaient l'écran du chronoviseur.

– Vous la voyez, là ? Néfertiti !

Le père Ernetti avait plongé encore plus loin dans le passé, à l'époque où Akhenaton n'était qu'un adolescent, l'héritier du pharaon Aménophis III.

L'écran montrait le palais royal. Dans la cour où les dignitaires s'étaient rassemblés, le roi recevait en grande pompe une jeune fille âgée de treize ans à peine.

– Vous la reconnaissez ? insista Luigi.

C'était bien elle. Néfertiti était accompagnée par un homme et une femme qui semblaient être ses parents.

– Le père gouverne le Mitanni, une région qui correspond au nord de l'Irak actuel. La mère se nomme Juni. Ils offrent leur fille au pharaon Aménophis III, en gage d'amitié entre les deux peuples. Elle fera partie de son harem[1].

Le père Ernetti était stupéfait.

– Néfertiti a donc épousé en premier lieu le père d'Akhenaton ?

---

1. Selon cette théorie, le père s'appelait Tushratta, empereur du Mitanni. La jeune Néfertiti, elle, se nommait Tadukhipa.

– Oui. Et quand le fils accédera au trône, il héritera du harem de son père, donc de Néfertiti.

Son attention sembla attirée par un détail de l'image.

– Père Ernetti, approchez-vous de la jeune fille. Regardez son collier, le médaillon qu'elle porte au cou.

Sur un petit carré d'or, une image était gravée : un cercle d'où partaient des rayons terminés par de petites mains.

– Ce symbole sera plus tard celui du dieu Aton. Le cercle représente le soleil qui dispense ses rayons bienfaisants sur la Terre, expliqua Luigi. Et regardez sa mère…

Elle avait le même médaillon.

– C'est la preuve que le culte d'Aton n'est pas né en Égypte, il venait de Mésopotamie. Et peut-être de plus loin encore.

Pellegrino était prodigieusement intéressé.

– Nous avançons, Luigi, nous avançons. Avez-vous d'autres renseignements sur les cultes du Mitanni ?

– Il faut que je retourne au musée, que je consulte un spécialiste.

– Pendant que vous mènerez votre enquête, je vais essayer de comprendre comment cette adolescente a pu être le ferment de la nouvelle religion. On se retrouve demain matin ?

– À demain. Bonne chasse !

Luigi parti, le père Ernetti procéda, comme il le faisait souvent, par petits sauts dans le temps. Le pharaon Aménophis III était un vieil homme. Son harem, composé de nombreuses concubines de tous les âges, n'existait que pour le symbole. Pellegrino n'eut aucun mal à suivre à la trace la jeune Néfertiti. Sa beauté, qui s'accentuait à mesure que les années passaient, l'isolait des autres femmes, qui la jalousaient.

Un jour, il put l'observer, seule, dans les jardins réservés au harem. Droite, les yeux fermés, les bras écartés, face au disque du soleil, elle priait. Un jeune garçon, guère plus âgé qu'elle, vint la trouver. Il était grand, filiforme, presque de la taille d'un homme. Son visage, surtout, était reconnaissable entre tous. C'était le futur Akhenaton. Il s'approcha de Néfertiti et ils parlèrent longtemps.

Un autre saut dans le temps, cette fois dans la cour du palais, montra que l'héritier du trône, apparemment conquis à la nouvelle foi, avait fait des adeptes parmi les fils de nobles et de courtisans. Tous portaient autour du cou le même médaillon gravé à l'effigie du Soleil bienfaisant.

La petite troupe avait osé, ce jour-là, prier le dieu Aton dans l'enceinte même du grand temple de Karnak ! Un sacrilège insupportable pour les prêtres d'Amon-Rê, le dieu dominant de la religion égyptienne. Prévenus par des serviteurs, les prêtres accoururent avec des balais et des bâtons et chassèrent sans ménagement ces jeunes provocateurs qui s'enfuirent en riant. Pellegrino sourit, il reconnaissait l'éternelle bataille des générations, jusque dans l'Égypte ancienne. Les jeunes avaient choisi Aton parce qu'il était plus « moderne », laissant le culte d'Amon-Rê aux vieilles barbes de la génération précédente. En Italie et en France, sur un tout autre plan, on avait connu le même phénomène en mai 1968. Mais cette faveur nouvelle du dieu Aton donna des idées au futur pharaon…

84

Il fallut à peu près deux heures à Natacha et ses compagnons pour arriver en Haute-Égypte. Par chance, la route qui longeait le Nil était en bon état. Nag Hammadi était sur la rive gauche, il suffisait de traverser un pont.

– C'est plus grand qu'un village, constata Gregory en arrivant.

La cité, qui comptait quarante mille habitants, tirait sa prospérité de l'industrie de la canne à sucre. Habitée en grande majorité par des coptes, elle eut son heure de gloire en 1945 quand des terrassiers découvrirent la jarre qui contenait les célèbres manuscrits de Nag Hammadi.

– Même en archéologie, commenta Kircher, il y a des modes. La découverte de la jarre de Nag Hammadi était très importante, mais fut éclipsée deux ans plus tard par celle des manuscrits de la mer Morte.

– Qu'y avait-il dans la jarre ? demanda Gregory.

– Treize manuscrits en langue copte, datant du quatrième siècle de notre ère. L'un d'eux, l'Évangile de Thomas, était supposé reproduire les paroles du Christ de manière littérale, sans l'interprétation proposée par les Évangiles. Une interview de Jésus brute de décoffrage, en quelque sorte.

Ils gagnèrent un petit marché. Les paysans les dévisagèrent avec méfiance. Gunther, qui parlait l'égyptien couramment, demanda à rencontrer un responsable, mais les habitants se montrèrent inquiets.

– Il faut les comprendre, expliqua Kircher, les coptes sont souvent persécutés par leurs voisins musulmans. Ils se rattachent au culte chrétien orthodoxe, mais ils prononcent leur messe en arabe. Ils sont à cheval entre deux cultures, ce qui n'est jamais une situation confortable.

– Attendez, Gunther, dit Natacha, je vais acheter quelque chose, ça les mettra en confiance.

Sur un étalage, un marchand vendait des poteries, certaines imitées de la célèbre jarre de 1945. Elle en acheta une avec l'aide de Kircher qui négocia le prix avec le marchand. Au bout d'un moment, celui-ci lui indiqua une direction. Kircher, satisfait, se tourna vers ses amis.

– On nous conseille de nous rendre au monastère de Saint-Pacôme, à huit kilomètres de la ville. C'est là que les papyrus de 1945 ont été trouvés.

Ils retournèrent vers leur voiture. Natacha décrocha le radiotéléphone et eut une courte conversation en hébreu.

– Des agents du Mossad ont repéré Carvalho et ses sbires au Caire, dit Natacha. À mon avis, ils sont dans le coin. Mais Dom Alberto ne parle pas l'arabe, il doit avoir des difficultés à se faire comprendre.

– Il a pu engager un guide.

– Je ne crois pas, ces Brésiliens ne comptent que sur eux. C'est à la fois leur force et leur faiblesse.

Kircher se rapprocha alors de Gregory et lui chuchota à l'oreille :

– Vous avez vu ce type ?

Il désignait un personnage particulièrement grand, qui semblait être intéressé par l'artisanat local.

– Et alors ? C'est un touriste.

– Sa tête me dit quelque chose.

Natacha surprit leur conversation.

– Que se passe-t-il ? demanda-t-elle.

– Gunther voit des espions partout, dit Gregory en riant.

– Fichez-vous de moi ! Je l'ai déjà vu quelque part, insista Gunther.

Il avait raison. Caché derrière ses lunettes de soleil, le Texan Tyler Buchinsky les regardait s'éloigner.

85

– J'ai trouvé quelque chose ! annonça Luigi en arrivant le lendemain au laboratoire.

Il étala sa documentation sur la table.

– C'est une inscription conservée dans les réserves du Musée archéologique de Varna, en Bulgarie. Elle est très peu connue et n'a jamais été exposée. J'ai demandé à un collègue assyriologue de me la traduire. Le texte dit que Juni, la mère de Néfertiti, descendait d'un peuple qui vivait il y a très longtemps, dans la région de la mer Noire. Ce peuple adorait un dieu unique et très puissant, dont le symbole ressemblait aux médaillons que nous avons vus : un soleil dont les rayons sont terminés par de petites mains.

– Quand vous dites « très longtemps », vous pensez à quelle échelle de temps ?

– Plusieurs milliers d'années, à l'époque où sont apparues les premières civilisations. L'inscription parle de sept mille cinq cents ans…

– Que sait-on de ce peuple ?

– Rien, il a brusquement été effacé de la surface de la Terre. Les inscriptions évoquent un cataclysme, un déluge qui aurait noyé les habitants.

– Comme le récit de la Bible ?

– Des milliers d'années avant ! Juni, la mère de Néfertiti, pourrait descendre des survivants, qui se seraient éparpillés dans tout le Moyen-Orient.

Le père Ernetti était perplexe.

– Le dieu unique se serait donc révélé en premier lieu à un peuple qu'il aurait ensuite anéanti par un déluge ? Mais à quoi joue…

Il s'arrêta net. Il allait dire : « À quoi joue Dieu ? » Non, le Seigneur a ses raisons, pensa-t-il, même si elles nous semblent parfois obscures !

– L'inscription dit aussi que l'époux de Juni avait fait détruire ces symboles solaires, qui proliféraient dans son pays comme une épidémie. Mais la mère avait converti sa fille qui en a converti d'autres à la cour égyptienne.

– Je vous le confirme, dit le père Luigi. Le culte d'Aton s'est très vite répandu chez les jeunes privilégiés du régime, c'était une sorte de mode.

Pellegrino alla à sa cafetière et changea le filtre, dans lequel il versa une dose très généreuse de mouture.

– Vous y allez fort avec le café, mon père !

– C'est ce qui m'aide à réfléchir.

Pendant que l'eau commençait à bouillir, un scénario d'ensemble prenait forme.

– Mettez le cap sur - 353, proposa Luigi. C'est l'année de la mort du vieux pharaon Aménophis III…

En tâtonnant dans le temps, ils captèrent des images du convoi funéraire. Il était conduit par le nouveau roi et son épouse.

– À partir de là, expliqua Luigi, tout bascule. En arrivant sur le trône, le fils hérite du harem du père, épouse à son tour Néfertiti… et sa cause. Il change alors son nom et devient Akhenaton : « Celui qui est bénéfique à Aton ».

– Il croyait vraiment en ce dieu ?

– Difficile à dire. Il voyait surtout en Aton une magnifique opportunité pour se débarrasser des prêtres qui dépouillaient le royaume. Il voulait gouverner seul, comme César ou Bonaparte.

L'écran du chronoviseur montra les prêtres d'Amon-Rê chassés de leurs temples, privés de toutes les richesses qu'ils avaient confisquées au détriment du Trésor royal.

– Mais Néfertiti, dit le père Ernetti, a un projet différent. Seul Aton l'intéresse. Elle veut être l'apôtre du nouveau dieu, comme saint Paul fut celui du christianisme.

– C'est le secret de cet étrange couple, continua Luigi, l'alliance contre nature d'un manipulateur et d'une mystique. Lui utilise le dieu Aton pour installer sa domination politique, elle pour diffuser sa foi.

On vit alors le roi et la reine défiler sur un char dans leur nouvelle capitale, puis célébrer le culte d'Aton dans leur immense temple.

– Au bout de quelques années, poursuivit Luigi, rien ne va plus. Akhenaton constate que le peuple égyptien n'accepte pas son nouveau dieu. Soucieux d'éviter une révolte générale, il envisage le retour à l'ancienne religion, comme s'il estimait que la plaisanterie avait assez duré.

– Mais il bute sur un obstacle : son épouse. Néfertiti n'est pas d'accord.

Le chronoviseur montra la reine Néfertiti arrêtée par la police du pharaon et conduite vers une forteresse isolée, à des kilomètres de la capitale.

– Akhenaton, qui connaissait sa puissance de conviction, l'éloigne alors du trône, dit Luigi.

– C'est le moment où il est frappé par la peste. Quand il se sent mourir, le pharaon écrit sa confession et demande à son grand vizir Aÿ de précipiter la contre-réforme religieuse, le retour aux anciens dieux de l'Égypte.

– Mais la peste est plus rapide. Après la mort d'Akhenaton, Néfertiti est libérée par ses partisans et déclenche un coup d'État au nom de la seule divinité qui compte pour elle : le dieu unique Aton.

Le café qui se déversait dans la cafetière du père Ernetti coula comme une récompense.

– Voulez-vous une tasse, Luigi ?

– Volontiers, mon père.

– À présent, j'ai le sentiment que cette histoire embrouillée s'éclaircit un peu.

– D'accord, admit Luigi. Mais nous avons un autre problème…

– Lequel ?

– Si le Dieu unique ne s'est révélé aux hommes ni en Terre sainte ni en Égypte, mais à un peuple inconnu dans la région de la mer Noire, nous sommes face à une nouvelle énigme : qui est ce peuple élu ?

Pellegrino secoua la tête.

– Je n'en ai aucune idée, Luigi.

– Allez-vous en parler au pape ?

– Pas avant d'en avoir fini avec Carvalho. Mais quand toute cette affaire sera terminée, oui, je lui en parlerai.

– Vous avez raison, un problème à la fois.

Le père Ernetti se tourna de nouveau vers son chronoviseur.

– Luigi, je voudrais qu'on suive Néfertiti juste après son coup d'État.

– Pourquoi ?

– Une idée m'a traversé l'esprit, une idée un peu folle.

Luigi éclata de rire.

– Encore ? Mais vous n'arrêtez jamais, mon père !

Pellegrino, pourtant, n'avait pas le cœur à rire.

– Si je vous disais ce qui me trotte dans la tête, Luigi, vous ne me croiriez pas. Vous vous rendrez compte par vous-même…

86

Après avoir quitté Nag Hammadi, le Land Cruiser conduit par Gregory arriva en vue du monastère de Saint-Pacôme, un bâtiment délabré et austère, percé de petites fenêtres.

– Laissez la voiture à bonne distance, dit Kircher, il ne faut pas les effrayer.

– Entendu.

Ils s'engagèrent dans la petite allée qui menait au portail principal. Les lieux semblaient fermés et silencieux.

Kircher tira le cordon d'une clochette, puis frappa plusieurs fois à la porte principale.

– Rien. Ou ils s'enferment, ou il n'y a personne.

Kircher tendit l'oreille.

– Quelqu'un vient. Éloignez-vous, s'il vous plaît, laissez-moi faire.

Parker et Natacha retournèrent à la voiture.

– Tu veux manger quelque chose ? lui demanda-t-elle.

– On se tutoie, à présent ? répondit Gregory, amusé.

– Difficile de se vouvoyer pendant une chasse à l'homme.

– Tu as bien raison.

– Pendant que vous étiez en train de louer la voiture, avec Kircher, j'ai acheté ce que j'ai trouvé à l'aéroport. Des sodas, des chips, des sucreries égyptiennes.

Elle ouvrit une boîte de biscuits. Il en prit quelques-uns.

– Nous avons fait du chemin tous les deux, dit-il. C'était mal parti, au musée.

– Ta proposition était tellement baroque que je me suis braquée tout de suite. Tu ne peux pas savoir combien d'illuminés viennent nous voir. Un de ces fous m'a apporté un jour un os qu'il attribuait à Adam, le premier homme ! Il l'avait trouvé dans son jardin. En plus, ta proposition était dangereuse...

– J'admets que j'ai été maladroit. Avant le musée, tu faisais quoi ? Tu es une « survivante » ?

En Israël, on appelait ainsi la génération de ceux qui, comme Natacha, avaient échappé aux persécutions et grandi dans les Kibboutzim.

– Bien vu. Je suis arrivée d'Ukraine à sept ans, puis j'ai appris à planter des choux et à me battre dans l'armée, comme des milliers d'autres.

– Puis tu es devenue archéologue ?

– En bossant pour y arriver. Et toi ?

– J'ai fait mon chemin à l'université, mais je rêvais aussi d'être archéologue.

– L'ombre du grand-oncle ?

– Tu as compris.

Ils firent quelques pas en silence, comme si un trouble venait de s'installer. Puis il continua à la questionner :

– Comment as-tu atterri au musée d'Israël ?

– Piston. Golda Meir et Yitzhak Rabin m'ont présentée à la direction !

– Sérieusement ?

– J'ai commencé par jouer les petites mains sur les manuscrits de la mer Morte. Le reste, c'est de la chance.

– Tu oublies ta collaboration avec le Mossad, ajouta-t-il malicieux. Et sans doute d'autres choses encore...

– Tu es trop curieux, Gregory.

– C'est que je m'intéresse à toi, Nat. Je peux t'appeler Nat ?

Elle le regarda, intriguée.

– Tu me dragues, là, ou tu cherches à me faire parler ?

– Les deux.

– Eh bien ce sera pour une autre fois, Kircher nous appelle.

À la porte du monastère, un très vieil homme les attendait, un demi-sourire aux lèvres.

– Voici le père Cyrille, le père supérieur du monastère, expliqua Kircher. Entrez, il veut nous raconter une histoire.

Ils pénétrèrent dans une pièce fraîche, au sol entièrement couvert d'épais tapis orientaux. Ils furent invités à s'asseoir. Sans prononcer un mot, le père Cyrille commença à préparer le thé.

– Ici, les habitants vivent encore comme au siècle dernier, commenta Kircher, ils prennent leur temps. Essayez de cacher votre fébrilité.

– Toi surtout, Gregory, chuchota Natacha, tu vas l'effrayer.

– Promis, je me calme.

Quand le thé fut servi, le père supérieur leur parla en arabe égyptien. Il leur demanda la raison de leur visite. Kircher les présenta, lui et ses compagnons, comme des égyptologues. Il montra le fragment en sa possession.

– Nous cherchons le complément de cette tablette, mon père. Nous avons reconstitué la partie manquante.

Il lui montra le texte. Le père supérieur l'examina, puis s'adressa à Kircher en arabe.

– Il dit que d'autres hommes sont venus, il y a quelques heures, pour la même raison.

– Ont-ils acheté l'autre fragment ? demanda Natacha, inquiète.

– Non, traduisit Kircher, parce qu'il n'est plus ici depuis longtemps.

– Cette demi-tablette, c'est l'histoire de l'homme qui a vu l'homme qui a vu l'ours, chuchota Gregory en se penchant vers Natacha.

– Tais-toi et écoute.

– Quand les paysans l'ont trouvé, continua le père supérieur, il était conservé dans une boîte en fer marquée du sceau de Seth, un signe qui porte malheur.

– Comme celle où était conservé le premier fragment, murmura Gregory à Natacha.

– C'est pour cette raison qu'ils n'ont pas voulu le vendre aux représentants du musée du Caire. Le conseil du village s'est réuni et a décidé de rapporter la boîte de fer à son lieu d'origine, dans l'ancienne capitale du pharaon Akhenaton.

– Elle est donc là-bas, murmura Natacha, à Tell el-Amarna.

– Attendez, ce n'est pas fini, dit Kircher. Écoutez son histoire…

87

Quand le père Ernetti et le professeur Battista reprirent le fil de l'histoire égyptienne, ils virent deux grandes armées se faire face dans le désert.

– À droite, commenta Luigi, c'est celle du général Horemheb, qui arrive de Thèbes. Il veut rétablir l'ordre ancien. À gauche, celle de Néfertiti.

– Il semble qu'Horemheb s'attend à une forte résistance, observa le père Ernetti.

– Il connaît Néfertiti, il doit savoir que la reine est déterminée et entourée d'officiers de valeur.

– Une affaire indécise, donc ?

– À ce que je vois, l'équilibre des forces est quand même en faveur d'Horemheb. Il a réuni deux grands corps d'armée, la division d'Amon et la division de Ptah. Chacun est fort de cinq mille hommes, sans compter les régiments de mercenaires et les cohortes d'esclaves pour assurer l'intendance. On ne réunira pas une telle armée avant l'époque de Ramsès II, un demi-siècle plus tard. Donc, oui, Horemheb s'attend à une très forte résistance.

– Si je me souviens bien, il n'y a pas de murs de défense autour d'Akhet-Aton ?

– C'est le plus inquiétant. Les armées vont se rencontrer en rase campagne, à la manière des batailles de Napoléon. Ce qui signifie beaucoup de tués.

– Je présume qu'on ne trouve aucune trace de cette rencontre dans les chroniques des historiens ?

– Aucune, nous sommes en terrain totalement inconnu. Je ne peux même pas vous dire qui sera le vainqueur.

À la tombée du soir, l'armée d'Horemheb campa devant l'imposante capitale de Néfertiti.

– On ne se bat pas la nuit ?

– Jamais dans l'Antiquité. La nuit est faite pour dormir, même pour les soldats.

– Je saute au lendemain, alors.

– Pas un trop grand saut, mon père, je ne veux pas rater le début.

L'enthousiasme quasi juvénile de Luigi commençait à irriter le père Ernetti. Après tout, même si les événements s'étaient déroulés il y a trente-cinq siècles, des milliers de soldats allaient y laisser leur vie.

– Avec tout le respect que je vous dois, Luigi, je vous rappelle que nous ne sommes pas au cinéma.

– Pardon, mon père, mais ce que nous visionnons est tellement extraordinaire, dit Luigi, penaud.

L'aube venait de se lever. Les deux armées se regardaient en silence.

Soudain, des volées de flèches assombrirent le ciel, tant elles étaient nombreuses de part et d'autre. Beaucoup de soldats furent touchés. Puis les chars d'Horemheb s'élancèrent. Chacun était monté par deux hommes. L'un tenait les rênes, tandis que l'autre brandissait sa lance.

– Néfertiti n'a pas de chars ?

– Non, mais elle a une excellente cavalerie. Regardez-les…

Luigi, fasciné, était comme au spectacle.

En frappant avec leurs épées, les cavaliers de Néfertiti, rapides et plus légers, faisaient des ravages.

– Ah ! Elle marque un point, il me semble.

– Attendez qu'Horemheb donne le signal à ses fantassins !

Luigi avait raison. Les fantassins étaient des milliers. Impossible de résister à une telle marée humaine.

– Comment pouvez-vous supporter un tel spectacle ? demanda Pellegrino, écœuré.

– Austerlitz et Waterloo étaient bien pires, mon père. Et que diriez-vous d'Hiroshima ?

– Bon, allez, je saute au lendemain !

Luigi comprit à regret que le père Ernetti ne voulait pas en voir plus.

Le lendemain, des centaines de morts jonchaient le champ de bataille. Il y avait tant de pertes des deux côtés qu'il n'était guère facile de décider qui était le vainqueur. Luigi estima cependant que la force du nombre, chez Horemheb, avait sans doute eu raison de l'armée de la reine Néfertiti.

– Il se passe quelque chose, observa le père Ernetti.

Les soldats de Néfertiti s'étaient écartés pour laisser passer un char de guerre. Il était conduit par la reine elle-même. Elle se dirigea droit vers l'armée adverse.

Pellegrino n'en croyait pas ses yeux.

– Elle ne va quand même pas attaquer l'armée d'Horemheb à elle toute seule ?

– Non, Néfertiti est courageuse, mais pas folle.

Sur son passage, impressionnés, les soldats ennemis s'écartèrent. Elle arrêta son char devant la tente du général Horemheb. Aussitôt, des gardes à cheval lui barrèrent le passage.

Horemheb sortit de sa tente et s'agenouilla devant la reine.

– On se tue gaillardement, mais on a des manières dans votre Égypte ancienne, fit remarquer Pellegrino à Luigi.

– Pouvez-vous zoomer le plus possible sur eux, mon père ? J'ai l'impression que Néfertiti va proposer un accord à Horemheb.

– Je vais essayer de vous rapporter leurs paroles.

– Ce serait merveilleux.

C'était possible car la scène avait lieu en plein jour et le chronoviseur fournissait des images en gros plans des deux chefs.

– Néfertiti... à ce que je comprends... propose une reddition, traduisit Luigi.

– Donc, elle s'avoue vaincue.

Luigi n'avait pas fini.

– Attendez ! Elle accepte de déposer les armes à une condition seulement : qu'Horemheb laisse partir son peuple. Tous les habitants de la ville qui croient en Aton seront libres de se déplacer vers le nord et d'y fonder une colonie en l'honneur du dieu.

Laisse partir mon peuple ! C'était donc cela, songea le père Ernetti. Voilà pourquoi des milliers d'Égyptiens ont émigré en Canaan.

Horemheb donna son accord. Les soldats des deux armées acclamèrent leurs chefs. La guerre était finie, mais Luigi fixait Pellegrino avec malice.

– Je crois que j'ai compris, père Ernetti.

– Qu'avez-vous compris ?

– Tous les ingrédients y sont : une plaie d'Égypte, la peste. Un peuple qui croit en un dieu unique. Un départ en masse vers la terre de Canaan. On dirait le chapitre de la Bible sur l'Exode, sauf qu'il ne s'agit pas des Hébreux, mais des Égyptiens.

– Vous brûlez, Luigi !

88

Dans le monastère de Saint-Pacôme, à la lumière des bougies et autour du thé traditionnel, le père Cyrille commença son histoire. Kircher traduisait.

– En 1945, c'est mon grand-père Moussah qui était le chef du village de Nag Hammadi. Il s'était désigné lui-même pour rapporter la boîte en fer sur la terre d'où elle venait.

– Quelle distance entre Nag Hammadi et Amarna ? demanda Natacha.

– Environ trois cents kilomètres, précisa Kircher.

– Comme il n'y avait pas de route, mon grand-père décida de faire le trajet à dos de chameau. Il prépara deux animaux. Le premier pour lui, l'autre pour l'eau, la nourriture et la boîte de fer...

Un matin, à l'aube, Moussah partit en direction d'Amarna. Il voyagea longtemps, ne s'accordant, la nuit venue, que quelques heures pour dormir. Il mangeait peu et buvait peu pour être certain d'arriver au bout, comme il l'avait juré.

Mais c'était un vieil homme. Son corps, qu'il avait rompu pendant des années aux durs travaux des champs, n'était plus fait pour un aussi long périple. Un soir, quand il parvint en vue d'Amarna, Moussah tomba de son chameau. Il se dit que c'était la fin. Et, résigné, il attendit la mort.

Mais ce qui arriva était inattendu. Le paysage autour de lui s'était transformé. C'était la nuit, mais le ciel n'était pas piqueté d'étoiles, il était rouge sombre. La Lune avait disparu. Où se trouvait-il ?

En Égypte, selon toute vraisemblance, car le Nil coulait à côté. Il s'approcha de la berge. L'eau était d'un noir d'encre. Il ne l'avait jamais vue ainsi.

Un hurlement déchira la nuit.

C'était le cri d'une bête féroce, qu'il avait du mal à identifier. Une ombre, sur l'autre rive, traversa les fourrés. Elle était énorme. Le vieil homme était terrorisé.

Une barque semblait attendre tout près, attachée à un piquet planté dans le sol. Était-ce la barque sacrée qui le conduirait à « Douat », le pays des dieux et des morts ?

Mû par une intuition, il comprit que la barque l'attendait, lui et personne d'autre, car il avait une mission à remplir. Il déchargea la boîte de fer de son chameau et la transporta sur le petit esquif. Il n'y avait pas de rames. Il comprit que, sur cette barque, il suffisait de se laisser porter par le Nil.

Le voyage sur le fleuve dura longtemps. Le silence était presque total, seulement rompu par le bruit du glissement de la barque sur l'eau noire. En dépit des heures qui s'écoulaient, il ne voyait pas poindre l'aube. Était-il plongé dans les ténèbres éternelles ? Il frissonna.

Soudain, un clapotis attira son attention. Une forme nageait à la surface du Nil, comme celle d'une longue anguille. Elle jaillit tout à coup, se dressant de toute sa hauteur. C'était un serpent géant.

– Apophis !

Dans la mythologie égyptienne, c'était le dieu des forces mauvaises et de l'obscurité, l'incarnation du chaos qui cherchait, chaque nuit, à anéantir le fragile édifice de la Création.

Le serpent sembla le fixer, comme s'il allait l'avaler.

– Recule, crachat de Neith[1] ! lui cria mon grand-père.

Le serpent hésita, puis replongea dans le Nil et disparut. Le malheur, cette fois, n'était pas pour lui. Les dieux, pensa-t-il, avaient d'autres plans.

Il vit alors une forme sur la berge, une silhouette d'apparence humaine. La barque, comme si elle savait ce qu'elle faisait, fila droit vers elle. Un homme ? Pas vraiment. Une créature à forme humaine de trois mètres de hauteur, mais dont la tête était celle d'un chacal. C'était Anubis, le gardien du pays des morts. Par gestes, il fit comprendre à Moussah qu'il devait attacher son coffre sur son dos et le suivre. Le vieil homme obéit et tous deux s'enfoncèrent dans la nuit.

Le trio qui entourait le père Cyrille écoutait son récit comme on écoute un conte pour enfants.

– Que se passa-t-il ensuite ? demanda Natacha.

– L'histoire s'arrête là, répondit le père Cyrille.

Gregory, Kircher et Natacha se regardèrent, perplexes.

– Mais… qu'est-il arrivé à votre grand-père ? demanda Gunther.

– Des Bédouins lui ont donné de l'eau et lui ont sauvé la vie. Il a déliré pendant quelques jours, puis a retrouvé ses esprits.

– Et la boîte de fer ? demanda Natacha.

– C'est le plus extraordinaire. Mon grand-père affirme qu'il l'a apportée à Amarna, dans un lieu appelé « la chambre du petit prince ».

– Quel petit prince ? demanda Kircher.

---

1. Neith était une très ancienne déesse égyptienne. Elle avait une fonction protectrice.

– Je n'en sais pas plus. Si vous voulez la retrouver, il faut vous rendre là-bas.

– C'est ce que nous avons de mieux à faire, dit Natacha. Une dernière question, père Cyrille…

Kircher traduisit la question.

– Avez-vous conté l'histoire de votre grand-père à l'évêque qui est venu vous voir ?

– Non. Comme il ne connaissait pas l'arabe, il voulait que je lui raconte toute mon histoire en anglais. Mais je ne parle pas cette langue. Alors, il a haussé les épaules et il s'en est allé, sans même nous saluer.

– Merci, mon père, dit Natacha en s'inclinant.

Kircher, lui, fouilla dans ses poches et donna vingt dollars au père supérieur.

– Pour vos œuvres, père Cyrille.

Quand ils furent dehors, Kircher s'indigna :

– Quel grossier personnage, ce Carvalho !

– D'accord, mais son ignorance de l'arabe nous arrange. À présent, nous en savons plus que lui.

– C'est quand même vague, objecta Gregory.

– Je crois qu'il faut prendre ce récit au sérieux, dit Natacha. Le vieux Moussah a sans doute vécu une EMI, une expérience de mort imminente, comme celles que racontent les gens qui sortent d'un coma. En Occident, les témoins voient des images occidentales : un tunnel, une lumière, des anges, etc. Pour le vieil homme, ce fut une expérience égyptienne, il y a projeté les croyances de ses lointains ancêtres.

– Et la boîte de fer, demanda Gregory, qu'est-elle devenue ?

– J'ai la certitude qu'il l'a rapportée à Amarna, comme il l'a dit, mais dans un état second.

Greg interrogea Kircher.

– Sa « chambre du petit prince » vous dit quelque chose, Gunther ?

– Rien pour l'instant, il faut aller voir sur place.

– Restons vigilants, dit Natacha. Ou bien Carvalho et ses hommes ont laissé tomber, ou bien ils ont choisi une autre solution, plus paresseuse, mais efficace : nous suivre.

89

– Luigi, vous avez fini ?

Le conservateur, qui s'aidait de sa documentation, remplissait une feuille de savants calculs.

– Je pense que j'ai la réponse. D'après ce dont les deux chefs sont convenus, le jour de l'exode est fixé au 6 mars de notre calendrier.

– Bon, j'essaye ça.

Il programma la date sur la machine.

C'était l'aube. On vit des hommes, tenant des sortes de clairons très évasés, monter sur les principaux bâtiments de la ville et souffler dans leurs instruments.

– Ils sonnent vraisemblablement le signal du départ et alertent tous ceux qui ont pris la décision de partir, commenta Luigi.

Peu à peu, venus de toutes les directions de la cité, des groupes s'agrégèrent sur l'avenue royale. C'était un spectacle étonnant. Des milliers d'habitants, traînant des chariots bourrés de linge et de meubles, ou portant de simples baluchons, arrivaient avec ce qu'ils possédaient. Les plus fortunés conduisaient des charrettes traînées par des ânes, les autres, à pied, avaient chargé sur leur dos ce qu'ils pouvaient. Certains emportaient même, sur des chariots à bras, leurs morts momifiés.

– Mais ils sont des milliers !

– La capitale a été décrétée « ville maudite » par le général Horemheb, précisa Luigi. Elle doit être évacuée et purifiée. Les fidèles d'Akhenaton ne sont pas très nombreux, mais ils ont la foi chevillée au corps. Ils préfèrent s'exiler plutôt qu'abjurer leur dieu, Aton.

Sur l'écran du chronoviseur, les lieutenants de Néfertiti rassemblèrent les migrants en plusieurs groupes, derrière des fanions de formes différentes. Chaque division avait élu un responsable qui veillerait à l'approvisionnement en nourriture et en eau. On avait rempli des outres aux puits de la ville, en prévision de la traversée du désert.

– Voyez, dit Pellegrino, certains emportent des semences.

– Les semences, mon père, sont les graines de l'espérance.

On vit enfin passer des ânes portant des sacs emplis de coupes et de vases précieux.

– Ils auront besoin de cet or, là où ils vont. Les plus lucides ne se font pas d'illusions, ils savent qu'ils auront des lendemains difficiles. L'or peut aider.

Pellegrino sauta quelques heures. Au début de l'après-midi, une foule de plusieurs milliers d'hommes et de femmes s'était rassemblée aux portes de la ville. Devant eux s'étendaient les vastes horizons du désert arabique.

– Comment comptent-ils traverser les déserts d'Égypte, puis celui du Sinaï avec tout ce monde ?

– Je n'en sais rien, Luigi. Peut-être attendent-ils un miracle ?

Soudain, un mouvement de foule. Un char arriva, entouré de plusieurs gardes à cheval.

– Regardez, c'est Néfertiti !

Elle était resplendissante. Elle s'arrêta devant son peuple qui l'acclama. Elle était coiffée du fameux mortier reproduit sur son buste et vêtue d'une ample tunique de lin, qui la couvrait jusqu'aux pieds.

– Elle s'est habillée en prêtresse d'Aton, indiqua Luigi.

Néfertiti étendit les bras et s'adressa au soleil. Pellegrino captait sans difficulté ses paroles :

« Tu te lèves beau dans l'horizon du ciel,
Soleil vivant, qui vis depuis l'origine... »

Il reconnut l'hymne à Aton, qu'il connaissait désormais par cœur. La strophe fut reprise par la foule qui priait en direction du soleil. Puis Néfertiti retira sa robe de prêtresse et sa coiffe qu'elle tendit à une servante. Elle était habillée à présent d'une simple tunique blanche serrée à la taille et se coiffa du *Khat* traditionnel.

– Normalement, seuls les hommes portent cette coiffe, remarqua Luigi. Mais Néfertiti, comme vous l'avez vu, ne s'encombre pas de préjugés.

La reine fouetta alors les chevaux de son char qui s'éloignèrent, sans conducteur, dans le désert.

– Elle ira à pied, comme son peuple, commenta Luigi.

– Un beau geste, dit Pellegrino. Quelle femme quand même, elle sait se rendre populaire !

Sa servante tendit à la reine un long bâton de bois. Néfertiti s'en saisit et fit à la foule le signe d'aller de l'avant.

– Et voilà l'exode qui commence, dit le père Ernetti.

Cette fois, il n'avait plus peur des mots[1].

*

1. Dans une tout autre perspective, deux historiens français ont proposé l'hypothèse d'un exode égyptien des partisans d'Akhenaton. Il s'agit de Messod et Roger Sabbah dans *Les Secrets de l'Exode* (Éd. Jean Cyrille Godefroy, 2003).

En l'espace d'une heure, la foule des migrants avait franchi les portes de la cité. Luigi Battista n'en croyait pas ses yeux.

– Sept cents kilomètres ! Ces milliers d'Égyptiens vont braver sept cents kilomètres à pied pour pouvoir adorer leur dieu Aton en toute liberté.

Le père Ernetti le corrigea.

– Ce ne sont pas seulement des Égyptiens, Luigi. Regardez leurs costumes, il y a aussi des Cananéens…

– Des Phéniciens également, observa le conservateur. Je les reconnais à leurs bonnets évasés.

– Et des Habirous, les ancêtres des Hébreux, avec leurs tuniques à rayures. Ils vont marcher ensemble.

– D'accord, mon père, mais ils se rangent tous sous la bannière du dieu Aton.

Le père Ernetti n'était pas du tout de cet avis.

– Pour moi, derrière Aton, il y a ce dieu invisible qui se révéla aux hommes, il y a sept mille cinq cents ans, dans la région de la mer Noire. C'est le souffle de ce dieu inconnu qui les pousse tous en avant !

Le *dottore* vit dans le regard du père Ernetti une lueur de ferveur mystique. Après tout, c'était son droit de voir la main de Dieu partout.

– Admettez que c'est différent de ce que raconte la Bible.

– Les rédacteurs de la Bible étaient des prêtres et des poètes, pas des historiens au sens moderne. Ils se sont inspirés de cet événement comme ils adapteront aussi le mythe du jardin d'Éden et la légende babylonienne du Déluge, en mélangeant le faux et le vrai.

– Et elle ?

Luigi désignait la figure altière de Néfertiti qui précédait la foule en brandissant fièrement son bâton. Il osa sa question :

– Pour vous, Moïse… c'est elle ?

Le père Ernetti ferma les yeux et ne répondit rien. Cette fois, il avait du mal à répondre. Mais Luigi insista :

– C'était cela, mon père, votre « idée un peu folle » ?

– Je… je ne sais pas.

– Allons, lança Battista un brin provocateur, vous avez bien une idée ?

Pellegrino essaya un faux-fuyant.

– Môseh est un nom égyptien, *dottore,* je ne suis pas le premier à le dire[1]. C'était peut-être un des lieutenants de la reine, qui prendra plus tard le commandement de la migration.

Il avait avancé cette hypothèse sans conviction. Mais Luigi n'était pas dupe.

– Ne reculez pas devant l'évidence, père Ernetti. Cela vous dérange tant d'apprendre que Moïse était une femme ?

Les idées s'entrechoquaient dans l'esprit de Pellegrino. Une partie de l'édifice intellectuel qu'il avait hérité de sa tradition judéo-chrétienne était en train de se fissurer.

– Je… il faut continuer à les suivre, voir ce qui va se passer.

– Moi, j'ai fait mon choix, dit Luigi. L'inspiratrice de la figure de Moïse était une femme. Et pas n'importe quelle femme, la plus éblouissante de toutes !

1. Sigmund Freud, dans *Moïse et le monothéisme*, avait insisté sur ce point et conclu à l'origine égyptienne de Moïse. La racine *Môseh* se retrouve chez certains grands prêtres ou pharaons d'Égypte, comme *Thoutmôsis,* par exemple.

90

Avant de prendre la route pour Amarna, Gregory fit le plein d'essence dans une station de Nag Hammadi. Pendant que Gunther sommeillait dans la voiture, Natacha prit le temps d'informer Zvi de leur situation. Puis elle étudia la carte.

– Amarna est à trois cent vingt kilomètres. Il n'y a qu'une route, impossible de se tromper.

Elle parlait dans le vide. Kircher était parti acheter des friandises à la station-service.

– Un vrai gamin, celui-là ! s'amusa-t-elle.

Quelqu'un d'autre, dans le magasin, observait Gunther. Il s'agissait d'Arnaud Deloffre. Il attendit son départ pour aller trouver Dom Alberto et ses Brésiliens qui attendaient, eux, dans deux Jeep stationnées à l'ombre. Dom Alberto fit signe à Arnaud. Il était fou de rage.

– Cet homme dans le Land Cruiser, juste devant nous, n'est-ce pas… Gregory Parker ? Vous ne l'avez pas éliminé, comme je vous l'avais ordonné ?

Arnaud baissa la tête, pris en faute.

– Je l'avais abandonné en plein désert, bredouilla-t-il, confus. Je ne comprends vraiment pas comment il a pu s'en tirer.

– Vous me décevez, Arnaud. Et cette femme ?

– Je ne la connais pas. Une archéologue, sans doute.

Il avait envie de passer à autre chose.
– Que fait-on, Dom Alberto ? On les suit ?
– Soyez patient, laissons-les prendre un peu d'avance.

*

Quand le soleil fut haut dans le ciel, on vit cheminer cet étonnant cortège : Yoël Cohen et Tyler Buchinsky, au volant de leur Jeep, suivaient à quelques kilomètres de distance les deux Jeep de Carvalho et ses hommes, qui suivaient elles-mêmes, à peu près à la même distance, le Land Cruiser conduit par Gregory Parker.

– Nous n'interviendrons qu'au dernier moment, précisa Carvalho, s'ils trouvent quelque chose.

Yoël, de son côté, avait un plan identique.

– Tyler, tu ne bouges pas jusqu'à mon signal.

– *Yeah,* murmura le Texan qui essaya péniblement d'allonger ses grandes jambes pour dormir.

Deux heures plus tard, la chaleur devint insupportable. Gregory s'arrêta à une station-service, baptisée pompeusement « L'Oasis du désert ». Il acheta un pack de bouteilles d'eau.

– Vous voulez grignoter quelque chose ?

Natacha fit non de la tête.

– Juste un soda frais pour moi, répondit Kircher.

Gregory paya et reprit la route.

– Combien de temps encore pour Amarna ? demanda Natacha.

– Au moins deux heures.

Bientôt, les deux Jeep de Carvalho s'arrêtèrent, elles aussi, à L'Oasis du désert. Les Brésiliens avaient faim.

– Je ne vous paye pas pour manger, aboya Carvalho.

– Patron, nous avons vraiment faim, clamèrent Lucca et Henrique.

– Vous mangerez ce qu'il y a dans les sacs.
– Les bananes ? Elles sont pourries, protesta Lucca.
– Il fallait mieux les choisir. En route, Arnaud !
Et le convoi reprit sa filature.

Vingt minutes plus tard, la Jeep de Yoël Cohen et de Tyler Buchinsky se gara à son tour devant la station-service. Yoël décida de faire un arrêt-déjeuner. Comme il n'y avait qu'une route, il était impossible de perdre la trace de Parker et ses amis. Ils allèrent s'asseoir au fond de la salle. La chaleur était si étouffante qu'il fallut ouvrir deux portes pour obtenir un léger courant d'air. Le menu – si l'on peut dire – ne comportait que des mezzés libanais. Yoël commanda deux grandes assiettes. Elles arrivèrent trop vite pour ne pas sortir droit du réfrigérateur. Yoël, qui n'était pas difficile, goûta au houmous, qu'il trouva mangeable. Mais Tyler observa avec méfiance chaque ravier, les renifla et sortit finalement de sa poche un sachet de *Beef Jerky Jack Links*, de la viande séchée aromatisée du Texas qu'il mangea en la mâchant longuement.

À cet instant, les deux Jeep de Carvalho arrivèrent en sens inverse. Assommé par les protestations de Lucca et Henrique, Carvalho avait fini par céder et par les ramener à L'Oasis du désert. Yoël manqua de s'étrangler avec son houmous, il avait devant lui Dom Alberto Carvalho en personne ! Tandis qu'un des Brésiliens passait une commande en s'efforçant de se faire comprendre du patron malgré son accent, Carvalho alla faire un tour aux toilettes. Au passage, il salua Yoël et son ami d'un grand sourire.
– *Tourists ?* demanda-t-il.
– *Yes, Amarna... very interesting*, répondit Yoël.

La petite bande commanda à son tour des mezzés. Comme le patron avait observé que Tyler n'avait pas touché à son assiette, il s'en saisit et la servit directement à Carvalho.

Yoël fit signe à Tyler de se lever. Il demanda l'addition.

– J'espère que nous ne vous faisons pas fuir, messieurs, dit Arnaud d'un air rigolard.

– Pensez-vous, baragouina Yoël, nous devons être à Louxor avant la tombée de la nuit.

– Alors, bonne route !

Ils sortirent du restaurant et regagnèrent leur Jeep. À l'arrière des deux autres Jeep, garées devant le restaurant, il y avait tout un arsenal, même pas dissimulé. Ces types se croyaient réellement en terrain conquis.

– Des gens dangereux, dit Yoël à Tyler.

Le Texan haussa les épaules.

91

Quand ils reprirent leur exploration du passé, Luigi et Pellegrino constatèrent que le périple du peuple d'Aton vers la terre de Canaan était devenu un long martyre.

– Ils sont partis dans l'exaltation, mais ils n'ont presque rien préparé pour leur traversée du désert. Et ils sont des milliers.

Les « atoniens », comme disait Luigi, avaient emporté avec eux des rations de campagne et des réserves d'eau, comme l'aurait fait une armée. Mais elles se révélèrent vite insuffisantes pour une telle foule. Pour en avoir une idée, Luigi s'était lancé dans de nouveaux calculs.

– En trois jours, ils n'ont fait qu'une cinquantaine de kilomètres. Il leur faut encore gagner le nord de l'Égypte, passer au sud de Memphis et franchir le désert du Sinaï. À ce rythme, il y a fort à parier que peu d'entre eux atteindront au but.

Des migrants abandonnèrent en chemin leurs bagages et leurs charrettes. Les précieuses momies, que certaines familles avaient emportées avec elles, furent laissées sur le sable. Chacun ne gardait à présent que le nécessaire pour survivre.

– Et si nous sautions plusieurs mois dans le temps, proposa le *dottore*, pour arriver directement au bout du voyage ?

Le père Ernetti n'était pas d'accord.

– Je tiens à suivre toutes les péripéties de cette traversée du désert, Luigi. Pour moi, c'est bien plus qu'une migration, c'est un morceau d'histoire sainte.

Luigi n'osa pas le contredire.

– Alors, sautons une dizaine de jours. Selon mes calculs, ils se trouveront dans la région de Suez. Ils auront alors à choisir leur chemin : la route du Nord qui longe la mer ou celle du Sud qui passe par le désert. La première est plus courte, mais elle est jalonnée de forteresses égyptiennes. La seconde est plus sûre, mais beaucoup plus longue.

– Néfertiti prendra la plus courte, elle a conclu un accord avec Horemheb.

– Oui. En principe…

Grâce au chronoviseur, Luigi et Pellegrino suivirent la marche des atoniens jusqu'à l'extrémité nord-est du delta du Nil. De là, ils continuèrent vers le nord en longeant le littoral. Mais les effectifs avaient fondu d'un bon tiers. Nombre de partisans de Néfertiti, découragés, avaient déserté. La reine et ses officiers cheminaient en tête. La garde royale n'hésitait pas à tirer l'épée et à bousculer ceux qui ralentissaient les autres.

– L'enthousiasme des débuts ne suffit plus, observa Pellegrino. Cette fois, ils font intervenir leur police.

Une nuit, il y eut une tragédie. Une partie des chariots qui transportaient leurs vivres fut détruite par un incendie.

– Un accident ? demanda Pellegrino.

– Un sabotage, plutôt, dit Luigi, pour obliger la reine à rebrousser chemin.

Le bilan fut vite fait. Il ne leur restait presque rien pour se nourrir.

Et pourtant, se dit Pellegrino, je sais, moi, qu'ils sont arrivés à Jérusalem. Mais comment ont-ils fait ?

– Je pense, suggéra Luigi, qu'ils vont tenter quelque chose.

Le chronoviseur montrait, en effet, Néfertiti dressant des plans avec ses officiers.

– Sautez au lendemain, mon père, vous voulez bien ?

À l'aube la reine, à cheval, s'était coiffée d'un casque de guerre et tenait une épée à la main. Derrière elle, on voyait ce qui restait de son armée : à peine une vingtaine de chars de guerre. L'infanterie se résumait à une centaine d'hommes armés.

– Mais que font-ils ? Vous avez une idée, Luigi ?

– Je pense qu'ils se préparent à attaquer un fort égyptien. Je le connais, j'ai visité ses vestiges lors d'un voyage d'étude, il y a dix ans. Le site s'appelle aujourd'hui Tell Héboua. Il y avait des silos et des greniers. Ils vont faire main basse sur le ravitaillement.

C'est bien ce qui arriva. La bataille fut violente et brève. Inférieurs en nombre, les soldats de la forteresse ne tardèrent pas à se rendre, leurs réserves de vivres furent pillées par les atoniens affamés. Les officiers de Néfertiti organisèrent le mieux possible le transport de la viande séchée, de l'eau et des céréales.

– Ils ont reconstitué leur ravitaillement, dit Pellegrino.

– Oui, mais Horemheb sera furieux.

Quatre jours plus tard, en effet, un détachement de l'armée égyptienne se dirigea droit vers le peuple d'Aton.

– Ils n'ont aucune chance, dit Luigi. Ils n'ont qu'une ressource, fuir.

– Mais où ? Ils sont acculés à la mer.

– Ce n'est pas la mer, père Ernetti, c'est le lac Serbonis[1].

– Qu'est-ce que ça change ?

Luigi réfléchit.

– Je me demande…

1. Aujourd'hui lac Bardawil.

Il feuilletait sa documentation.

– Ou je me trompe, ou cette femme, Néfertiti, est un vrai génie militaire. Regardez…

La reine et ses officiers avaient entraîné le peuple d'Aton sur le cordon littoral qui fermait le lac Serbonis. Face à eux, l'armée envoyée par Horemheb se préparait à charger. Les soldats sur les chars pointèrent leurs lances en avant.

– Il y a au moins une centaine de chars, observa Pellegrino. Ils sont perdus !

– Attendez la suite, mon père…

Sur un signal de leur chef, les chars d'Horemheb chargèrent. En s'élançant, les chevaux soulevaient de grands nuages de poussière.

Puis ce fut le chaos. Un char, puis deux se renversèrent. Les autres butèrent contre cette barrière soudaine. On entendit des cris de terreur.

– C'est bien ce que je pensais, triompha Luigi. Toute cette zone est une immense tourbière. Néfertiti les a attirés dans des sables mouvants. C'est l'armée d'Horemheb qui est perdue !

De nombreux chars égyptiens furent engloutis. Quelques soldats, à force d'efforts, parvinrent à gagner la terre ferme. Cette masse de chars ensevelis dans la vase interdisait au reste de l'armée de poursuivre son attaque. Pendant ce temps, les atoniens prirent la fuite. Sur le bord du lac, devant le soleil couchant, Néfertiti leva encore les bras et invoqua le disque solaire.

– Elle remercie le dieu Aton pour ce miracle, dit Luigi.

– Non, le miracle vient de Dieu, souffla le père Ernetti, du vrai dieu.

– Pour moi, mon père, le vrai miracle, c'est l'audace de cette femme !

*

Ils sautèrent un jour de plus. À leur grand étonnement, ils virent que Néfertiti et son peuple marchaient vers le sud, ils avaient donc rebroussé chemin.

– Ils ont peut-être renoncé, dit Luigi.

Le père Ernetti, qui savait la suite, le détrompa.

– Néfertiti sait parfaitement qu'Horemheb va alerter toutes les garnisons qui jalonnent le littoral. Elle a donc choisi de prendre la route la plus longue, celle du désert.

– Dans l'état où ils sont ? s'étonna Luigi. Comment est-ce possible ?

92

– Amarna, nous y sommes ! s'écria Kircher.

Il leur avait fallu plus de quatre heures de route pour arriver à Tell el-Amarna, l'ancienne capitale du pharaon Akhenaton. Natacha descendit du Land Cruiser et considéra le paysage.

– On dirait la planète Mars !

Une étendue de pierres s'étirait jusqu'à l'horizon. La ville était située en plein désert, dans un vaste cirque montagneux, bordé à l'est par les premiers contreforts de la chaîne arabique. C'était un immense espace vide. Aucune maison, aucune construction, juste quelques colonnes émergeant du sol.

– Une ville fantôme en plein désert.

– Oui, c'est un cas unique dans l'Histoire, commenta Kircher, une capitale évacuée en quelques jours, il y a près de trente-cinq siècles.

Il avançait en sautillant. Le vieil homme semblait étonnamment agile quand il se retrouvait dans son bain professionnel.

– Pour le moment, constata Natacha en se servant de ses jumelles, pas de trace de Carvalho.

– Restons quand même sur nos gardes.

– C'est une manne pour les égyptologues ! s'exclama Kircher. Regardez, on distingue parfaitement les fondations tracées sur le sol, comme sur un dessin d'architecte.

– C'est l'avantage du désert, confirma Natacha, il conserve tout.

– Gunther, voyez-vous une « chambre du petit prince » par ici ? demanda Gregory.

– Nous ne trouverons rien à cet endroit, dit Kircher, car il n'y a rien. Le plus intelligent serait de nous rendre à la nécropole.

– Pour y trouver quoi ? demanda Natacha.

– La première sépulture royale d'Akhenaton. Le petit prince, c'est le fils du roi, non ?

Quelques minutes plus tard, ils arrivèrent au pied d'une falaise.

– Sur la gauche, expliqua Kircher, vous avez les sépultures des notables. À droite, c'est la nécropole royale. On y va ?

– On y va, répondit Gregory.

Ils grimpèrent jusqu'à l'entrée de la grotte. Deux escaliers avaient été creusés sur une distance d'une trentaine de mètres. Kircher entama la descente dans le tombeau.

– Attention à vos pieds !

Ils avancèrent en s'éclairant avec leurs torches électriques.

– Nous y sommes.

Une antichambre débouchait sur la chambre funéraire royale.

– Vide, déplora Gregory.

La momie ainsi que le mobilier avaient été déménagés dans l'urgence après l'évacuation de la cité d'Akhenaton. Soucieux de ne rien négliger, le trio examina tous les recoins de la salle sans trouver le moindre indice se rapportant à un petit prince.

– Je vais voir les autres chambres, proposa Kircher.

Gregory se mit à transpirer.

– Je crois que je manque d'air.

Natacha posa les mains sur ses épaules.

– Regarde-moi, lui dit-elle. Tu es très pâle. Depuis quand n'as-tu pas fait un vrai repas ?

– Depuis votre satanée prison d'Abu Kabir.

Elle sortit un mouchoir de sa poche et lui épongea le front. Il se pencha vers elle et lui vola un baiser. Elle le regarda, amusée.

– C'est l'absence d'air qui te tourne la tête ?

– Sûrement ça.

– Hé, venez voir !

Kircher avait trouvé quelque chose.

93

Le peuple d'Aton cheminait dans les contrées désolées du Sinaï depuis deux longues semaines déjà. Des hommes et des femmes à bout de forces s'effondraient subitement, morts de soif ou d'épuisement. On ne prenait même plus la peine de les pleurer ni de les enterrer, comme aux premiers jours. On les abandonnait aux charognards qui les dévoraient.

La nuit, ils se rassemblaient en petits groupes autour de grands feux. Car il fallait compter avec les nuits glaciales du désert, alors qu'ils n'avaient emporté que de simples tuniques. De nombreux enfants périrent du froid.

Le matin, dès l'aube, Néfertiti et les prêtres d'Aton guettaient le lever du soleil. Dès qu'il pointait au bout de l'horizon, la reine, dans son habit de prêtresse, levait les bras et célébrait la gloire d'Aton le Bienveillant. Tout le peuple répétait l'hymne et se mettait en marche.

– Ce trajet semble interminable. Combien leur reste-t-il à faire à présent ? demanda Pellegrino.

– Environ quatre cents kilomètres pour atteindre Qadesh Barnéa[1], dans le Néguev.

– C'est inhumain, soupira Pellegrino.

– Vous aviez parlé d'un miracle, non ?

1. Aujourd'hui Nitzaneï Sinaï.

*

Ils suivirent la progression des Égyptiens dans le désert en faisant de nombreux petits sauts dans le temps. Une nuit, ils constatèrent une agitation inhabituelle.

En grossissant le champ du chronoviseur, ils comprirent.

– Je crois… on dirait des voleurs, dit le père Ernetti.

Des policiers de la reine encerclaient un groupe d'hommes qui avaient dérobé de la viande et des gourdes d'eau dans un des chariots qui transportaient les vivres. Ils furent maîtrisés et tout le monde retourna se coucher.

Le lendemain matin, après la prière traditionnelle face au soleil levant, Néfertiti décida de faire un exemple devant le peuple assemblé. Les onze prisonniers de la veille étaient agenouillés, les poings liés dans le dos. Onze soldats se tenaient derrière eux. Sur un geste de la reine, les voleurs furent décapités. Puis la foule qui avait assisté à l'exécution se dispersa.

La marche reprit dans le désert, mais tous – et d'abord les plus jeunes – donnaient de vrais signes d'épuisement. Soudain, un homme agita les bras, il cria quelque chose.

– Approchez-vous de lui, père Ernetti.

Pellegrino capta un mot, toujours le même.

– Il dit qu'il a vu de l'eau.

– Dans ce coin perdu ? J'ai du mal à y croire.

– Et si c'était le miracle ?

Un groupe se dirigea dans la direction indiquée. La garde de la reine s'apprêta à lui barrer le chemin. Mais Néfertiti ordonna de les laisser passer.

– C'est probablement un mirage, conclut Pellegrino sur un ton fataliste.

– La reine le sait, mais elle laisse faire, observa Luigi, ce seront autant de bouches en moins à nourrir.

Pellegrino remonta vers le groupe de tête. Néfertiti cheminait à présent avec difficulté. Un de ses gardes rapprochés l'aidait à marcher. En vain. Elle trébucha et s'effondra.

– On dirait qu'elle est à bout de forces, dit Luigi.

– Elle a une volonté de fer, mais c'est quand même un être de chair, reconnut Pellegrino.

Les soldats sacrifièrent un des derniers chars de combat pour confectionner un chariot à bras sur lequel ils installèrent Néfertiti. Elle refusa de se laisser porter, mais ils insistèrent. Et la marche reprit, en plein soleil.

– Dieu ne peut pas l'avoir amenée ici pour la laisser mourir en plein soleil, murmura le père Ernetti. *Je sais*, moi, qu'ils y arriveront.

Luigi le regarda, étonné.

– Ah oui ? Et d'où tirez-vous cette science ?

Pellegrino ne pouvait révéler à Luigi ce qu'ils avaient découvert dans le cube de Salomon. Le pape le lui avait interdit.

– Celui qui la pousse en avant ne l'abandonnera pas !

94

Natacha et Gregory sortirent de la chambre royale pour rejoindre Gunther, un demi-étage au-dessus. Au bas de la descenderie, il avait repéré une enfilade de trois petites chambres funéraires.

– Ces salles sont consacrées à la princesse Mâkhétaton, la fille aînée d'Akhenaton et de Néfertiti. Elle fut la première à mourir de l'épidémie de peste. Regardez ça, dit-il en éclairant avec sa torche une fresque peinte sur le mur. Vous avez ici le roi et la reine. Ils s'inclinent sur le corps de leur fille en pleurant. Et regardez à côté…

On voyait une sage-femme tenant un bébé dans ses bras.

– Voici notre petit prince, annonça fièrement Kircher.

– Vous êtes sûr, Gunther ?

– Oui, à cause du porteur à éventail. C'est un signe qui prouve son statut royal. On ne reste pas égyptologue pendant trente ans en ignorant ce détail. Et regardez, le nom de l'enfant a été gratté. Mais je devine, moi, qui est ce « petit prince ».

– Dites…

– Toutânkhamon. Ou plutôt Toutânkhaton, le dernier-né d'Akhenaton.

– Admettons, dit Gregory. Mais où se trouve la boîte de fer ?

– Je n'ai pas de réponse à tout, s'énerva Kircher. Je vous ai déjà trouvé le petit prince. Pour le reste, il faut chercher !

Ils fouillèrent dans tous les recoins.

– Si la boîte est ici, elle doit se voir, dit Gregory.

Natacha commençait à s'inquiéter.

– À moins que quelqu'un l'ait emportée ?

– Je n'y crois pas, répliqua Kircher, personne ne vient plus dans ces chambres. Et les rares touristes ne vont visiter que celle du roi.

Ils continuèrent à chercher, fébriles, pendant de longues minutes.

– J'ai quelque chose, annonça Natacha.

En tâtant un des murs, elle avait découvert un endroit, large de quelques dizaines de centimètres, où les briques n'étaient plus jointées correctement. Gregory prit un couteau et les descella. Derrière, un petit logement avait été creusé dans la roche.

– La boîte est là !

– Quand Moussah est venu la rapporter, commenta Kircher, il a creusé un trou dans la paroi et l'a refermé avec les briques qu'il avait dégagées.

Dans le trou, il y avait une boîte métallique sur laquelle était gravée l'image d'une silhouette mi-animale, mi-humaine.

– Le signe de Seth. C'est la bonne boîte, se réjouit Kircher.

Ils eurent du mal à l'ouvrir car bien sûr elle était rouillée. Elle contenait une demi-tablette de pierre, gravée en hiéroglyphes et brisée par le milieu.

– Gregory, apporte-moi l'autre fragment, dit Natacha, il est dans mon sac.

Entourée par ses amis, elle accola les deux fragments. Ils s'emboîtaient parfaitement.

– C'est la tablette que nous cherchions, la confession d'Akhenaton au complet !

– Pose-la sur le sol, je vais faire une photo.

Elle prit son appareil et mitrailla avec son flash la tablette reconstituée.

– Il y a là de quoi occuper les égyptologues pendant des années ! s'exclama Kircher avec enthousiasme. Akhenaton en personne avoue là-dedans qu'il a dupé l'Égypte, son épouse et ses partisans avant de se prendre les pieds dans le tapis ! Le texte est parfaitement…

Il n'alla pas plus loin. Son excitation était telle qu'il avait du mal à respirer.

– Son cœur bat très vite, expliqua Natacha à Gregory, il fait une crise de tachycardie. Je vais le remonter à l'air libre. Je te laisse porter la boîte de fer avec ses deux tablettes.

– Entendu, Nat.

Avec précaution, elle aida Kircher à prendre le chemin du retour. La longue montée des marches fut assez pénible. Mais bientôt, ils gagnèrent la sortie.

– Respirez, Gunther.

L'archéologue aspira une goulée d'air.

– Ça va mieux ?

– Oui, mais je me sens très faible.

– Allons vers la voiture, j'ai ce qu'il faut à l'arrière.

Elle l'accompagna tout le long des cinq cents mètres qui les séparaient de leur Land Cruiser.

– Asseyez-vous sur le siège. Je vais vous donner…

Une voix retentit derrière elle :

– Plus un geste !

Arnaud Deloffre les menaçait avec un pistolet-mitrailleur. Derrière lui apparut la silhouette sinistre de Dom Alberto Carvalho.

95

Même les plus fidèles partisans de la reine Néfertiti semblaient lui en vouloir. Ils lui reprochaient un départ précipité d'Égypte et une préparation insuffisante du voyage. Le découragement avait remplacé l'exaltation des premiers jours. Un ancien notable monta sur un chariot et ameuta la foule. Le père Ernetti et Luigi décryptèrent ses paroles et les échanges qui suivirent.

– La reine et son maudit orgueil nous mènent au désastre. Et que trouverons-nous en Canaan ? Des tribus hostiles, des adorateurs de dieux animaux, qui n'auront qu'une idée, nous chasser ou nous tuer.

– Nous maîtrisons l'art de la guerre, objecta quelqu'un.

– Mais nos troupes ont fondu. Comment résisterons-nous aux barbares ?

– Aton veillera sur nous ! cria un exalté.

– As-tu vu où il nous a menés ? Et si Aton était un faux dieu ?

– Blasphème !

– Retournons en Égypte, dit un autre, nous implorerons le pardon du pharaon et nous chanterons ses louanges.

– Nous aurions fait cette traversée pour rien ? Plutôt mourir.

– Rassure-toi, ça va t'arriver bientôt !

La réunion dégénéra en conflit. Néfertiti envoya sa garde personnelle qui ramena le calme. Mais chacun sentait qu'il n'était que provisoire.

– Le mécontentement monte, observa Luigi.

Le lendemain, sans prévenir personne, un nouveau groupe se détacha des autres et prit la direction du sud. Dès qu'elle en fut avertie, la garde personnelle de la reine lui barra la route. Pour punir les dissidents, Néfertiti les priva d'eau pendant un jour entier. Mais le jour suivant, un autre groupe fit sécession. Cette fois, personne ne se mit en travers de leur chemin.

– Ils vont y laisser leur peau, dit Luigi. Tant pis pour eux.

Bientôt, Pellegrino et Luigi comptèrent une dizaine de défections. Néfertiti laissait faire. Elle était descendue de son chariot et avait repris la marche à pied, pour donner l'exemple. Mais elle ne cessait de cracher du sang.

– Je ne crois pas que ce soit seulement de la fatigue, conclut le père Ernetti.

Un nouveau saut dans le temps leur montra le peuple d'Aton en grande partie décimé. Ils en étaient à trente-cinq jours de marche dans le désert.

– Selon mes calculs, ils ne devraient plus être très loin, estima Luigi, mais il leur faut encore franchir le désert le plus brûlant de la péninsule du Sinaï.

Un officier arriva à cheval et demanda à parler à la reine. Le père Ernetti rapporta ses paroles.

– Il dit qu'un éclaireur a découvert une oasis à un jour de marche, dans la région de Qadesh-Barnéa.

La nouvelle se répandit à la vitesse de l'éclair. Beaucoup se mirent à courir dans la direction indiquée.

– Les malheureux, ils mourront avant même d'arriver, déplora Pellegrino.

– Mon père, avancez d'un jour, suivons-les.

Cette fois, ce n'était pas un mirage, mais une véritable petite oasis. Si les sources de Qadesh n'étaient guère généreuses, elles permirent tout de même au peuple de Néfertiti d'étancher sa soif. Les soldats qui encadraient la foule firent ce qu'ils pouvaient pour canaliser la ruée vers les flaques d'eau. Les ordres de la reine étaient clairs : laisser boire les enfants et les vieillards en premier. Un cordon de soldats s'interposa entre la foule et l'eau salvatrice. Les mécontents donnèrent alors de la voix et fustigèrent ceux qui les avaient entraînés dans cette folie.

– Si Néfertiti ne réagit pas, dit Pellegrino, ils vont finir par la tuer.

– Ne vous en faites pas, mon père, la reine l'a compris.

Elle avait en effet réuni autour d'elle ses principaux officiers. L'un d'entre eux semblait exposer un plan d'action.

– Savez-vous qui est cet homme ? demanda Pellegrino.

Le puits de science égyptologique qu'était Luigi Battista avait une réponse à toutes les questions.

– Je pense que c'est le général Pakharou, un des généraux les plus prestigieux d'Akhenaton, passé dans le camp de Néfertiti. Il avait la réputation d'être un excellent militaire, mais c'était aussi un fin psychologue. Je pense qu'ils préparent quelque chose.

– Je vais essayer de capter leurs paroles.

– Ils parlent d'un miracle.

Le lendemain, Néfertiti donna l'ordre de reprendre la marche vers Canaan. Quelques-uns se remirent debout, mais la plupart refusèrent d'obéir.

– Ça se gâte vraiment, observa Pellegrino.

– Sauf si… regardez, mon père !

Deux soldats arrivèrent au camp en courant. Ils semblaient bouleversés, ils parlaient d'un prodige. Un groupe les suivit, avec la reine en tête. Elle s'arrêta devant ce qui ressemblait à un cratère. Au fond du trou, encore brûlantes, il y avait deux tables de pierre. Elles étaient comme tombées du ciel. Sur une de leurs faces, un texte gravé en écriture hiéroglyphique. Néfertiti se fit apporter les tablettes. Elle les considéra en silence, puis se releva, étendit les bras et remercia Aton. Elle s'adressa au peuple.

– Que dit-elle ?

– Que le dieu Aton leur a envoyé un message. Ces deux tablettes portent les premiers mots de l'hymne à Aton.

Néfertiti se saisit d'une des deux tablettes encore chaudes, la leva à bout de bras et la présenta au peuple, qui l'acclama. La « trouvaille » providentielle eut l'effet escompté. Elle redonna des forces aux hésitants et les remit debout pour finir le chemin.

– Il fallait y penser, dit Luigi, admiratif.

La reine demanda à ses servantes de vider sa boîte à bijoux, un coffret en bois d'acacia délicatement ouvragé et marqué à son nom. À l'intérieur, elle fit mettre les deux tablettes de l'hymne à Aton. Des menuisiers fixèrent sur le coffret des anneaux dans lesquels les prêtres glissèrent de longues barres de bois. Puis elle leur donna l'ordre de marcher en tête en portant la parole sacrée d'Aton.

– Mon père, s'exclama Luigi, nous venons d'assister à la naissance de l'Arche d'alliance !

– C'est le miracle qu'ils attendaient, répondit Pellegrino.

– Un miracle ? Une bonne ruse, plutôt !

– Les chemins de Dieu sont innombrables, mon ami.

Luigi lui fit un grand sourire.

– Quand vous avez quelque chose en tête, vous…

– C'est ce qui m'a aidé à survivre, Luigi. Ce dernier sursaut, en tout cas, va leur donner le courage d'arriver à Canaan.

*

Néfertiti, hélas pour elle, n'y entra pas. Sa toux se fit plus intense.

– Ce n'est pas la fatigue, mais la peste, dit Luigi. Voyez ces ganglions enflés sur son cou. Je pense qu'elle traînait la maladie depuis longtemps. Mais elle a trouvé le courage, malgré cela, de traverser le désert avec son peuple.

Avant que son peuple franchisse le fleuve Jourdain, la reine se fit aider pour gagner une hauteur d'où elle pouvait apercevoir la terre de Canaan. Elle fit ses adieux à ses officiers. Elle déclara qu'elle voulait mourir seule, sans témoins, sous le regard d'Aton. Elle transmit ses pouvoirs au général Pakharou, qui mènerait le peuple à cette nouvelle terre. Elle le savait intelligent et sage, elle connaissait aussi ses talents de soldat qui seraient bien nécessaires pour aider les Égyptiens à se faire une place en Canaan.

Le général s'agenouilla devant sa reine et accepta la charge. Il peinait à cacher ses larmes. Puis une servante apporta des vêtements. Néfertiti se revêtit d'une robe de lin et mit sa haute coiffe bleue. Elle se retourna, les salua tous d'un geste ample du bras, avant de disparaître dans la montagne.

– Elle aura quand même réussi, conclut Luigi. Son peuple pourra librement adorer son dieu Aton ailleurs qu'en Égypte.

Le père Ernetti avait une autre idée.

– Pour moi, elle va semer une graine autrement plus précieuse. Les idoles sont périssables, Aton comme les autres. Mais la foi qu'elle répandra sur cette terre sera indestructible.

– Une foi en un dieu inconnu, née il y a soixante-quinze siècles ?

– Pour l'instant, c'est encore notre secret. J'en parlerai au pape en temps et en heure.

96

Gregory grimpa à son tour vers la sortie de la nécropole, la boîte de fer dans les bras. Il était sportif et en pleine santé, mais l'air raréfié lui rendait à lui aussi la tâche plus difficile. Quand il émergea de la tombe, un coup de feu fit exploser la roche derrière lui.

C'était Arnaud qui avait tiré. Lui et Carvalho le regardaient approcher. Devant eux, comme un rempart, ils avaient placé Kircher et Natacha.

– Tu vas descendre très lentement avec ta boîte, Gregory, lui lança Arnaud. Sinon, j'exécute la fille et le vieux.

Gregory ne savait trop quelle attitude adopter.

– Surtout ne bouge pas, Gregory, cria Natacha, ils n'oseront pas !

– Ah oui ? répliqua Arnaud, piqué au vif.

Sans hésiter, il tira une balle dans la tête du pauvre Kircher qui s'effondra. Carvalho lui-même fut effrayé par cette brutalité.

– Arnaud, nous n'avions pas…

– Il faut savoir ce que vous voulez, Dom Alberto, tempêta Arnaud qui semblait hors de lui.

Il saisit Natacha par le col de sa chemise.

– La prochaine balle sera pour elle !

Gregory comprit qu'il n'y avait plus rien à faire. Il descendit de la paroi rocheuse avec la boîte en fer dans les bras et s'avança sur le terre-plein.

Nouveau coup de feu. Cette fois, il venait de derrière les rochers. Yoël Cohen avait tiré. À ses côtés, un homme de grande taille. Il menaçait Carvalho et Arnaud avec un fusil d'assaut.

– Ne touchez surtout pas à cette boîte, Dom Alberto, cria Yoël Cohen.

Tout le monde regarda les nouveaux venus avec stupeur.

– Gregory, reprit Yoël, donnez-nous ce que vous avez trouvé.

Gregory amorça un mouvement dans leur direction, mais Arnaud s'interposa.

– Je te déconseille de faire un seul pas !

Pour donner plus de force à son avertissement, il tira lui aussi en l'air. Un silence tendu suivit. Puis on entendit le bruit d'un moteur. Une seconde Jeep, conduite par Lucca et Henrique, arriva en trombe. Lucca était armé.

– Ne tire pas, Lucca, lui ordonna Carvalho, mais tiens-les en joue.

Arnaud, lui, s'adressa à Tyler et Yoël :

– Qui que vous soyez, baissez vos armes. Vous tuerez peut-être l'un d'entre nous, mais vous n'en sortirez pas vivants.

La situation aurait semblé comique si elle n'avait été si dramatique : Tyler menaçait Arnaud qui lui-même menaçait Gregory, tandis que Lucca menaçait Tyler. L'enjeu était la boîte de fer contenant la confession d'Akhenaton. Une épine dans le pied de Carvalho, une porte de sortie pour les envoyés du pape, un obstacle levé pour les partisans du Troisième Temple. Dom Alberto s'adressa alors à Arnaud :

– Ton couteau !

Le mercenaire lui tendit un poignard de combat. Carvalho en posa le tranchant sur le cou de Natacha et s'avança avec elle au centre du cercle. Il s'en servait comme d'un bouclier.

– Mes amis, dit-il sur un ton exagérément conciliant, nous n'allons quand même pas nous entre-tuer pour la confession d'un pharaon fou ! La première qui en souffrirait serait votre amie et ce serait tellement dommage…

Il se tourna vers Gregory.

– Monsieur Parker, je fais appel à votre raison. Allez déposer cette boîte dans ma Jeep.

– Non ! cria Natacha.

Gregory ne l'écouta pas et obtempéra. Tyler voulut tirer, mais Yoël s'interposa.

– Enfin, nous devenons raisonnables, dit Carvalho.

Le geste de Gregory l'avait rassuré, car il ne se voyait pas égorger Natacha. Et la violence barbare d'Arnaud l'avait écœuré.

– Lucca, tiens ces messieurs en joue. Arnaud, vérifiez ce qu'il y a dans la boîte en fer. Voyez surtout si le texte est bien celui que nous cherchons.

Arnaud l'ouvrit et inspecta son contenu.

– Il y a deux fragments de tablette couverts de hiéroglyphes.

– Est-ce le bon texte ? insista Carvalho.

Arnaud ajusta les deux fragments et compara avec la transcription de Kircher.

– Le texte sur la tablette et le texte manuscrit sont bien les mêmes, Dom Alberto. Sur ce point, je suis formel.

Carvalho triomphait. Il s'adressa à Natacha, qu'il tenait toujours sous la menace de son arme :

– Dommage pour vous, madame ! Vous auriez pu ruiner tous mes plans en ramenant cette affaire à une simple manipulation politique. Dans quelques minutes, je réduirai votre précieuse trouvaille en poussière.

Il desserra son étreinte, puis s'adressa à la petite assemblée :

– À présent, nous allons nous séparer. Henrique, viens par là.

Le compagnon de Lucca le rejoignit.

– *Fique de olho nela*[1] !

Henrique pointa son revolver sur la nuque de Natacha. Carvalho fit un pas en arrière, puis monta dans la Jeep. Il se tourna vers Natacha.

– Vous direz au maître du Vatican, madame, qu'à présent c'est moi qui dicte les règles.

Puis il parla à Lucca, resté dans l'autre Jeep :

– *Lucca, siga-nos á distância e vigie nossas traseiras*[2].

– *Sim, Dom Alberto*[3].

Lucca continuait à pointer son fusil d'assaut sur Gregory et Tyler. Arnaud s'installa au volant à côté de Carvalho et mit en route la Jeep Willys, qui s'éloigna.

Dans une brusque volte-face, Natacha projeta son coude droit dans le visage d'Henrique qui s'affaissa. Tyler tira sur le garde du corps qui fut tué sur le coup. Lucca, à son tour, visa Tyler et le toucha au côté. Gregory sortit son revolver et fit feu en direction de Lucca. Celui-ci échappa aux balles et démarra en trombe, en direction du désert.

– Ils se sont échappés, les salauds ! ragea Gregory.

Il s'approcha de Yoël.

– Comment va votre ami ?

– Il est sérieusement blessé, il faut appeler les secours.

– Nous avons un radiotéléphone dans la voiture.

Pendant que Yoël prenait contact avec le service médical d'Assiout, à cent kilomètres de là, Gregory rejoignit Natacha. Elle s'était agenouillée devant le corps de Kircher.

– J'ai vu beaucoup de choses dans ma vie, dit-elle, mais jamais un meurtre pareil. C'était un vieil homme sans défense.

---

1. « Surveille la fille ! »
2. « Lucca, suis-nous à distance et veille sur nos arrières. »
3. « Oui, Alberto. »

– Nous devons l'enterrer, dit Parker.

Natacha eut un regard vers Yoël qui téléphonait dans leur voiture.

– Qui sont ces types, tu les connais ?

– Ils sont envoyés par le général Swaggart. Ce ne sont pas des anges, mais ils sont intervenus au bon moment.

– Que fait-il avec notre téléphone ?

– Il appelle une ambulance, l'Américain est salement amoché. Je pense qu'il…

Brusquement, Natacha se leva et courut à son tour vers la voiture. Elle bouscula Yoël Cohen.

– Passez-moi le combiné !

Yoël, qui avait terminé sa communication, lui laissa la place. Elle composa un numéro.

– Qui appelles-tu ? lui demanda Gregory, accouru à ses côtés.

– Zvi Eizer, du Mossad. Il faut d'abord qu'on extermine ces deux démons.

– Mais… comment ?

La conversation se déroula en hébreu. Puis Natacha raccrocha.

– Démarre la voiture, Gregory, ordonna-t-elle. On part à leur poursuite.

– On ne pourra jamais les rattraper.

– Non, mais je veux être là pour le spectacle.

LE FEU DU CIEL

97

Quand il vit les Égyptiens entrer en terre de Canaan, le père Ernetti estima que le voyage du chronoviseur était terminé.

– C'est fini, professeur. La suite doit rester un secret pour l'Église.

– Mais... que vont-ils devenir ? protesta Luigi. Comment vont-ils être accueillis par les Cananéens ? Et les Hébreux, où sont-ils ? Il reste tant de questions...

Le père Ernetti fut inflexible, il ne pouvait lui dévoiler ce que le chronoviseur leur avait révélé à Jérusalem.

– Nous ne pouvons aller plus loin, je le regrette.

Luigi eut toutes les peines du monde à ne pas se laisser aller à un mouvement de colère.

– Père Ernetti, comment pouvez-vous me faire cela ?

Pellegrino comprenait sa déception. Il en était profondément désolé, mais ils avaient défini les règles dès le départ.

– Vous aviez accepté de jouer le jeu, Luigi.

Celui-ci en convint à regret.

– Je comprends que la suite est un sujet... sensible pour le Vatican.

– Pas seulement pour le Saint-Siège, mais pour des millions et même des milliards de croyants.

– Je... très bien. Alors, à bientôt, mon père.

Il se leva et, sans se retourner, visiblement froissé, il frappa à la porte pour qu'un garde suisse le raccompagne jusqu'à la sortie des archives secrètes.

Pellegrino, lui, resta silencieux, un peu déprimé. Puis il appela le cardinal Cipriano.

– Monseigneur, je crois que... nous avons les réponses.

*

Le pape le reçut en début d'après-midi. Avant de se rendre dans son palais, Pellegrino alla s'asseoir quelques minutes sur un banc dans les jardins du Vatican. C'était une belle journée de janvier. Le monde semblait tourner comme avant, sans se douter un seul instant que le pivot sur lequel il tournait n'était pas tout à fait le même que celui qu'il croyait. Il pria Dieu en se disant que, quel que soit son nom, il ne pouvait pas permettre que des millions de gens, à nouveau, se déchirent pour ou contre lui.

Le pape écouta son récit les yeux clos, c'était son habitude quand il était très concentré.

– Je crois que trois mille Égyptiens sont entrés en Terre sainte, Saint-Père. La moitié de ceux qui sont partis.

– C'est peu.

– Je doute, à cause de cela, qu'ils se soient dispersés dans tout le pays. Je pense qu'ils se sont contentés d'investir Jérusalem.

– Pourquoi Jérusalem et pas une autre ville ?

– Je l'ignore, ils n'ont sûrement pas fait ce choix par hasard.

– Qui vivait à Jérusalem à l'époque ?

– Une tribu de Cananéens. Les Égyptiens n'auront eu aucun mal à les vaincre et à conquérir la ville.

– Dans l'état où ils étaient ?

– N'oubliez pas qu'ils ont retrouvé des forces quand ils sont arrivés dans le pays. Ils ont pu acheter à boire et à manger, ils avaient de l'or avec eux. Par ailleurs, la majorité des survivants étaient des militaires. Ils étaient plus organisés et mieux armés que les Cananéens.

– Très bien, dit le pape. La suite de l'histoire, nous la connaissons.

Il marqua un temps.

– Il faudra que je convoque à nouveaux mes frères des autres religions pour les informer. Mais ils me demanderont : que savez-vous de Carvalho ? Où en est la menace ?

– J'ai parlé avec Natacha au téléphone, il y a quelques jours. Elle se dirigeait vers Tell el-Amarna, l'ancienne capitale d'Akhenaton. Depuis, je n'ai plus de nouvelles.

– Alors, espérons, père Ernetti, espérons.

Il sonna son secrétaire d'État qui ne tarda pas à arriver.

– Cipriano, il faut convoquer tous les chefs des Églises !

– À Saint-Pierre-aux-Liens, Saint-Père ?

– Oui, ne changeons rien.

– Je leur dis quelque chose de plus ?

Le pape hésita :

– Dites-leur que la situation n'est pas meilleure, mais qu'à présent, au moins, nous savons.

98

Au cœur du désert égyptien, une course-poursuite s'était engagée. Natacha rappela Zvi avec son radiotéléphone. Gregory, au volant du Land Cruiser, n'y comprenait rien.

– Tu peux m'expliquer ?

– Pas avant que ce soit fait, c'est une consigne de l'état-major.

– Quel état-major ? s'étonna Gregory.

Natacha n'en dit pas plus.

– Fonce !

– Je fais ce que je peux, mais le terrain est accidenté.

– Je veux vérifier qu'ils ont bien pris la direction du Nil. Je pense qu'un bateau les attend dans la région d'Assiout.

Au bout de trois quarts d'heure, ils distinguèrent un nuage de poussière.

– Les voilà ! dit Gregory.

Natacha rappela Zvi et confirma leur position.

– Nous n'avons plus qu'à attendre le feu du ciel, espéra Natacha.

– Mais... de quoi tu parles ?

Natacha leva la tête.

– De ça...

Un bruit de tonnerre retentit au-dessus d'eux.

– Deux Nesher ! lança Natacha.

Les Nesher, des avions d'attaque au sol israéliens surnommés « aigles » en hébreu, étaient inspirés du Rafale français. Leur puissance de feu était redoutable.

– C'est toi qui les as appelés ? s'affola Gregory. Mais tu es malade, tu vas déclencher une nouvelle guerre !

– Zvi a tout arrangé. Le Premier ministre Begin en discute en ce moment même avec le président Sadate.

Gregory n'était pas convaincu.

– Stop ! hurla Natacha.

Gregory appuya brutalement sur le frein.

– Arrête la voiture, ils vont frapper.

Par précaution, ils baissèrent tous les deux la tête sous le tableau de bord.

Natacha avait décrit avec précision la Jeep Willys de Carvalho, dont la capote était fermée. Après avoir « verrouillé » leur cible avec leur système de guidage radar, les deux avions tirèrent plusieurs missiles en direction du véhicule. Il fut littéralement pulvérisé.

– Seigneur ! s'écria Gregory.

Puis les deux Nesher firent demi-tour et passèrent au-dessus d'eux en basculant des ailes.

– Mission accomplie, les gars ! leur cria Natacha en agitant les bras.

Gregory était cloué sur place.

– Viens, dit Natacha, on va voir ce qu'il reste d'eux.

– Attention !

Une Jeep découverte venait en sens inverse. Elle les dépassa et s'éloigna.

– C'est Lucca. Quand il a vu les avions, il a fait demi-tour et a pris la fuite.

Le duo s'approcha du véhicule d'Arnaud et de Carvalho. Ce n'était plus qu'une carcasse fumante.

– Je ne vois même pas de cadavres ! s'étonna Gregory.

– Ils sont dispersés en tout petits morceaux dans le désert, expliqua Natacha.

– Et les tablettes de la confession d'Akhenaton ?

– Pareil. Heureusement, il nous reste les photos. Adieu, Dom Alberto, dit Natacha.

– Va au Diable, Arnaud, continua Gregory.

Soudain, le ciel s'emplit d'un nouveau grondement, plus important encore que le précédent.

– Je m'y attendais, dit Natacha. Ce sont des chasseurs égyptiens et un avion de transport de troupes. Les Égyptiens viennent nous demander des comptes.

Le ciel se couvrit de plusieurs dizaines de parachutes qui s'ouvrirent presque simultanément. La situation, pourtant dramatique, arracha à Gregory un éclat de rire.

– Qu'est-ce qu'ils imaginent ? Qu'on leur a déclaré la guerre à nous deux ?

Quand les soldats égyptiens arrivèrent à terre, ils se rassemblèrent et s'avancèrent vers Natacha et Gregory en les mettant en joue.

– Surtout, Greg, ne tente aucune résistance, ordonna-t-elle en levant lentement les mains.

Il l'imita. Une cinquantaine de paras égyptiens les ajustaient avec leurs armes.

– Calme, calme, tu restes calme, insista-t-elle.

Un officier s'approcha d'eux.

– *Israelis ?*

Natacha fit oui de la tête.

– *I'm English*, répondit Gregory.

On leur attacha les mains dans le dos avec des liens en plastique.

– À présent, il va falloir s'expliquer, dit-il. J'espère que Sadate et Begin vont vite faire descendre l'information.

– Ne t'en fais pas. Depuis leur rencontre à Camp David, ils ont appris à se connaître.

Gregory soupira.

– Des heures et des heures de palabres en perspective !

– Oui, dans des casernes insalubres.

Il se pencha vers Natacha et lui chuchota à l'oreille, avec un sourire complice :

– Pour une fois, Nat, on oubliera Carvalho et on s'occupera de nous.

Elle lui sourit à son tour.

– J'aime bien cette idée !

99

Il ne fallut que quelques jours au pape Jean-Paul II pour convoquer une nouvelle réunion des chefs religieux dans la basilique de Saint-Pierre-aux-Liens. Cette fois, il se voulut rassurant. Il résuma toute l'affaire et ses derniers rebondissements. Avec la disparition de Carvalho, tout danger était désormais écarté. En outre, les participants s'étaient vu remettre à leur arrivée un dossier cartonné. À l'intérieur, les photos que Natacha avait faites des deux moitiés accolées de la tablette sur laquelle était gravée la confession d'Akhenaton, ainsi que sa traduction dans toutes les langues. En conclusion, le pape proposa à tous les responsables des cultes de taire cet épisode, qui ne changeait rien de fondamental, après tout, à l'histoire de la foi.

– Après avoir chassé les colons égyptiens, les Hébreux ont repris le cours de leur histoire. Ils ont installé Yahvé à la place d'Aton. À partir de Salomon, la Bible redevient la Bible que nous connaissons, notre Bible à tous. C'est ce que je vous propose de retenir, mes frères, en oubliant le reste. Et tant pis si, pour cela, il nous faudra cacher cet épisode de l'importation en Terre sainte de ce dieu Aton qui n'était, comme nous le révèle la confession du pharaon, qu'un stratagème politique.

– Nous serons tout de même complices d'un travestissement de la véritable histoire de l'Exode, remarqua un pasteur anglican.

– C'est vrai, dit le pape, mais pas plus que les hommes saints qui ont écrit la Bible avec leur cœur. Valons-nous mieux qu'eux, mon père ? Je ne le crois pas.

– Vous avez raison, Saint-Père, dit une voix.

– Mes frères, reprit le pape, si la préservation de la paix du monde appelle quelques pieux arrangements avec la vérité, ne reculons pas devant notre devoir. Aujourd'hui, dans la longue histoire de la foi, le dieu Yahvé, qui deviendra l'Éternel des Juifs, le Père du Sauveur et l'inspirateur du Saint Coran, a repris sa place. C'est tout ce qui compte.

Le pape fut applaudi par l'immense majorité des présents. Un membre de l'assistance, pourtant, avait une question.

– La parole est à Son Excellence le patriarche de Constantinople, annonça Jean-Paul II.

– Merci, Très Saint-Père. Aujourd'hui, mes frères, le danger Carvalho est écarté. Son mercenaire l'a rejoint dans la mort et Gregory Parker est passé dans notre camp. Et l'Arche, demanda le Patriarche, où est-elle à présent ?

Après un court silence, le pape joignit les mains avant de répondre :

– Aussitôt la mort de Carvalho connue, la police du Vatican a fouillé sa résidence romaine.

– Avec quel résultat ?

– Nous l'avons retrouvée, mes frères. Elle était intacte. Elle est conservée aujourd'hui dans un lieu gardé secret, avant d'être renvoyée à Jérusalem.

100

Le général Swaggart était pensif. Le dernier grand combat de sa vie se résumerait-il à une mascarade ? C'était à craindre.

– Général, M. Yoël Cohen est arrivé.

– Faites-le entrer.

Yoël se présenta dans le bureau. En apercevant la mine du général, il ne sut quelle attitude adopter. Se montrer déconfit ou satisfait ?

– Comment se porte notre ami Tyler ?

– Il se remet dans un hôpital égyptien. Une balle lui a perforé les intestins, mais il s'en tirera.

– Dans cette affaire, Yoël, la situation vous a échappé.

Yoël Cohen, faussement contrit, se voûta.

– Vous avez perdu la trace de Parker, Carvalho a failli vous échapper…

– Il est mort, général.

– Grâce à l'initiative de cette fille du Mossad. Sans cela…

– Qu'importe ? Aujourd'hui, il n'est plus un danger pour nous.

Le général était obligé d'en convenir. Il changea de registre et fit un point sur la situation :

– Mes informateurs m'ont résumé la dernière intervention du pape devant les chefs des Églises. Ils ont décidé à l'unanimité de taire cet épisode du cube de Salomon.

– C'est mieux pour tout le monde, en effet.

– Gregory Parker a trahi tout le monde. Carvalho, puis nous-mêmes. En temps de guerre, j'aurais envoyé quelqu'un pour le descendre.

Yoël sourit.

– N'en faites rien, général, revenons tranquillement à nos projets.

Le général Swaggart hésita et fit rouler son fauteuil tout près de Yoël Cohen. Il lui parla à voix basse, sur le ton de la confidence :

– Franchement, Yoël, après tout ce que nous avons appris, croyez-vous vraiment que votre messie ou le mien attendent fébrilement la construction d'un Troisième Temple à Jérusalem ?

Une crise de scepticisme, se dit Yoël. On aura tout vu !

– Auriez-vous le cœur d'abandonner, général ?

– Depuis quelques jours, je me pose la question. Vous savez comme moi que notre combat est perdu d'avance, personne en Israël ne prendra le risque de déclencher une guerre sainte pour reconstruire le Temple. Et même si nous y parvenions, Yoël, même si, après avoir versé le sang, nous réussissions à le construire, ce Troisième Temple…

Il hésita avant de continuer :

– Il ne se passera rien. Nous regarderons vers le ciel et personne n'en descendra. Ni le Christ ni le messie des Juifs.

Yoël lui répondit lui aussi à voix basse :

– Général, dans un coin de mon esprit, je pense peut-être comme vous. Mais je ne veux pas désespérer ceux qui me suivent. Toute foi, lit-on dans le Talmud, repose sur une petite folie. Saint Paul le pensait aussi. Alors faisons comme si…

Le général hocha la tête en signe d'assentiment.

– D'accord, Yoël, faisons comme si…

101

Au lendemain de la seconde réunion des Églises à Saint-Pierre-aux-Liens, le pape convoqua Gregory, Natacha et Pellegrino au palais du Vatican. Dans l'antichambre des audiences, ils croisèrent Luigi, qui sortait du bureau du souverain pontife. Lui et le père Ernetti s'étaient quittés un peu froidement, mais Luigi semblait avoir oublié.

– J'ai rencontré le Saint-Père en tête à tête. Il m'a remercié pour…

Il cherchait ses mots.

– Il était tellement alambiqué que je n'ai rien compris !

Pellegrino comprit que le pape, en habile diplomate, avait félicité Luigi sans en préciser la raison. L'important était que le *dottore*, lui, était aux anges.

– Euh… vous n'avez pas parlé au pape de notre conversation sur Néfertiti, j'espère ?

– J'ai été muet comme une tombe, répondit Luigi. Vous allez tout lui dire ?

– C'est le moment, oui.

– Alors bonne chance, mon ami !

Le trio pénétra à son tour dans le bureau papal. Le cardinal Cipriano se tenait aux côtés du Saint-Père qui s'adressa d'abord à Parker avec un regard sévère.

– Monsieur Parker, vous avez été le déclencheur de toute cette folie. Votre obstination déraisonnable vous a conduit à faire une découverte archéologique majeure, qui aurait pu se révéler catastrophique. Elle a aussi, hélas, coûté plusieurs vies.

Gregory Parker approuva tristement.

– Je l'avoue, Très Saint-Père.

Le pape résuma ensuite les difficultés qu'il avait rencontrées en tant que chef de l'Église et comme simple chrétien.

– Pourtant, de tout ce qui vous concerne, monsieur Parker, je ne veux retenir qu'une chose. Au dernier moment un sursaut moral vous a transformé, sans doute inspiré par Dieu. Au nom de toutes les Églises du monde, je tiens à vous remercier.

Le pape lui donna l'accolade, puis le cardinal Cipriano l'invita à sortir.

– Savez-vous, dit Jean-Paul II à Natacha, qu'il m'a fallu user de trésors de diplomatie pour que ce gouvernement égyptien vous relâche, vous et M. Parker ? Heureusement, le président Sadate a compris que vous étiez au service d'une bonne cause.

Il s'approcha de Natacha et de Pellegrino.

– Donnez-moi votre main gauche, mes enfants, celle du cœur.

Il les serra chaleureusement.

– Cette fois encore, vous nous avez tirés d'un mauvais pas. Hélas, la seule manière de vous remercier sera de dissimuler au monde votre rôle majeur dans cette aventure qui se termine heureusement. Croyez que je le regrette. Mais moi, je ne l'oublierai jamais.

Il leur donna l'accolade.

– J'ai fait le nécessaire pour que le corps de Gunther Kircher soit ramené en Allemagne. Il sera enterré dans le village où il est né. Paix à son âme.

– Merci, Saint-Père, répondit Natacha, émue. C'était un brave homme.

– Quant à Dom Alberto…, conclut le pape.

Il hésita, partagé entre un reste d'émotion envers celui qui fut jadis son ami et un profond soulagement après la disparition, dans le désert, d'un être habité par la haine.

– Nous dirons que Dom Alberto a réalisé au sens littéral cette prédiction du Livre de la Genèse : « Homme, souviens-toi que tu es poussière et que tu retourneras en poussière[1]. »

Natacha esquissa un sourire.

Le père Ernetti, lui, était fébrile.

– Saint-Père, dit-il, je ne vous ai pas tout dit.

Le pape afficha une mine inquiète, Natacha aussi.

– Au cours de nos dernières investigations en Égypte, avec Luigi Battista, nous cherchions des preuves de la manipulation d'Akhenaton… et nous avons découvert autre chose.

– Qu'avez-vous trouvé ?

– Nous avons acquis la certitude que le dieu Aton n'était pas une invention du pharaon, mais que son culte venait de beaucoup plus loin.

L'inquiétude du pape s'accentua.

– Poursuivez, mon fils…

Le père Ernetti fit un compte rendu rapide, mais précis. L'arrivée de Néfertiti en Égypte, la diffusion du culte d'Aton à la Cour, le coup d'État de la reine, l'Exode des Égyptiens, le lien entre Néfertiti et la figure biblique de Moïse. Mais le plus bouleversant, c'était cette découverte : le dieu unique s'était révélé pour la première fois à un peuple inconnu, il y a sept mille cinq cents ans, dans une vallée disparue, recouverte aujourd'hui par la mer Noire.

– Vous avez des preuves de ce que vous avancez ?

– Non, Saint-Père, ces preuves, il faut aller les chercher.

---

1. Gen. 3, 19.

– Donc, votre enquête n'est pas terminée ?

– Elle ne l'est pas.

Pellegrino était vraiment convaincu qu'en plongeant avec le chronoviseur soixante-quinze siècles en arrière, il finirait par trouver la réponse à toutes leurs questions.

Jean-Paul II ferma les yeux, il semblait hésiter.

– Père Ernetti, pécheriez-vous par orgueil ?

Pellegrino fut surpris par la réaction du Saint-Père.

– Votre exaltation me fait penser à celle de ce capitaine de baleinier, dans *Moby Dick,* obsédé par la capture de la baleine blanche. Pourchasseriez-vous Dieu comme le capitaine Achab coursait la baleine ?

Pellegrino pensa qu'il avait été percé jusqu'au fond de son âme. Oui, il se sentait dans la peau d'un chasseur pistant la plus belle des… Mais non, Dieu n'était pas une proie.

– Réfléchissez bien à ce que je vous dis, mon fils. En remontant dans le temps, aussi loin que vous pourrez, vous mettrez sans doute la main sur les premiers hommes à qui fut révélée cette grande idée du dieu unique. Mais Dieu lui-même, vous ne l'atteindrez pas. Non qu'il soit insaisissable, il est tout proche de nous, au contraire. Mais il ne se laissera saisir ni par la raison ni par votre machine. Dieu se saisit d'abord avec le cœur.

Pendant ce discours, Pellegrino avait baissé la tête. Le pape lui tendit son anneau à baiser.

– Creusez au fond de vous-même, père Ernetti. Et quand vous estimerez être prêt, venez m'en parler.

*

En quittant le palais du pape en compagnie de Pellegrino, Natacha aperçut Gregory Parker qui les regardait de loin, assis sur un banc. Elle l'appela joyeusement, mais le père Ernetti resta en arrière.

– Vous ne venez pas ? lui demanda-t-elle.

– Non, je crois que c'est vous qu'il attend.

Elle baissa la tête, un peu gênée.

– Mais restez sur vos gardes, ajouta-t-il. N'oubliez pas qu'au cours de cette aventure, il a changé plusieurs fois de camp.

Elle posa une main sur son épaule et lui chuchota à l'oreille :

– Pellegrino, seriez-vous un peu jaloux ?

C'était la première fois qu'elle l'appelait par son prénom. Il la regarda en souriant.

– Vous savez bien que j'ai choisi le Christ, Natacha. C'était juste un conseil de prudence.

– Rappelez-vous que je suis une grande fille, mon père.

Elle l'embrassa sur le front en lui caressant affectueusement la joue, puis alla rejoindre Gregory.

Le père Ernetti resta immobile, un vague sourire aux lèvres. Pendant un bref instant, il se sentit comme un somnambule, avec l'impression d'avoir perdu ses repères. Puis il se retourna, inspira profondément et laissa d'autres pensées arriver, telle une armée de secours.

Un saut de soixante-quinze siècles dans le temps ? Et pourquoi pas ? Bien entendu, il faudrait profiter du numérique qui arrivait à grands pas. Alors oui, assistée par un puissant ordinateur, sa machine pourrait franchir des millénaires, plonger dans les gouffres du temps. La science est comme la foi, se dit-il. Quand il le faut, elle peut déplacer des montagnes.

Et, ragaillardi, il prit la direction des archives secrètes du Vatican où se trouvait son laboratoire.

Épilogue

Globalement, tous les participants à la conférence de l'église Saint-Pierre-aux-Liens furent satisfaits par les explications du pape et par la manière dont il avait géré cette affaire. Ils acceptèrent aussi sa consigne de silence. Il était inutile, en effet, de troubler les consciences en révélant des faits qui pourraient déstabiliser les esprits les plus fragiles.

Pourtant, l'un des prélats qui assistaient à cette conférence fut un peu moins discret que les autres. Oh, il n'alla pas jusqu'à déballer toute l'histoire à la fin d'un bon repas, non, mais il laissa échapper quelques éléments de cette étonnante aventure, sans doute pour se rendre intéressant. La nature humaine est ainsi faite…

Les indiscrétions sont comme ces serpents qu'on appelle des aspics. Petits, rapides, ils se faufilent partout et instillent leur venin mortel au moment où on ne s'y attend pas. Les mots du bavard eurent ainsi une grave conséquence. Le 13 mai 1981, alors qu'il saluait la foule en papamobile, le pape Jean-Paul II fut atteint de plusieurs balles tirées par un inconnu d'origine turque, qui fut arrêté sur place. Le Saint-Père perdit beaucoup de sang. Comble de malchance, lors d'une transfusion sanguine, il fut contaminé par un cytomégalovirus qui aurait pu lui être fatal. Il survécut, heureusement, mais de justesse.

Le tireur, qui s'appelait Mehmet Ali Ağca, fut condamné à la prison à vie. On n'a jamais compris les vraies raisons de son geste. On parla des services secrets bulgares, d'un complot fomenté par l'ayatollah iranien Khomeini, on suggéra aussi que c'était l'acte d'un déséquilibré.

Le 27 décembre 1983, quoique très affaibli par ses blessures, Jean-Paul II rendit visite au criminel dans sa prison de Rebibbia. Après une conversation privée, il déclara : « Ce dont nous avons parlé restera un secret entre lui et moi. Je lui ai parlé comme à un frère à qui j'ai pardonné et qui a mon entière confiance. »

Mais certaines confidences postérieures du souverain pontife laissent entendre que le tireur pouvait avoir eu connaissance du secret contenu à l'intérieur du cube de Salomon. « Ce fut, aurait conclu le Saint-Père, la seule et unique victime des révélations de Dom Alberto Pindare de Carvalho. »

DU MÊME AUTEUR

Le roman des momies
Stock, 2017

Les enfants de Mathusalem
Stock, 2017

Mémoire totale
Stock, 2018

Sagesse animale
(en collaboration avec Norin Chaï)
Stock, 2018

Harmonies
(en collaboration avec Norin Chaï)
Stock, 2019

La machine Ernetti
Albin Michel/Versilio, 2020

Composition Nord Compo
Impression CPI Brodard & Taupin en mars 2021
Éditions Albin Michel
22, rue Huyghens, 75014 Paris
www.albin-michel.fr
ISBN : 978-2-226-46065-3
N° d'édition : 24417/01 – N° d'impression : 3042963
Dépôt légal : avril 2021
Imprimé en France